01
宮迫宗一郎
Illustration 灯
迷宮狂走曲
エロゲ世界なのにエロそっちのけでひたすら最強を目指すモブ転生者

ルカ
Luka
ハルベルト
Halbert

エル
Elle
アーロン
Aaron
アリシア
Alicia
モニカ

「わたくしはハルベルト様に一生ついていきます」
崇拝型ヤンデレ
「ボクはどこまでも主についていくからね」
依存型ヤンデレ

迷宮狂走曲 1

～エロゲ世界なのにエロそっちのけでひたすら最強を目指すモブ転生者～

宮迫宗一郎

OVERLAP

01

Maze Rave Adventurer

A reincarnated person
who is in the world of erotic games but does not do anything sexual
and just aims to be the strongest adventurer.

CONTENTS

イラスト：灯

プロローグ

《表》

いつものように、規則正しく敷き詰められた石畳の道を歩いていく。

そうすれば、やがて見慣れた建物が目の前に現れた。

その大きな建物は石造りではあるものの、かといって灰色一色というわけではなく、壁の一部や屋根には見たこともないような鮮やかな色の鉱石が使われている。

そして、建物の前には、これまた見たこともないような文字で、

『ようこそ冒険者ギルドへ』

と書かれた看板がかけられていた。

一目見ただけで地球上には存在しないだろうと分かるファンタジー全開な見た目の建物に対し、「見慣れた」なんて感想を抱くようになるとは……本当に、月日が流れるのは早いものだと思う。

数ヶ月前までの俺は、特筆すべき点もないような、一般的な日本人男性だった。

しかしある日、朝起きたらファンタジー作品でよく見るような宿屋にいて、身体《からだ》も別人

のものになっていた。いわゆる「異世界転生」というやつだろう。

ポケットに入ってた身分証を確認してみれば、「この世界の俺」は「ハルベルト」という名前で、職業は「冒険者」らしい。

転生直後は絶望したものだ。なにせ俺が転生したのは、かの有名な陵辱モノのエロゲ【あの深淵《ダンジョン》へと誘《いざな》う声】、通称【アへ声】に酷似した世界だったからだ。

このゲームでは、なんとヒロインが強○されるのは当たり前。

異種○からの○卵、エログロ満載のリョ○まで網羅した、かなりアレなエロゲである。

反面、【アへ声】はタイトルにもあるように、ダンジョンRPGの要素も併せ持つ。

そしてそのクオリティが非常に高いことでも有名で、一部のファンから「エロはオマケ」とまで言われるほどだった。

かく言う俺もそんなRPG部分にドはまりした1人であり、エロそっちのけでプレイに没頭したプレイヤーだったりする。

まあ、いってみれば【アへ声】は「ゲームとしてプレイする分には楽しいけど、実際にこの世界で生きてみたいか？　と言われると、ちょっと遠慮したい」という世界だな。

とはいえ、転生してしまったものは仕方ない。

いやまあ納得したわけではないけど、日本に帰る手段なんて見当もつかない。

しかも「この世界の俺」の記憶が一切ないから、故郷が分からず帰る場所がない。

あと、【アへ声】には一つの都市しか登場しないから、都市の外のことは何も知らない。

つまりどこにも逃げ場がない状態だ。

だが、この危険すぎる世界で悩んでいる暇なんてない。弱者に待ち受けるのは何もかも奪われて死ぬ未来であり、まずは冒険者として強くならないことには話にならないからだ。

ぶっちゃけ前世に対して未練タラタラなんだけども、余計なことを考えてる暇はない。

幸いなことに、今の俺にはネット小説とかでよく見かける「言語翻訳機能」みたいなものが備わっているらしく、異世界の言葉や文字が勝手に脳内で日本語に変換される。

そのおかげで、この世界で生きていくうえで必要な「コミュニケーション能力」は最低限保証されている。懸念事項が一つ消えたわけだ。

よって、今の俺が最優先で身につけるべきなのは強さだけ。

そして、どうせ強くなるなら、目指すは「最強の冒険者パーティ」、そして「全ダンジョン制覇」だ。俺には【アヘ声】でパーティメンバー全員に最強育成を施してステータスをカンストさせ、かつダンジョン制覇率100%を達成した実績がある。

最強の冒険者で徒党を組めば、搾取される可能性は限りなく低くなるだろう。

また、ダンジョンを放置すると世界が滅ぶので、何とかしないと俺も死ぬ。【アヘ声】の主人公に任せとけばいいかもしれないが、彼が必ず世界を救ってくれる保証はない。

ならば自分でやるしかないだろう。

そのために必要な知識は、全て俺の頭に入ってる。

ここ1ヶ月で行った検証の結果、俺の知識がこの世界でも通用することは実証済みだ。

座して絶望の明日を待つくらいなら、俺はこの世界を攻略し尽くすことを選ぶぜ！

と、いうわけで。

「――はい。ダンジョンへの入場、承りました」

俺は今日も今日とてこの「冒険者ギルド」からダンジョンへと潜るのだった。

「冒険者」はダンジョンに潜ることを生業とする職業で、「冒険者ギルド」はその冒険者を管理・サポートするための組織だ。

このあたりは異世界モノの小説だと定番の設定だと思うが、【アヘ声】ではオリジナリティを出したかったのか、なにやら変わった設定が付与されてたような記憶がある。

まあ詳しいことは覚えてないし、今はたいして重要じゃないからどうでもいい。

とりあえず、一般人が勝手にダンジョンへ入れないよう入口の上にギルドが建てられてるので、ダンジョンに入るにはギルドでメンバー登録した後、さらに受付で入場記録を取らないといけない……ということだけ分かってたら、今はそれでいいんじゃねえかな。

重要なのは、最強になるための一番の近道がダンジョンに潜ることだという点だけだ。

「気をつけて行ってらっしゃいませ」

「はい、ありがとうございます」

ベテランらしき受付の女性に定型文と共に見送られながら、俺は意気揚々とダンジョンへと足を踏み入れた。

最近の俺が何をやっているのかというと、モンスターを倒してレベル上げと金稼ぎだ。

というか最初はそれくらいしかやれることがないからな。

転生直後は「この世界はゲームに似た世界であってゲームそのものじゃないんだから、現実にステータスとかレベルなんてあるわけないだろ」と思ってたんだが、この世界にはマジでそういう概念が存在するんだよな。

なんなら、そのへんを歩いてる冒険者たちの間で、

『もう少し最大ＨＰを上げたいな』

とか、

『もっと防御力が高い防具が欲しい』

といった、ゲームキャラみてえな会話が飛び交うくらいには、常識として浸透してるし。

それはともかく、当面の目標は初期装備のままでレベルを10まで上げることだ。

今の俺はレベル8なので、その頃には必要なものが全部揃《そろ》っているだろうからな。

「おらっ、かかってこいよ！　経験値おいてけ！」

俺は啖呵《たんか》を切って自分を奮い立たせると、初心者への支援としてギルドから支給された安物の剣を構え、目についたモンスターどもに片っ端からケンカを売っていく。

「とっととくたばれや！」

剣術の「け」の字もないような力任せの攻撃だが、ここは「上層」と呼ばれるダンジョ

ンの中でも最も浅い階層であり、モンスターも弱いのしかいない。今はこれで十分だ。

まあお互いに攻撃力が低くて泥仕合になることも手伝って、非常に見苦しい戦いになってしまうけどな。

それでも、最初は「平和ボケした日本人に戦闘なんか無理に決まってんだろ！」とモンスター相手にビビりまくっていたことを考えれば、今では戦闘にも慣れたもんだ。

これに関しては、前世ではケンカすらしたことがないような俺でも、ちょっと勇気を出せば殴り合いができる環境がこの世界にあったおかげだ。

この世界の生物にはゲームのようにＨＰ（※生命力）が存在し、身体にダメージを受けるとＨＰが減少するんだが、この世界ではＨＰが残っているうちは痛みが軽減されるらしい。

なので、棍棒《こんぼう》で思いっきり頭を殴られても静電気と勘違いする程度の痛みしか感じない。また、怪我《けが》とかもＨＰが肩代わりしてくれるので、ＨＰが残ってさえいれば剣で斬られようが馬車に轢《ひ》かれようが無傷だ。

初めてダンジョンに入った時に、ゴブリン（※緑色の小鬼みたいなモンスター）に棍棒でブン殴られて、

『うわぁぁぁ!?……あれ、ぜんぜん痛くないいな』

ってなって、調子に乗って殴り合いをしてたらいつの間にか残りＨＰが2割を切ってて慌てて逃げ出した……というのは、今ではいい思い出だ。

逆をいえば、HPが0になった瞬間、俺はこの危険なエロゲ世界になんの守りもない状態で放り出されるハメになるから、HPの残量には常に気を配る必要があるんだけど。

「死ねぇ！」

俺のHPが1割ほど削られたあたりでモンスターが死に、経験値と金に変わる。

全くと言っていいほど効率がよくないが、それも強い武器を買うか、パーティメンバーを増やすかするまでの辛抱だ。

「うぇっ、マズい」

何度か戦っているうちにHPが半分を切ったので、腰に巻いたバッグから【回復薬】を取り出してイッキ飲みし、HPを回復しておく。

思わず声が漏れるくらいに苦いが、飲まないと死ぬからな……。

幸いなことに、レベル10まではギルドから低品質ではあるが【回復薬】が支給される。

まあ初心者応援キャンペーンみたいなもんだろう、ということでありがたく無償で利用させてもらってる。

このペースなら、あと2日間くらいこのあたりのモンスターを狩れば、ワンランク上の武器を買える計算だ。

うーん、この「少しずつ強くなってる」感じ！　たまんねえなあ！

これだからダンジョンRPGはやめられねえ！

HPが全快した俺は、今後のダンジョンライフに思いを馳《は》せてワクワクしながら、次のモンスターを探し始めたのだった。

《裏》

そろそろ日が沈むだろうという頃、ダンジョンから1人の男が帰還する。

その途端、冒険者ギルド職員の間に奇妙な緊張が走った。

「すみません、モンスターの素材の換金と【回復薬】の補充をお願いいたします」

「えっ!? えっと、ハイ……少々お待ちを……」

なぜかビクリとした受付の青年を見て怪訝《けげん》な表情を浮かべるも、何やら勝手に納得した様子の男はそれ以上反応することはなかった。

「お、お待たせいたしました。確認をお願いいたします」

「はい、大丈夫です。ありがとうございました」

金と【回復薬】を受け取って去っていく男。

その姿が完全に見えなくなった直後、受付の青年は思わず呟《つぶや》いた。

「はぁぁぁぁ……き、緊張したぁ……」

「お疲れ様です」

隣の窓口で他の冒険者を案内していた先輩の受付の女性が、苦笑いで労《ねぎら》いの言葉をかけると、青年はようやくといった様子で肩の力を抜く。

「……あれが、最近ウワサになっている【黒き狂人】ですか……」

【黒き狂人】ハルベルト。本人は知らないが、男はギルド内でそう呼ばれている。

ギルドでは有名な冒険者に異名をつける風習があり、多くの場合【赤髪の剣士】や【氷結の爪牙《そうが》】といった風に、身体的特徴や得意な武器、得意な技などから異名がつけられる。

だが、男に付けられた異名は少し毛色が違った。なにせ男はこの世界の人間から見れば、やることなすこと異端も異端。ブッちぎりでイカれた奴《やつ》なのだ。

あまりにもイカれた奴なせいで、普通ならもっとベテランになってから徐々に有名になっていくところを、ギルドに登録してからわずか数ヶ月という最短記録で異名を持つに至ったほどだ。

しかもこの男、最初は【アヘ声】とこの世界との差異を検証するために時間を費やしており、他人の目を引くような奇行はしていなかったので、実質的にここ最近の活動だけで有名になったということである。

なぜここまで男がイカれた奴だと思われているのか。

それは、男が「【アヘ声】をゲームとしてプレイしてきた人間」であり、この世界の人間は「【アヘ声】を現実世界として生きてきた現地人」であるため、両者の間には大きすぎる認識のズレがあるからだ。

そんな認識のズレについて例をあげると、特にＨＰに対する男の考え方が、この世界の人間にとってはブッちぎりでイカれている。

この世界では、あらゆる生物の能力が「ステータス」という形で数値化されている。ステータスとは神が定めた絶対の法則であり、どんな生物であってもこの法則からは逃れられない。

一説によると、被創造物がまかり間違って自らを越える力を持たないよう完全なる制御下に置くため、神がそういう風にデザインしたのだろう、などと言われているが……。

とにかく、ステータスは神が定めた絶対の法則であり、それはＨＰ——生命力も同様だ。

この世界では人間だろうがドラゴンだろうが、ＨＰが０になれば指１本動かせなくなる。

このエロゲに酷似した世界において、そのような状況に追い込まれた者の末路は凄惨だ。

人間がどうなるかなんて言うまでもないだろうし、モンスターとしても自らの命を経験値に変えられた上に、亡骸《なきがら》が残ればそれすらも素材として利用し尽くされるのだ。

つまり、この世界の生物は「自分があとどれくらいで尊厳を破壊し尽くされた上で死ぬか」を具体的な数字として見ることができるのである。

ＨＰがジワジワ減るというのは、自身の破滅へのカウントダウンに他ならない。

そのせいか、この世界では種族によって程度の差はあれど、知性がある生物ならば総じてＨＰが減ることを嫌う傾向にある。

少なくとも人間であればＨＰが８割を切っただけでも焦るし、ＨＰが半壊しようものなら恐怖のあまり半狂乱になり、残り２割を切ればどんな悪人だろうと泣いて命乞いをするレベルと言われている。

　そのため、男が言うような、

「どれだけダメージを受けてもＨＰが０になりさえしなければ問題ないな！」

「ダメージ受けたって回復すればいいだけだろ！」

　などという「【アヘ声】のプレイヤー」としての意見は、狂人の発想に他ならない。

　冒険者はそもそもダメージを受けないように立ち回るのが普通であり、ギルドからしてみれば【回復薬】は「お守り」として持たせているようなものである。

　男のように【回復薬】をフル活用してレベルを上げるなど、想定外もいいところなのだ。

　普通の冒険者は最初から複数人でパーティを組み、安全を確保しながら３ヶ月くらいかけてレベル10を目指す。

　そんな中、この男は、

「パーティ組むと取得経験値が分配されてしまう」

「経験値が美味《おい》しい階層まで降りてからパーティ組まないと効率が悪い」

　などという、この世界の人間には理解できない思考により、単独でダンジョンに突撃。

　わずか１週間足らずでレベル８まで上げたため、ブッちぎりのレベルアップ最短記録を叩《たた》き出している。

「ウワサ通り、マジでダンジョンに潜る度に【回復薬】を使い切ってるんですね……」

「しかもここ１週間はずっとあんな調子で、レベルを一気に８も上げたそうですよ」

「えぇ……マジでなんなの、あの人……」

そして【回復薬】を頻繁に補充していくということは、つまり何度もダメージを受けて死と尊厳破壊の危機に陥っているということである。

それを朝から夕方まで毎日のように繰り返しているのだから、男がブッちぎりでイカれた奴扱いされるのも仕方がない。

「まぁ、ギルド職員や他の冒険者の方々との間にトラブルを起こすような方ではなさそうなので……いえ、でもある意味では危険人物ではあるのですが……」

この世界では珍しい黒髪であること以外は平凡な容姿であり、人と接する時は口調も丁寧で理知的。

ダンジョンの外では一見すると至って普通の人間ではあるのだが……。

いや、だからこそ、何度も「自分から地獄に飛び込んで行った」にもかかわらず、いまだ「普通を保っている」というのはメンタルが化物《ばけもの》すぎるということになるのだ。

ギルドの職員たちはそう判断していた。


もっとも、この世界の冒険者は死と尊厳破壊と隣合わせであるため、ギルド職員は上司から「冒険者に肩入れせず、あくまで仕事上の付き合いを徹底すること。親しくなると後で辛《つら》くなる」と教え込まれている。

そのため、職員から男に交流を持ちかけることはなく、両者の間にある認識の差が埋まることはないのだった——

第1章

《表》

「……よし」


俺が透明なカードに手をかざすと、「ハルベルト　Lv．10」の文字が浮かび上がる。

それを見て俺は思わず小さく喜びの声を上げた。

こいつは【アヘ声】の舞台である都市国家、【ミニアスケイジ】の住人であることを示す身分証だ。

手をかざして念じることで、自分に関する任意の情報を空中に投影することができる。

【アヘ声】においては「メニュー画面を開く」＝「身分証を使う」という設定だった。

それはこの世界でも同様だが、この世界では必要な情報のみを表示したりできるので、この世界の方が身分証を便利に使えるみたいだな。

まあそれはともかく。

とうとうレベル10になった俺は、冒険者ギルド内のとある場所へと向かっていた。

俺の目的、それはＲＰＧのお約束である「クラス」の取得だ。

ＲＰＧでは「職業」や「ジョブ」といったシステムが採用されていることが多い。

この手のシステムは登場人物の性能に特色を持たせるために存在していて、例えば「戦士なら肉弾戦が得意」で、「魔法使いなら魔法を使って戦う」……といった具合だな。

【アへ声】においては「クラス」がそれに当たる。クラスを取得することで、特定のステータス（※能力値）に補正が掛かったり、技を覚えたりと、様々な恩恵がある。

また、クラスごとに装備可能な武具が違ったりもするので、クラスシステムは【アへ声】に登場するキャラクターの差別化に一役買ってるってわけだな。

で、レベル10になった冒険者はクラスを取得する権利を獲得し、【剣士】や【魔術士】といったクラスを取得することができる。

以降は本人のレベルとは別に「クラスレベル」も上げ、得意な能力を伸ばしていく。

そこからさらに別のクラスにチェンジしたり、第2のクラスを設定して二つ分のクラスの恩恵を受ける「サブクラス」なんてシステムも存在するが……。

それにはメリットばかりではなくデメリットもあるし、そもそもレベル10になったばかりの俺にはまだ関係のない話か。

「あぁん!?　俺たちに出す酒はねぇ、だと!?　いいから黙って持ってこい！」

「ツケを払え、だぁ？　あぁ払ってやるよ、『そのうち』な！」

「やめなってカルロスの兄貴！　フランクリンの兄貴も正気に戻ってくれ！」

ギルド内に併設されている酒場でいつものように騒ぐ冒険者たちを見て「これぞ冒険者ギルドって感じだな」なんて感想を抱いたりしつつ、クラス変更の受付を探していると、一番奥のカウンターに見覚えのある中年男性を発見した。

　というか、【アへ声】をプレイ中、クラスを変更するために何度も見た顔だ。

【アへ声】では名前すら設定されてないキャラではあったが、初めて原作に登場するキャラと出会えたので、ちょっと感動した。

　ということはあれが目当ての受付なんだろう。俺は手前のカウンターを通り過ぎ、中年男性に声をかけることにした。

「すみません。クラスの取得をお願いしたいのですが」

「えっ!? あっ、はい。少々お待ちを……（なんで手前にいる職員じゃなく、わざわざ奥にいる俺に声をかけた!?）」

　……なんか思ってた反応と違うな。

【アへ声】だと「おっちゃん」って感じの陽気なキャラだったんだが。

「……はい、ハルベルト様ご本人であると確認が取れました。それではどのクラスを取得なさいますか？（コイツが【黒き狂人】か。いきなり話しかけられてビビったが……うむ、今のところ噂《うわさ》されてるようなヤバい奴には見えんな）」

　でもまあ、よく考えたら客にタメ口とかありえないよな。現実だとこんなもんか。

　そんなことよりどのクラスを取得するか、だ。

【アへ声】だと初心者には【戦士】のクラスがオススメされていた。

　このクラスは装備可能な武具が豊富なため攻守のバランスがよく、覚える技も扱いやすいものが多い。迷ったらとりあえずコレ、って感じのクラスだった。

「【剣士】でお願いいたします」

ただし慣れたプレイヤーであれば、ここは【剣士】一択だ。

【剣士】は防御に不安があり、覚える技もピーキーなため、中級者向けのクラスだと思われがちだが、最初のうちはモンスターが弱いので防御はそんなに気にしなくていいし、ピーキーな技もゲームの知識がある程度あれば使いこなせる。

むしろ最初のうちにさっさと【剣士】を極めてしまった方が効率いいんだよな。

「かしこまりました。メインクラスを【剣士】、サブクラスを【騎士】で登録いたします」

「はい、お願いしま——うん？　サブクラス？　いえ、サブクラスはまだ取得しませんが」

「えっ」

「えっ」

いや、そんな「【騎士】をサブクラスにするのが当然」みたいな反応をされても……。

サブクラスってのは、もっと後で取得するもんだろ。

サブクラスを取得すると、クラスレベルを上げるのに必要な「熟練度」が分割されてしまい、クラスレベルが上がる速度が半分になってしまう。

二つのクラスレベルを同時に上げられる、というと聞こえはいいが、獲得熟練度が少ない序盤からサブクラスを取得しようものなら、全然クラスレベルが上がらず強くなれない。

そんな有様ではダンジョン攻略が進まないので、サブクラスはさっさと攻略を進めて稼ぎの効率がいい場所までたどり着いてから取得すべきだ。

なので【アヘ声】においては、序盤は一つのクラスを集中的に鍛え、さっさと強力な技を習得するのが定石だった。

それに、サブクラスの選択も意味不明だ。なんでよりによって【騎士】？

【騎士】は名前から想像がつく通り、守りに優れたクラスだ。

そしてこのクラス最大の特徴は、敵の攻撃から味方を庇《かば》うことができる点にある。

つまり、敵からの攻撃を一手に引き受けつつ、その攻撃を持ち前の防御力を以《もっ》てして跳ね返す壁役を担うのが【騎士】だ。

敵の攻撃を受けるのを【騎士】に任せることで、他のメンバーは安心してそれぞれ攻撃役や回復役、補助役といった別の役割に専念できるようになる。

そしてこれは、「【アヘ声】ではメンバーをそれぞれスペシャリストとして育成し、それぞれの得意分野を活《い》かして協力しながら戦うのが基本」、ということでもある。

だから攻撃が得意な【剣士】なら同じく攻撃が得意なサブクラスを取得して火力を底上げすべきだし、【騎士】はサブクラス——つまり片手間でやるのではなくメインクラスで壁役に徹するべきだ。

……いやまあ、最終的に俺はパーティメンバー全員のステータスをカンストさせ、かつ全クラスを極めさせて万能の冒険者集団にするつもりではあるんだけど。それはあくまで「最終的にそうする」というだけの話だからな。

最初から満遍なく育成したところで器用貧乏にしかならない。

特に、防御を犠牲にして攻撃に特化している【剣士】と、攻撃を捨てて防御に特化している【騎士】の相性は最悪だ。

攻撃役をさせてみれば火力不足で敵を倒せず、壁役をさせてみれば打たれ弱くて即死するとか、何がしたいのか分からん。

そんなもんを勧めるとか、この人はいったい何を考えてるんだ？

いったい何年ここの職員をやってるんだ——って、待てよ？

【アヘ声】だとこの人は白髪交じりの中年男性だったんだが……今、俺の目の前にいるこの人はべつにそんなことはない。

よく見れば、むしろゲームで表示されていた立ち絵よりも若い気がする。

……なるほどな。転生してから今まで、なんか全然原作の登場人物を見かけないなあとは思ってたんだが、その理由がようやく分かった。

たぶん、俺が転生したのは原作ストーリーが開始する数年前に転生したということなんだろう。

冒険者ギルドが最盛期を迎えるのは原作開始の少し前だ。原作主人公が冒険者になった理由は「今、冒険者がアツい！」的な流れに乗ったからだと描写されてたからな。

つまり、現時点ではまだ冒険者という職業の黎明期《れいめいき》なんだろう。

だから、どんなクラスが強いのか、とか、どんなサブクラスを取得すべきなのか、とか、そういう情報が今の段階ではまだ出揃《でそろ》ってないわけだ。

なので、現時点ではこの人みたいな考え方こそが一般的で、むしろ前世の記憶によって最初から正解を知っている俺の方がおかしいんだろうな。

俺は知らない間にこの世界に飛ばされてたから、ネット小説とかでよくある「神様みたいな存在に会って転生特典をもらう」なんてことにはならなかった。

だから忘れがちになるけど、前世の記憶だって十分チートなんだよな。

チート能力を振り回して調子に乗るといつか痛い目に遭いそうだ。自重しなければ！

「あー、念のためご説明させていただきますが、【剣士】は火力特化のクラスでして……」

「大丈夫です。【剣士】といえど、ダンジョン上層に生息するモンスターの攻撃なら5発は確定で耐えられますし、厄介な追加効果のある攻撃をしてくるモンスターもまだいません。なにより、今の私の攻撃力なら殺《や》られる前に殺れますので」

「…………？？？（どこからツッコめばいいのか分からん。というかそれは1発食らっただけでＨＰが2割近く消し飛ぶということでは？　破滅願望でもあるのかコイツは？）」

いかん、条件反射でつい攻略掲示板に書き込んでた頃のノリで答えてしまった。

自重すると誓った直後にやらかすとは、迂闊《うかつ》にもほどがある！

「えっと、【先輩】に色々と教えていただいたもので……。とにかく、今回は【剣士】の取得だけでお願いいたします」

嘘《うそ》は言ってない。

【先輩】というのは【アヘ声】でチュートリアルをやってくれるキャラのことだ。

ダンジョンRPGをやったことがない人にも分かりやすく丁寧に、基本から応用まで色々と教えてくれるため、プレイヤーからは親しみを込めて【先輩】と呼ばれていた。

「……本当によろしいのですか？」

「心配していただいてありがとうございます。ですが、私は早く強くなりたいのです」

「……何があっても自己責任ですからね（ワケありか。だとしたらギルド職員の俺があまり踏み込むべきではないな。死に急ぐ奴《やつ》に対して何も言えんとは……ままならんものだ）」

そんなやり取りを経て、無事【剣士】のクラスを取得した俺は、さっそくダンジョンに籠ってクラスレベルを上げることにした。

いつものように受付で入場記録を取り、ギルドの地下に存在する巨大な扉へと向かう。

謎の金属で造られているその扉には、魔王を表していると思《おぼ》しき禍々《まがまが》しい彫刻がなされており、初見時は「この門をくぐる者は一切の希望を捨てよ」というどっかで聞いたフレーズが脳裏をよぎったものだ。

扉に手をかざせば、そこから波紋のようなものが広がり、重厚な音を立てて扉が開いた。

「よし、今日も頑張るか！」

いつものように、わざと声に出して自分を奮い立たせる。

そうして扉をくぐると、俺は薄暗い岩の洞窟へと足を踏み入れた。

そのまま最短距離で階段に向かい、一気に3階まで下りていく。

下りたのに「3階」と言うのも変な話だが、ダンジョン内は不思議空間なので、次の階に行く手段が階段を下りる・上る・扉をくぐる・ワープゲートで飛ばされる……などなど、統一感というものがない。そのため、便宜上このようにカウントすることになっている。

それはともかく、クラスレベル上げだ。

今後はモンスターを倒せば熟練度が手に入り、これを溜《た》めればクラスレベルが上がる。

つまりやることは今までと変わらない。ひたすらモンスターを狩ればいいだけだ。

「……ん？　お、おお？」

ふと気づけば、いつの間にか俺は剣道の「八相の構え」に似た体勢で剣を構えていた。

まるでいつもそうしていたかのように自然とやっていたのでスルーしそうになったぞ。

俺は前世で剣術なんてかじったことすらなく、今まで力任せに剣を振り回してただけだ。

にもかかわらず、今の俺が試しに剣を振ってみれば、自然な動きで攻撃することができるようになっている。

他にも歩法などが身についていたり、剣術の基礎をスラスラと暗唱できるレベルの知識も備わっている。

熟練者とまではいかないが最低限【剣士】として戦える、という奇妙な確信があった。

……まあ、状況的に【剣士】を取得したのが原因だろうな。

この様子だと、クラスレベルを上げていけば俺の動きはさらに洗練されていき、【剣士】としての技量が上がっていくんだろう。

そういえば……原作知識の検証中、ギルドの図書室で読んだ本にそんなことが書かれていたような気もするが、専門用語だらけで意味不明だったんだよな。

原理が分からないのはちょっと不安だが、たぶん改めて調べても理解できないだろう。

クラスレベルを上げないと強くなれないし、原理が分からなくても利用するしかない。

なので、この件は深く考えない方がよさそうだ。


「くたばれ！」

ニヤケ面《づら》のゴブリンに袈裟《けさ》斬《ぎ》りを仕掛けると、一撃でＨＰが消し飛んだ。

ＨＰを大きく上回るダメージはそのままゴブリンを絶命せしめ、ゴブリンの死体は光の粒子になってダンジョンの床に吸収されるかのように消えていった。

よし、このあたりのモンスターはほぼ一撃で倒せるようになったな。

有り金はたいて序盤最強の剣を購入したかいがあったってもんだ。

身体《からだ》の動かし方に無駄がなくなったのか疲れにくくなったし、これなら数時間はぶっ通しでレベル上げができそうだ。

これからは稼ぎの効率が大幅に上がることだろう。

そんな感じで、俺は休憩を挟みつつ昼頃になるまでモンスターどもを狩り続けた。

廃人プレイヤーがダンジョンRPGをやると時間が溶けるように過ぎ去っていくが、それは現実となったこの世界でも変わらないらしい。

「【壱ノ剣】」

キン、と剣を鞘《さや》に納める音が響いた瞬間、俺の周囲を取り囲んでいたモンスターどもの胸が斬り裂かれ、一斉にドサリと倒れた。

やはり【剣士】が習得するスキルは実に格好いい。

まあ公式のイメージイラストは「剣士」っていうより「侍」に近いものだったしな。

モーションが格好いいのにも頷《うなず》ける。

「スキル」というのは、いわゆる「技」とか「魔法」とか「特殊能力」とか、そういうのを全部ひっくるめての総称だ。

スキルには「アクティブスキル」と「パッシブスキル」の2種類がある。

アクティブスキルはいわゆる必殺技で、パッシブスキルは条件を満たせば自動で発動する特殊能力のことだな。

で、俺が使ったのは、つい先ほど習得したばかりのスキル、【壱ノ剣】だ。

こいつは【剣士】が最初に習得するスキルであり、【アヘ声】での効果は「HPを消費して敵1グループに範囲攻撃を仕掛ける」というものだった。

もちろん、現実となったこの世界にはゲームみたいな「敵グループ」などの概念はない。

この世界での範囲攻撃は「自分を中心とした半径○○mの範囲内に攻撃を飛ばす」みたいな効果に置き換わっているみたいだ。

何度か試し撃ちしてみた感じだと、【アヘ声】での「敵1グループ」はこの世界だとだいたい「半径5m」くらいだろうか？

そのお陰で、【壱ノ剣】は【アヘ声】で使ってた時より結構使い勝手がよかったりする。

なにせ、ゴブリンどもは自分より弱い相手を大勢で囲んでジワジワとなぶり殺しにするのが大好きで、【アヘ声】でもここで回収できるエロシーンの内容はそれに準じていた。

なので、1人でこの付近を探索していると、奴らの方から近寄ってきてくれる。

しかもこちらに恐怖を与えようとしてか、俺の周囲を取り囲むように、かつ勿体《もったい》ぶったかのようにゆっくりとした歩みで近寄ってくる。

つまり、ほっといても全員を【壱ノ剣】の射程内に納められるような位置取りを自らしてくれるし、わざとゆっくり動いてくれるから攻撃を当てやすいし、おまけに先手も譲ってくれる……というわけだ。なんという親切設計。

まあ【壱ノ剣】を使う度にＨＰが減るから、【回復薬】の消費が増えたんだけどな。

さらにレベルの上昇に伴って最大ＨＰも増え、全回復させるために必要な数も増えた。

今後は【回復薬】が有料なので、出費がかさむようにもなってしまったが……。

それでも1匹ずつモンスターを狩っていた時より効率が段違いで、時給が跳ね上がった。

出費よりも倒した敵から得られる金の方が多い見込みなので、黒字になるだろう。

「【壱ノ剣】！　【壱ノ剣】！　【壱ノ剣】！　そしてたまーに【回復薬】！」

いやあ、大量のゴブリンどもが一撃で溶けていく様を見るのは気分爽快だぜ！

思わずテンション上がって技名とか叫んじゃうくらいに！

やっぱりクラスを【剣士】にして正解だった！　経験値・熟練度・金がおいしいぜ！

とはいえ油断は禁物だ。いくら敵の攻撃を確定で5発も耐えられるからって、HP管理を怠っていてはいざという時に【壱ノ剣】を発動できなくなるかもしれないからな。

レベル上げに没頭してると忘れそうになるけど、ここは陵辱モノのエロゲ世界だ。

そりゃあ負けたら悲惨な末路を辿《たど》ることになる。

だが、それを必要以上に恐れてもいけない。

恐怖のあまり戦いから逃げていてはいつまで経《た》っても俺は弱いままで、弱いままでは俺はいつまで経っても怯《おび》え続けなければならない。

だからこそ、俺は自分を騙《だま》してでも、今この時に戦わなければならない。

……まあそれはそれとして、レベル上げが楽しいってのも本音だけどな！

ダンジョンRPG最高！

「おおっと」

調子に乗ってモンスターどもを殲滅《せんめつ》していると、モンスターどもに最初から殺る気MAXで攻撃を仕掛けられるようになってしまった。

お仲間がゴミクズのように死んでいくところを何度も目撃していればそうなるか。

ゲームのようにAIで動いてるわけじゃないんだし。

こういうところがゲームと違って現実世界の面倒なところだ。

まあ個人的には、モンスターどもといえど失敗から学ぶ姿勢は嫌いじゃない。

かつては俺もそうだった。何度もバッドエンドを迎えては試行錯誤したもんだ。

「だが死ね」

まあだから何だって話だけど。同情もしなければ容赦もしない。

ギリギリまでモンスターどもを引きつけてから【壱ノ剣】ブッパするだけだ。

世界設定的にもモンスターは生かしておいても害にしかならないので、遠慮はいらない。

奴ら、人間のことを家畜か何かとしか思ってないからな。

なので、こちらも害虫を駆除するつもりで無心になって狩るべきだ。

変な気を起こすと、戦闘すらさせてもらえず強制イベント発生で「〇み袋エンド」だし。

そのへんは、さすがは陵辱モノのエロゲ世界だとでも言うべきか……。

「……なんだ？　子供だけは見逃せってか？」

たまに自分の子供を背中に庇《かば》って命乞いをしてくるモンスターもいる。

が、ただの騙し討ちなので可哀想《かわいそう》などと思ってはいけない。

現にこうして目の前で剣を納めてみせると、即座に親子ともども嫌らしい笑みを浮かべて跳び掛かってくるからな。

「悪いが、剣を納めたのは居合斬りのためだ。卑怯《ひきょう》なんて言わないよな？」

そして親を盾にして自分だけ生き延びようとした子供にトドメだ。

うーん、親を盾にするとか、なんて美しい「家族愛」なんだろうな。

……まあ、実を言うと、こいつらは親子ですらないんだけども。

子供らしきモンスターの死骸をよく観察してみると、どちらも成体であり、身体がデカイ個体とちっせえ個体が利害の一致で徒党を組んでるだけということが分かる。だからこいつらは遠慮なく殺していい。

目につくモンスターは全て殺すべきで、そこに慈悲は不要だ。

大人しく経験値と熟練度と金を差し出せ！

「ハハハハハハ！　経験値！　熟練度！　金！」

山のような戦利品を前に、高笑いが止まらなくなる俺だった――


――の、だが。

クラスを取得してから数週間ほど経った頃、俺は思わぬ悩みに直面することになった。

「うーん……」

それは目の前に鎮座する宝箱についてだ。

「もったいねえ……」

思わず呟《つぶや》きが漏れる。

モンスターが落とす宝箱からのアイテム収集、すなわちトレジャーハントはダンジョンRPGの醍醐味《だいごみ》の一つだ。

だが、あいにく今の俺は攻撃特化の【剣士】。

つまり戦闘しかできないので、この宝箱を安全に開ける手段を持ってないんだよ……。

モンスターが落とす宝箱には、基本的に罠《わな》が仕掛けられている。

まあここはダンジョン上層ということもあって、仕掛けられている罠は大したことないものばかりだし、なんなら罠が仕掛けられていないこともある。

だが俺にはそれを判別する手段すらない。

なにより、ごく稀《まれ》に凶悪な罠が仕掛けられていることだってあるので、不用意に開けるのはいくらなんでもリスクが高すぎる。

なので、宝箱は基本放置するしかなく、今の俺が手に入れられるのはモンスターごとに設定されているドロップ品のみだ。

ゲームと違ってやり直しがきかないこの世界においては、安全のためにも仕方のないことなんだが……。

「開 け た い ！」


今までずっと我慢してきたが、さすがに限界だった。

俺の中の廃人プレイヤー魂が、宝箱を開けろと！　トレハンしろと叫んでいる！

……いやまあ、予定では【剣士】のクラスレベルを最大にした後で、サブクラスに【狩人《かりゅうど》】を取得する予定ではあった。

サブクラスを取得すると成長速度が半分になるが、それには例外がある。

メインかサブのどちらか片方がレベルＭＡＸのクラスだった場合、そのクラスには熟練度がそれ以上入らなくなるため、もう片方のクラスに全て流れるようになっている。

だからさっさと【剣士】のクラスレベルをＭＡＸにしてしまってから、罠の解除スキル持ち、かつ習得スキルに【剣士】とのシナジーがある【狩人】をサブクラスにするつもりだったんだが――


でももう無理！　トレハンしたい！

あの宝箱を開ける瞬間のドキドキ感！

そして中身に一喜一憂する時間！　それを俺はこの上なく愛しているんだ！

それを我慢しなければならない状況は、テンションがおかしくなるくらいに辛《つら》い！

【アヘ声】では高レア度のアイテムはモンスターが落とす宝箱から入手するのが基本だ。

モンスターが直接落とすアイテムは、一部を除き汎用換金アイテムや素材ばかり。

店売りしているのは回復アイテムか初心者用の低級装備品のみなんだよな。

まあこの世界では【アへ声】にはいなかった「アイテムを売却する他の冒険者」という存在によって仕入れが充実しており、思わぬ掘り出し物と出会うことがないわけじゃないんだが……。

1日の大半をダンジョン内で過ごしている都合上、俺が店を覗《のぞ》く頃にはすでに掘り出し物は売り切れになってることの方が多いんだよな。

それになにより、やっぱこういうのは自分の力で手に入れてこそだろ！

他人のお下がりなんていらねえんだよ！

……でも【剣士】じゃないとレベリング効率が悪いんだよなあああああ！

一度上げた効率を落としたくないから【剣士】は辞められない！

でも宝箱は開けたい！　そのためにはクラスチェンジする必要がある！　ジレンマだ！

「よし……！」

とうとうボッチ――いや、ソロ冒険者を卒業する時が来たのかもしれない。

そう、俺が宝箱を開けるスキルを持っていないのなら、そういうスキルを持った人を仲間にして開けてもらえばいいんだ。

ということで、俺はダンジョンから脱出すると、さっそくギルド内に存在する「パーティ募集・斡旋《あっせん》窓口」へと突撃した。

なお、【アヘ声】はエロゲなので、ゲームでは当然の如《ごと》くパーティメンバーの増員＝奴隷の購入だった。

なので、この世界にこんな窓口が存在していることを知った時は驚いたものだ。

でもよく考えたら「パーティメンバーが自分以外全員奴隷」とかゲームでもなければ実現不可能だろうし、だったらこの世界では普通に他の冒険者とパーティ組むよな。

それはさておき、まずはすでに募集をかけているパーティとコンタクトを取って――

「……俺ではアンタを使いこなせそうにない。悪いが他をあたってくれ」（※震え声）
「申し訳ございません、オレ、じゃなくて私ではあなたのレベルについていけそうにありませんので許してくださいお願いします」（※早口）
「え、えっと……その、1人だけ突出してレベルが高い人をパーティに加えると、おんぶに抱っこになっちゃうから……」（※目逸《そ》らし）

「…………………」

なぜなのか。

さすがに俺もそろそろ新米冒険者は脱却していると周りから判断されているだろう。

そう思い、それなりに冒険者歴の長いパーティに声をかけまくったが、全員にやんわりと断られてしまった。

ならば、と今度は俺の方から同期の新米冒険者たちに声をかけてみたが、それすらも断られてしまう始末。

何がいけなかったんだ!?　アピール不足か!?

もっと高火力や殲滅力の高さを前面に押し出すべきだったか!?

いや、そうか……さすがにレベリング途中の身でベテラン冒険者に交じるのは無理があったんだな。

かといって俺と同期の冒険者たちと組もうにも、俺たちが冒険者になってからすでに数ヶ月。「新米同士これから一緒に頑張ろうぜ！」と言える時期は過ぎてしまったらしい。

くそっ！　まさか転生した後に「すでに仲良しグループができあがった後くらいの微妙な時期に転校してきてボッチ化してしまった学生」みたいな気分を味わうことになるなんて思いもしなかった！

「か、かくなる上は……！」

奴隷か？　奴隷しかないのか？

……いや、でもなあ。たしかに、この世界では奴隷は合法的な存在だ。

この世界の仕組みに対して、俺が異世界の価値観で文句を言うのは筋違いというものではあるが……さすがに元日本人としては奴隷の存在そのものに拒否感があるぞ。

そりゃあ俺だって「奴隷少女」という属性は大好きだ。

「奴隷少女の頭を1日中撫《な》でて過ごすゲーム」とか好きだったし。

でもそれはあくまで二次元での話だ。

ああいうのは二次元だからこそ性癖として受け入れられているのであって、さすがに現実で「奴隷買いたい！」とか言ってる奴《やつ》がいたらドン引きだし、「奴隷制度を導入すべきだ！」なんて言い出す奴は非難されて然《しか》るべきだ。

というか、そもそも家族でも恋人でもない女の子と一緒に暮らすのなんてどうすりゃいいのか分からん。

いくら奴隷といえど相手は人間なんだから、ペットを飼うのとはワケが違うんだぞ。

ゲームの主人公みたいに上手《うま》いことやれる自信が全くないんだが……。

……ん、いや、待てよ？　ペット……ペットか。

【アヘ声】だから奴隷＝女の子！　みたいな先入観があったけど、別にわざわざ女の子の奴隷を買う必要なんてないんだよな。

よし、「ほとんどモンスター」みたいな、なんかそういう「(比較的)奴隷として使役しても心が痛まない」感じの奴隷を探してみるか。

異種〇要素のあるエロゲを元にした世界だし、そういうのもいるんじゃねえかな。

そう思って奴隷市場に行ってみたまではよかったんだが――

「…………うへぇ」

想像以上に酷《ひど》い場所だな……。

檻《おり》に入れられた人々はHPを0にされ、ハイライトのない目で虚空を見つめている。

中にはボロボロの布の上に無造作に転がされて山積みにされ、まるで粗悪な大量生産品のように叩《たた》き売りされている人すらいた。

そしてその傍らには、ニタニタと下品に笑いながら商談する客と商人の姿……。

こういうのを見せられると、ここは【アヘ声】の世界なんだと改めて実感させられる。

奴隷を買いにきた時点で俺も同じ穴のムジナだけど、それでも気分が悪くなる光景だ。

なんだか市場全体の空気が淀《よど》んでいるように感じられて、臭いもひどい。

ここにいると精神的にも衛生的にも悪影響が出そうな気がする。

俺はさっさと目的を済ませてこんなところからはおさらばすることにしたのだった――

《裏》

遠くから黒髪の男が歩いてくるのが見えた時、その奴隷商人は、

「(予想よりも遅かったな。だがここに来ることは予測済みだったぞ)」

と心の中で独りごち、人知れずニヤリと笑った。

商人とは情報が命の職業である。それは奴隷を扱う者とて同じこと。

この奴隷商人もまた、今までの顧客、そしてこれから顧客となりそうな人間の情報は全て頭に叩き込んでいる。ゆえに、謎多き【黒き狂人】の情報に関しても、かなりの精度で把握しているという自負がこの奴隷商人にはあった。

この奴隷市場を取り仕切る商人の1人として、冒険者ギルドに自分の息が掛かった人間を送り込む程度のことは朝飯前である。

「(さて……彼の情報について、軽く確認しておくか)」

この世界における【狂人】の最初の痕跡は4ヶ月ほど前。それより以前の過去は不明だ。かの【狂人】はフラリと冒険者ギルドに現れて冒険者登録をしたのち、しばらくの間は目立った活動がなかったという。

【狂人】が派手に動き始めたのは、それから1ヶ月後のことだ。

まず、彼は尊厳破壊をも恐れぬ地獄の強行軍により、あっという間にレベル10に到達。

他の冒険者たちが3ヶ月かける道程を、たった1週間で達成してしまったのだ。

その後も彼の命知らずな行動は続き、最初のクラス選択で【剣士】のみを取得した。

彼のクラス取得を担当した職員も、さすがにこれは「冒険者と必要以上に関わってはならないどころの話ではない」と考え、サブクラスに【騎士】を取得するよう勧めたほどだ。

なぜサブクラスに【騎士】を取得することが推奨されているのか。

まず、この世界ではクラスによって装備できる武具が異なる。

厳密に言うと、人の手で作られた武具は誰にでも扱えるが、ダンジョンから見つかった武具には謎の力が働いており、クラスによって装備できるものとそうでないものがある。

そのため、冒険者の間では全身を重くて頑丈な防具で固めて身の安全を確保できるクラスが人気なのだ。

この謎の力について、ギルドが各国と連携して研究を進めているが、結果は芳しくない。

しかし何の成果もなかったわけではなく、「サブクラスに重装備が可能なクラスを取得することで、たとえメインクラスが軽い鎧《よろい》しか装備できないクラスであっても、ある程度は防御を固められる」ようになるまでには研究が進んでいた。

そして、その重装備が可能なクラスの筆頭こそが【騎士】である。

ゆえに、冒険者はとりあえずサブクラスとして【騎士】を取得することで、可能な限り防御力の高い装備品を身に纏《まと》い、自身の命と尊厳を守るのが定石とされているのだ。

そんな中、【狂人】は「早くクラスレベルを上げたいから」などという理由で【騎士】の取得を拒否し、たった1人でダンジョンを探索している。

ダンジョンで獲得した資金も当然のごとく武器代に全投入である。

何度も言うが、この世界においては「HP0」＝「尊厳破壊の後に死亡」である。

防御を捨てて攻撃に特化するなど、「死にたがり」だと言われても仕方がない。

「（だが、そこでかの男を『ただの死にたがり』だと断ずるのは、素人のやることだ）」

素人であればそこで思考停止してしまうが、この奴隷商人は違う。

魑魅魍魎《ちみもうりょう》どもが跋扈《ばっこ》する奴隷市場を生き抜いてきた凄腕《すごうで》商人としてのカンが告げている。

「（そう、この男はきっと上客になる、とな！）」

そのカンに従い、さらなる情報収集を行った結果、それが真実であると奴隷商人は確信するに至ったのだ。

かの【狂人】は決して死にたがりではない。

その証拠に、彼はダンジョンから帰還すると必ずギルドショップで【回復薬】を補充し、さらに【脱出結晶】という「ダンジョンからギルドへと一瞬で帰還できるアイテム」を必ず三つは確保しているとの証言があがっている。明らかに生存を意識した人間の行動だ。

しかも、ただでさえ高価な【脱出結晶】を三つも確保しているという念の入れように、むしろ絶対に生きて帰るという意志すら感じる。

となれば、彼の「早く強くなるため」という言葉は、死にたがりが建前で言っているのではなく、本気でそう思っているからこその発言なのだろう。

つまり彼は、あらゆる地獄を経験してでも力を求め、さりとていかなる地獄からでも生き抜いてみせると言っているのだ。

では、なにが【狂人】をそこまで駆り立てるのか。その答えは、彼がクラスを取得した際の発言に隠されていたのだ。

『【先輩】に色々と教えていただいたもので』。ギルドの職員はそう聞いたという。

文脈からして【先輩】とは冒険者の先輩のことだろう。だが、かの【狂人】は常に独り。

誰かと共にダンジョンへと潜ったという記録が一切ないのだ。

彼は単独で、1階層ずつ順にモンスターを根絶やしにする勢いで虐殺して回っている。


「まるで恨みを晴らすかのようにモンスターを虐殺する姿」

「誰も見たことがない【先輩】の存在」

「貪欲に力を求める姿勢」

「目立った活動のない空白の2ヶ月間」


そこから導き出される、【狂人】の正体とは――

「（復讐者《ふくしゆうしや》、か）」


冒険者になってからすぐに動き出さなかったのは、仇敵《きゆうてき》の情報を得るため。

尊厳破壊をも恐れぬ強行軍は、もはや復讐心以外に何も残っていないから。

【先輩】の姿を誰も見たことがないのは、もうすでに亡くなっているから。

そして……彼の仇敵とは、ダンジョンに住まうモンスターに他ならない。

「（それが分かれば、彼が次に取るであろう行動を予測するなど、造作もないことだ）」

1人で攻略できるほどダンジョンは甘くないが、彼は仲間を集めようとはしないだろう。

なぜなら、なにもかもを失った復讐者は、再び「大切なもの」を得ようとはしない。

喪失の痛みを知ってしまったがゆえに、二度と同じ苦しみを味わいたくないからだ。

だからこそ、いずれ彼はダンジョン攻略に必要な消耗品として奴隷を買い求めに来る。

この奴隷商人は絶対の自信をもってそのように結論づけた。


「（そして推測通りに【狂人】は私の前に現れた！　やはり私の目に狂いはなかった！）」


……この奴隷商人のことを笑ってはいけない。

まさか男が地獄を地獄とも思っておらず、半ば趣味でレベル上げに没頭しているだけであるなど、この世界の人間にとっては想像の埒外《らちがい》なのだ。

モンスターのことを「経験値・熟練度・金を生む機械」や「全自動宝箱運搬機」扱いしている人間など、そんな奴は本来なら存在するはずがないのである。

「すみません、（パーティメンバーとして）奴隷を探しているのですが……」

「ほほう、（捨て駒の肉壁として）ダンジョン攻略のために使役なさるのですね」

見るがいい、あの陰のある顔を。やはり私の推測は間違っていなかった。

そう奴隷商人は邪悪な笑みを浮かべるが、【狂人】は奴隷市場に漂うひどい臭いによって気分が悪くなっただけである。

それに奴隷商人は気づかないし気づけない。人間とは、他人から言われたことは鵜呑《うの》みにはしないが、自分で導き出した結論には絶対の自信を持つ生き物なのだ。

「では、こちらのゴブリンなどはいかがですかな？　10匹ほど纏めて買っていただければ少し値引きいたしますが……」

「いえ、1人でいいんですけど……」

なんと、この男は10匹分の苦痛をたった1匹に背負わせるつもりでいるらしい。

奴隷商人はそう解釈するが、【狂人】は「今は罠《わな》の解除要員だけでいいし、そもそもパーティは最大で6人までしか組めないだろ」とゲーム知識をもとに考えているだけである。

「それでは（モンスター奴隷は消耗品なので）長持ちしませんが。よろしいので？」

「はい、（奴隷だからって死ぬまで戦わせるつもりはないし、経験値効率を考えると）当分の間は1人で十分です」

そのうえで、消耗品をわざわざ治療して何度も使い回すことで、延々と地獄の苦しみを与えるつもりでいるようだ。

ならば量より質か、と奴隷商人は脳内の情報を適宜更新していく。

……勘違いを重ねているだけとも言うが、それを指摘する者はこの場にいない。

「将来的には俺と同じように（最強の冒険者として）育てるつもりなんですが」

ちょっと変わった表現方法だが、とりあえず「自分が味わってきた地獄を貴様らモンスターにも味わわせてやる！」という意味だろうと奴隷商人は解釈した。

ここのところ下卑た欲望をぶつけるために異性の奴隷を買い求める客ばかり相手にしていたので、「こんなに恐ろしい男と相対するのは久しぶりだ」と奴隷商人は冷や汗を流す。

奴隷商人の中で【狂人】という名の虚像はどんどん膨れ上がっていく一方であった。

奴隷商人にとって、いまや【狂人】は、

「モンスターどもの苦悶《くもん》の表情を芸術として、怨嗟《えんさ》の声を音楽として、絶望の淵《ふち》で死にゆく姿を喜劇として鑑賞して楽しむような、そんなブッちぎりでイカれた男」

である。唯一合っているのは、この男がブッちぎりでイカれた【狂人】だという点だけなのは言うまでもない。

「では、こちらの奴隷はいかがですか？」

そして今までの情報（※勘違い）を総合した結果、奴隷商人が【狂人】に紹介したのは、「ノーム」というモンスターであった。

【狂人】の前世では一般的にノームというと「長いお髭《ひげ》の老人のような風貌をした小人」であるが……そこはエロゲ世界のお約束。

檻の中にいたのは、身長10ｃｍほどの子供の姿をしたモンスターだった。

少年とも少女とも取れる中性的な顔立ちで、実際に性別は存在しない。

大地からニョキニョキ生えてくるモンスターである。

奴隷商人としては、【狂人】の復讐対象が分からないので、

『とりあえず冒険者にそこそこ被害を出しているモンスターで様子見』

『上層のさらに奥に出現するモンスターなので、見た目に反して頑丈』

『一晩ほど地面に埋めておけば勝手に怪我《けが》が治るので、維持費もあまり掛からない』

といった理由でのチョイスであった。


「あ、ではこの子でお願いいたします」


なお、見た目こそ完全に「元ネタとしてのノーム」と乖離《かいり》しているものの、「手先が器用で優れた細工品を作る」という特徴は【アヘ声】でも同じであったため、罠の解除という細かい作業をさせるには丁度いいモンスターでもある。

ついでに言うと、可愛《かわい》い見た目に惑わされてホイホイ付いていくと容赦なく地面に引きずりこまれて生き埋めにされたあげく、少しずつ身体《からだ》を腐敗させられて畑の肥やしにされてしまうという恐ろしいモンスターなので、奴隷として使役してもあまり心が痛まない。

【狂人】と奴隷商人の思惑は全く別の方向を向いていたように見えて、実は奇跡的に嚙《か》み合っていたのだった……。

第2章

《表》

まさか、こんな序盤でモンスターをパーティに入れられるとは嬉《うれ》しい誤算だ。

そもそもの話、【アへ声】のモンスターは基本的に人間のことを餌としか思ってない。

人間を使って繁殖するタイプのモンスターですら、人間のことを「オ○ホ」とか「○み袋」くらいにしか思ってないという設定だった。

だから「モンスターと心を通わせ仲間にする」みたいな展開は【アへ声】に存在しない。

モンスターをパーティに入れたい場合は、「専用のスキルで捕獲して使役する」といった、モンスターを無理やり従わせる感じの手段しかない。

そしてそれらの方法を解禁するには、もっとダンジョン攻略を進めないといけなかった。

そういう【アへ声】をプレイしてた頃の先入観があったため、モンスターが普通に奴隷として売られてるなんて思いもしなかったんだよな。

俺の想定してた「ほとんどモンスター」というのは、言い方は悪いんだけど「苗床エンドから生まれたモンスター」とかそういうのだし……。

そういうのならギリ人間として奴隷市場で売ってるかなって……。

「でもまあ、結果オーライだな。これからよろしく」

「…………」

ノームに話しかけてみたが……反応がないな。これ、ちゃんと意思疎通できてんのか？

何を言ってもジト目のような表情から一切変化がない、というかピクリとも動かない。

視線を顔から上にスライドさせると、ノームの頭にベルトが巻かれてるのが見える。

そしてベルトで固定されているのは、太陽光を反射してどこか不吉な輝きを放つ宝石だ。

この【隷属の首輪】の効果で、俺の命令にはちゃんと従うようになってるらしいが……。

「首輪……首輪かこれ？　なんか指輪サイズだし」

そりゃあノームの身長が10ｃｍくらいしかなくて首に装着できないから仕方ないんだろうけど、こんなミニチュアサイズの【隷属の首輪】で本当に効果があるのか不安になる。

……ちょっと試してみるか。まずは裏切り防止と、人に危害を加えないように色々と禁止しておこう。

「俺に害を為《な》すの禁止。正当防衛以外で人間に害を為すのも禁止」

「…………」

俺が命令する度に【隷属の首輪】の宝石部分が発光する。

これが「命令が有効になった」っていうサインらしいが……本人が無反応なせいで、本当に命令を理解してるのかどうか分からん。

もしかして内容がフワッとしすぎなせいか？　もうちょっと具体的に禁止してみるか？

えーっと、バッドエンドでノーム畑の肥やしにされる時のシチュエーションはどんな感じだったっけ。

「他のノームと共謀するの禁止。人間の顔に粘土を貼り付けて窒息させるの禁止。人間を泥で拘束するの禁止。人間を生き埋めにするの禁止。人間を腐敗させて肥料にするの禁止」

「………………」

とりあえず思いついたことは全部禁止しておいたが、やっぱり反応がない。

「手を上げろ」みたいな簡単な命令で確認してもいいが、騙《だま》し討《う》ちのために従ってるフリをされても困る。絶対やりたくないと思うような命令でないと確認にならないだろう。

かといって酷《ひど》い命令を出すのも、相手がモンスターといえど気が進まないんだよな……。

いや、でも、そうやって確認を怠って肝心な時に裏切られたら困る。

場合によっては命に関わるんだから、心を鬼にして確かめるしかない。

「今から確認のために君をぶった斬るから、その場から動かないでくれ」

「………………」

そう言いながら剣を抜くが、ノームに動く気配はない。

ぼんやりと虚空を眺めているようにしか見えないな。

まあ「どうせただの脅しだろ」とか思われている可能性も考えて、俺は現在習得済みのスキルの中で最も威力が高いものを発動した。

「【絶刀】」

俺のHP3割と引き換えに超火力の剣撃が炸裂《さくれつ》し、ノームのすぐ隣の地面が爆《は》ぜた。

外したのはわざとだ。さすがに本気で当てるつもりはない。

ちゃんと命令が有効なのか確認が出来ればいいんだから、演技で十分だろう。

「………………」

「小さいから当てづらいな。ならばもう1発」

本気で当ててるつもりだったという演出のためにそう呟《つぶや》きつつ、確認のためにもう1発。

さっきと反対側の地面も爆ぜるが、相変わらずノームに動きはない。

……いや、よく見ると「その場から動くな」という命令を守り、爆風で吹き飛ばないように踏ん張っているようだ。ということはちゃんと命令を聞くんだな。

うーん……もしかして、モンスターだから人間の言葉を喋《しゃべ》れないし、人間が使うジェスチャーとかも知らなかっただけなんだろうか？

反応がなかったのではなく、どう反応すればいいか分からなかったってことか？

「今後は『肯定』の時は首を縦に、『否定』の時は首を横に振ってくれ。分かったか？」

俺がそう言えば、ノームはガクガクと勢いよく首を縦に振って肯定を返してくれた。

やっぱりそういうことか。なんか悪いことしたな……。

ちなみに、表情は1mmも変わってない。たぶんこれは元からこういう顔なんだろう。そういえばノームの姿は、人間を油断させるための「疑似餌」だとか、なんかそういう設定だったような気がする。

「ごめんな。色々と至らないところの多い主《あるじ》だと思うけど、改めてよろしく頼むよ」

俺はノームを掌《てのひら》に乗せると、腰のバッグの外ポケットに差し込んだ。

モンスターとほぼゼロ距離なのはやはり不安だが、ノームはその身長ゆえに移動速度に難がありすぎるので仕方ない。

「こ、これで手続きは終了です……（だからなんで毎回わざわざ手前の窓口の職員を素通りしてまで俺のところに来るんだ!?）」

まあいつまでも余計なことに気を取られているわけにはいかない。

それよりもレベル上げだ。

俺はノームに【狩人《かりゅうど》】を取得させると、さっそくダンジョンへと潜ることにした。

「ハハハハハ！　経験値！　金！　宝箱！　今日も大漁だなあ！」

片っ端からモンスターに喧嘩《けんか》を売っては【壱ノ剣】でまとめて経験値に変えていく。

そしてモンスターが見当たらなくなったら次の階へ進む……というのを繰り返す。

思えば、この岩の洞窟を進むのにも慣れたもんだ。

最初はでこぼこした地面に足を引っかけて転びそうになったり、壁にかけられた松明《たいまつ》の光で揺らめく岩の影をモンスターと見間違えたりしてたんだよな……。

「……あ？　おい、待ちやがれ！」

そうしているうちに、俺を見た瞬間逃亡を図るモンスターが出始めた。

【アヘ声】ではたとえこちらがレベル99でも構わず雑魚モンスターが立ち向かってくるので面倒だったが、恐怖のあまり逃げるモンスターってのもそれはそれで面倒なんだな。

「逃がすかオラァ！　【弐ノ剣】！」

なので「飛ぶ斬撃を放つスキル」で遠くから絶命させる。

まあ斬撃っていっても見た目は「剣先から謎ビーム発射」だが。

【アヘ声】だと遠距離攻撃がしたければ武器を弓とかに持ち替えればいいだけだったので、HPを消費してまでわざわざ使いたいスキルではなかったけど、ゲームみたいなターン制ではなくリアルタイムで戦わなければいけないこの世界では重宝している。

「おっ、宝箱。よし、じゃあさっそく頼むぜ！」

バッグのポケットからノームを引き抜いて宝箱に乗せると、ノームはコクリと頷《うなず》いて器用に鍵穴を弄《いじ》り始めた。

俺はそれを少し離れたところから眺めることにする。

【アヘ声】では罠《わな》の解除に失敗してしまうと問答無用でパーティ全員が巻きこまれたりするが、この世界ではちゃんと物理法則が機能しているので離れていれば巻きこまれない。

なので罠の解除に失敗しても他のパーティメンバーが助けに入ることができる。

「………」

やがてガチャリと音を立てて宝箱が開いた。

蓋に針が飛び出す仕掛けが施されていたみたいだが、作動する様子はない。

ノームに視線を向ければ、親指を立てている。事前に決めていた「解除成功」のサインだ。

「よし、よくやってくれた！」

俺はワクワクしながら宝箱の中を見た。うーん、この瞬間がたまんねえな！

しかも今回は初めて開けた宝箱なので、否応《いやおう》なしに期待が高まるってもんだ！

「これは……」

宝箱から出てきたのは、緑色の装束だった。緑を基調とした衣服に、胸部だけを覆う装甲、矢筒固定用のベルトがセットになっている。

「【ハンターウェア】か」

つまり【狩人】の服。説明不要だな。

こいつはダンジョン上層を攻略中はほとんどドロップしない珍しいアイテムだ。

しかし上層を突破した後はそこそこ高頻度で手に入るようになるうえ、同時に上位互換の防具も登場するという、悲しいアイテムだったりする。

「やったあああああレアアイテムだああああ！！！」

とはいえ、上層で手に入る防具としては破格の性能であるというのも事実なので、やっぱり手に入ると嬉《うれ》しいもんだな。

しかも初の宝箱でいきなりレアアイテム。これは幸先《さいさき》がいい。

今後の冒険者ライフにも期待が持てるってもんだぜ！

「とりあえず、こいつはノームが装備しててくれ」

いつまでもノームに奴隷服……ってか、ほとんどボロ布みてえなのを着せとくわけにもいかないし、そういう意味でもちょうどよかった。

「おお、『ダンジョン産のアイテムは持ち主に相応《ふさわ》しい姿に変わる』ってのは本当なのか」

ノームに「装備させる」と念じた瞬間、【ハンターウェア】がみるみるうちに縮んでいき、ノームにピッタリのサイズになった。見た目もワンピースに変化している。

女性用の見た目に変化するってことは、ノームは便宜上は女性扱いなのか……。

「まあそれはどうでもいいか。さーて、この調子でガンガンいくとしようぜ！」

「…………」

「見ろよノーム！　俺の歓声を聞きつけて、新しい宝箱――じゃなかった、モンスターがノコノコとやってきたぜ！」

「…………」

俺はニヤニヤと嫌らしい笑みを浮かべるモンスターどもに対して笑顔を返してやると、突撃かましてスキルをブッパしてやった。

「あー……いかんいかん。ついテンション上がってやりすぎちまった」

そうして戦い続けているうちに、このへんのモンスターは全滅してしまったみたいだ。

腰に巻いたバッグが重い。

このバッグは、いわゆる「見た目以上にたくさん物が入る魔法の鞄《かばん》」というお約束のアイテムなんだが、すでに戦利品と【回復薬】の空ビンでパンパンになっている。

ついテンション上がって調子に乗ってしまったらしい。

「ん？　スマホに着信……なわけないか。すまんノーム」

ポケットが震えていることに気づき、日本人だった頃の癖で中身を鷲掴《わしづか》みにしちまった。

当然この世界にスマホなんてあるはずもなく、震えていたのはノームだった。

相変わらず無表情で何を考えているのかはわからないが、さすがに心配になって「大丈夫か？」と尋ねてみるも、ノームは首を縦に振るばかり。

大丈夫ならなんで震えてるんだ？　そういう生理現象か？

うーん、モンスターの生態はよく分からんな。

「これ以上アイテムを回収するのは無理そうだ。ちょっと早いけど、今日はもう帰るか」

俺はバッグから【脱出結晶】を一つ取り出し、地面に叩《たた》きつけた。

すると割れた結晶から光が溢《あふ》れ出し、いきなり足場がなくなったかのような浮遊感を覚えたかと思うと、次の瞬間には俺とノームはダンジョン入口まで戻っていた。

うん、ちょっとお高いアイテムだが、やはり【脱出結晶】は便利だ。

この手のアイテムを常にいくつか携帯しておくべき、というのはＲＰＧの鉄則だな。

「……あ。そういえばノーム、お前はなにを食うんだ？」

いつものようにギルド内のショップで不用品の売却や消耗品の補充などをしつつ、さて今日の夕飯は何を食おうかと考えていた時。

俺は気分が悪くてさっさと奴隷市場から帰りたかったがゆえに、ノームの食事について奴隷商人から聞き忘れていたことに気づいた。

「………………」

「何も食わないのか？……食わないだけでエネルギーは必要？　どうやって？　地面に……いや、土の中に埋めればいいのか？」

ノームが簡単なジェスチャーしかできないため意思疎通に苦労する。

それでも原作知識を思い出しながら質問を繰り返し、なんとかノームの食事について知ることに成功した。

どうやらノームは植物のように地面から養分を吸収して生きているらしい。

ただ、俺は宿屋暮らしなので、勝手にノームを裏庭とかに埋めたりしたら迷惑になる。

なので、最終的に俺はそのへんの店で売っていた植木鉢と家庭菜園用の土を購入し、部屋に置くことにした。

「今日はお疲れ。ゆっくり休んでくれ」

「…………」

就寝前、枕元に設置した植木鉢にノームを乗せると、ノームは直立不動のまま沼に沈んでいくかのように土の中に潜っていった。

アホ毛が雑草みたいに数本だけ外に出ている。はっきり言ってシュールだった。

「えーっと……それじゃあ、また明日」

俺の挨拶に対する返答なのか、アホ毛がゆらゆらと揺れる。やはりよく分からん生物だ。

そんなことを思いつつ、俺もベッドに潜って目を閉じた。

そんな奇妙な隣人との生活が始まってからというもの、俺はますますレベル上げとトレハンにのめりこんでいった。

ボタン一つで戦闘や探索が可能なゲームとは違い、この世界ではそれらに相応の時間がかかる。レベルアップのスピードもアイテム図鑑の埋まり具合もゲームと比べて圧倒的に遅いが……。

それでも、レベルやステータスの上昇、装備品の充実などによって自分の成長が目に見えて実感できるのはやはり嬉しく、俺はモチベーションを維持できていた。

そうやって毎日ダンジョンに潜り続けて数ヶ月が経《た》った頃、俺は【剣士】のクラスレベルを最大まで上げることに成功していた。

「うーん……」

これを機に、俺は改めて俺とノームのスキル構成や装備構成を考えることにした。

いわゆる「ビルド」というやつだな。

スキルは条件さえ満たせばいくらでも習得できるが、それだけではスキルは使えない。

スキルを使うためには「スキルスロット」にセットすることでスキルを活性化させる必要がある。それはこの世界でも同様で、身分証からスキルスロットを弄らないといけない。

そして活性化できるスキルの数には限りがあるため、どのスキルを活性化するかの取捨選択が必要となるんだよな。

もっとも、俺は使い道がなさそうなスキルでも最終的にはコンプするつもりだけどな。

もしかしたら【アヘ声】では使い物にならなかったスキルでも、この世界なら有効活用できるかもしれない。なにより、スキル一覧を見たときに取得済みスキルが歯抜け状態になってたら気持ち悪いからな。

それはともかく、ビルドの話だ。当初、当分の間ソロでダンジョンを攻略するつもりだったので、メイン【剣士】、サブ【狩人】にするつもりだった。

しかしノームを仲間にしたことで最初に考えていたビルドは使えなくなったので、新しく考え直す必要がある。

「なあ、ノーム。次はメイン【騎士】・サブ【剣士】にクラスチェンジして、君を敵の攻撃から庇《かば》いつつ反撃する戦法でいこうと思うんだが」

「………」（※グッと親指を立てる）

相変わらずノームは無表情のまま一言も喋《しゃべ》らない。

が、いつの間にかギルドにたむろする冒険者や街の人々を見てボディランゲージを学んだらしく、身振り手振りでこちらに自分の考えを伝えてくれるようになった。

それで気づいたんだが、ノームは表情が変わらないだけで感情自体はあるらしい。

最近は俺の肩をてしてしと叩いて不満を表したり、呆《あき》れたように肩をすくめてみせたりと、むしろ感情豊かなくらいだ。

見た目が小さな子供であるノームが、パタパタと全身を使って感情表現する様子を見ていると、ついつい微笑《ほほえ》ましさを感じてしまう。

でもこいつ、人間を腐敗させて畑の養分に変えてしまうような危険生物なんだよな。

いかん、ちょっと絆《ほだ》されてるかもしれん。気を引き締めなおさないとな。

「………」（※首をかしげる）

「あ、いや、すまん。ちょっと考え事。えーっと、どこまで話したっけ？　ああ、そうそう。ただ、それには君の協力が必要でな。2パターンあるから、どちらか選んでほしいんだよ」

「………」（※胸をドンと叩く）

「『確実に敵の攻撃から守られる代わりに常時瀕死《ひんし》状態をキープ』と、『常にＨＰ満タンだけど稀《まれ》に庇うのに失敗して敵の攻撃（即死級）が飛んでくる』のと、どっちがいい？」

「…………？…………？？？？？？」

詳しく説明すると、前者は【ナイトシップ】というパッシブスキルを利用したスキル構成にする案、通称【湿布】だ。

【ナイトシップ】の効果は「瀕死の味方を自動で庇う」。まあ「騎士」の名に相応しいスキルだな。

【湿布】は味方全員を瀕死にしておく必要があるものの、スキルの発動率は100％だ。

他のメリットとしては、味方全員に【死中活】という「瀕死状態で全ステータス2倍」の効果を持つパッシブスキルを覚えさせておけば、パーティメンバー全員を超絶強化して脳汁出そうになるくらい爽快な戦いができることがあげられる。

デメリットは常に全滅の危険性を抱えることだが、全ステータス2倍で敵よりも速く動けるので、奇襲されても対応がしやすく、殲滅《せんめつ》力も高いので囲まれても切り抜けやすい。

強敵と戦う場合を除けばこのデメリットはあってないようなものだ。

後者は【バンガード】と【ナイトプライド】というパッシブスキルを組み合わせる案、通称【バトライド】だ。

効果はそれぞれ「後衛の味方を自動で庇う」「庇う系スキルの発動率を上げる」だな。

メリットは味方のスキル構成が自由なことと、全滅の危険性が下がること。

また、メインの壁役の他にサブの壁役をパーティに入れておけば、ボス戦のように事故が起こりやすい戦闘で万が一メインの壁役が倒れても、サブの壁役が代わりに前に出ることでメインの壁役を回復させる時間を稼げるため、戦線を立て直しやすくなる。

デメリットは壁役以外の味方全員を後ろに下げる必要があるため、全員に遠距離からの攻撃手段を持たせる必要があること。

そして、【ナイトプライド】では「庇う」発動率が100％にはならないことだ。

メンバーをそれぞれの役割に特化させる都合上、どうしても紙装甲になってしまうため、雑魚モンスターの攻撃であっても運が悪いと即死する可能性がある。

あとはまあ【ナイトガード】っていう1ターンの間だけ味方を庇うアクティブスキルもあるにはあるんだが、こいつはアクティブスキルゆえに自動では発動してくれず、俺は戦闘中こいつを使い続ける以外に何もできなくなってしまうので、選択肢には含めない。

「そういうわけで、君にも関係あることだから、君の意見が聞きたいんだ」

「…………!?…………！？！？！？」

どうやら悩んでいる様子に見えたので、先にノームのスキル構成を考えることにする。

といってもまあこちらに関してはそんなに考えることはない。

現在ノームのクラスは【狩人《かりゅうど》】なんだが、まずダンジョンの道中に仕掛けられた罠《わな》や宝箱に仕掛けられた罠を察知して解除するスキル、敵の奇襲を警戒するスキルは必須として、あとは「戦闘中に何をさせるか」を決めるだけだしな。

選択肢としては、俺の後ろから弓で攻撃させるか、状態異常を付与するスキルなどで俺の支援をさせるか、といったところか。

今のところ攻撃役は俺が兼任なので、サポートに徹してもらうのがよさそうか？

「……おっと。ほったらかしてごめんな。ノーム、そろそろ決まったか？」

「…………」（※勢いよく首を横に振る）

「俺としては【湿布】がオススメなんだが」

「…………」（※さらに勢いよく首を横に振る）

「む、【湿布】は嫌なのか。絶対こっちの方が戦闘が楽しいんだけどなあ……。じゃあ【バトライド】だな。分かった」

「…………」

でもいずれは【湿布】を体験させたいところだな！

マジで面白いくらい雑魚敵をバッタバッタとなぎ倒せるからさ！

あの爽快感を味わうと二度と元のビルドには戻せなくなるぜ！

「…………!?」（※寒気を感じて震える）

「それじゃあ、今日も元気にダンジョンへ行こうか！　とりあえず近日中に必要なスキルを取得できるくらいに【騎士】のレベルを上げよう！　なあに、あと５００体くらいモンスターを倒せばすぐだ！」

「…………」（※心なしか目が死んでいるように見える）

　俺はノームを定位置となりつつある胸ポケットに入れると、ノームに他愛のない話をしながらダンジョンを進んでいく。

「ハハハハハ！　なんだ、やっぱり隠れてるだけじゃないか！　おらおら首と経験値と金と宝箱おいてけ！」

「…………」（※なにかを諦めたかのような様子でポケットの中でくつろいでいる）

　それにしても、最近はモンスターどもが自分から姿を見せることが減ってきた。

　もしや全滅してしまったのか？　と思ったこともあったが、こうして【匂い袋】というモンスターを呼び寄せる効果を持つアイテムを床にブチまければ、奴《やつ》らはどこからともなく湧いてくる。

　そりゃあこの程度でモンスターが絶滅するなら誰も苦労しないわなって話なんだが。

　まあすでに上層を突破するために必要なレベルは余裕で超えてるし、そもそもこんな序盤のモンスターを狩っても経験値効率がよくない。

　さっさと先に進むべきなんだろうが……順調に上がっていくクラスレベルを見ていると、ついつい楽しくてモンスターどもを狩ってしまうんだよな。

　それに、本来なら苦戦するようなボスとかを、レベルを上げまくってあっさり倒してしまうのって爽快だしな。

　ストーリー上では強敵扱いされてる奴が戦闘でワンパンされて、そのあとも強者ムーブかましてるのを見て、「こいつ足ガクガクさせながらこんなこと言ってんだろうなあ」とか想像するのって面白いよな。

もうすぐダンジョン上層のボスと戦う予定なので、今から楽しみだ。

……まあ、こうして強がらないと「陵辱モノのエロゲ世界に転生してしまった」「負けたら苗床エンド」という現実に挫《くじ》けそうになる、ってのもあるかもしれないけど。

知ってるか？　穴さえあれば老若男女関係なくモンスターの子供を孕《はら》めるんだぜ……？

肉体改造でどうとでもなるんだよ……。

普段はべつにそんなことないのに、戦闘中だけアドレナリン全開で深夜ハイテンションみたいなノリになるのは、なんかそういう理由なのかもしれない。

……うん、まあ、深く考えるとダンジョンを進むのが怖くなりそうなのでやめとくか！

ようするに負けなければいいんだよ！　負けなければ！

だから負けた時のことを考えるのは無意味だな！

ていうかダンジョンの中にいる時間の方が長いから、実質いつもこんなテンションってことだしな！

それにほら、あれだよ、複数のスキルを組み合わせて綺麗《きれい》にコンボが決まると脳汁ドバドバ出そうになるよな！

…………よし、この話は封印しよう。何か別のことを考えるとするか。

「ところで、ふと思ったんだが」

「…………!?」（※高笑いしてた奴からいきなり冷静な声が聞こえてきてビクッてなった）

「君って名前とかあるのか？」

「…………？？？」（※今さらすぎて何と答えたらいいか分からなくなった）

いつも「ノーム」って呼んでるが、ぶっちゃけそれって種族名だよな。

俺で例えると「ハルベルト」じゃなくて「人間」って呼ばれてるようなもんだし。

だからノーム個人に名前はあるのかと聞いてみれば……首を横に振ったか。

「やっぱそうか。まあ、ぶっちゃけノームって種族は『働きアリ』みたいなもんだしな」

「…………」（※絶句）

【アへ声】のノームって、名前こそ「ノーム」だけど実は蟻《あり》がモチーフらしいんだよな。

「女王蟻」に該当するのは、ノームを生み出す畑（通称【ノーム畑】）の方で、ノーム自体は【ノーム畑】にせっせと餌（人間）を運ぶために存在する「働きアリ」ってわけだ。

つまり【ノーム畑】によって労働力として使い潰すために大量生産された種族であるため、「個」を識別する必要がないのだろう。

「…………」（※うなだれている）

「おおっと！　モンスターだ！　はい首チョンパァ！！！」

「…………」（※キレそう）

「ん？　どうした？」

ふと気づくと、ノームが俺のことを見上げ、何か言いたげにジッと見つめていた。

……ふむ。これはもしかして、二次小説とかでよくある「アレ」か？

「俺に名前をつけてほしいのか？」

「…………。…………？…………！！！」

ノームはしばらくの間、まるで何かを躊躇《ちゅうちょ》するように停止したが、やがて俺の問いにコクリと頷《うなず》いて肯定を返した。

うーん……まさかモンスターがそんなことを考えるとは、驚いたな。

「個」を持たない種族であるがゆえに、「個」を持つ人間の存在を知ったことで、「自分だけの名前」というものに興味を持ったのだろうか？

「しかし、名前か……」

最近のノームはこちらの話に相槌《あいづち》を打ったりして、それなりに友好的な態度を見せるようになってきたが……しょせんは人間とは根本的に相容《あいい》れないモンスターだ。

だから完全に心を許したわけではないんだが……。

「んー、まあいいか」

まあ名前がないと不便だしな。別に名前を付けるくらいはいいか。

うーん、ノーム、ノームか……。俺たち【アヘ声】ファンは【ノム吉】とか呼んでたな。

つっても、さすがにそんなネットスラングじみた呼称はダメだろうから、俺は襲ってきたモンスターどもを返り討ちにしながら、真面目に名前を考えてみることにした。

「じゃあ『ルカ』で」

「…………」（※驚いたように体をのけぞらせる）

ちょっと悩んだが、他のダンジョンRPGをプレイしていた時にパーティメンバーにつけてた名前をそのまま流用することにした。

ちなみに「外国人　格好いい名前」で検索したら出てきた名前だ。

キャラメイクで名前を付ける時って、なんかこだわっちゃうんだよな。

あと、キャラメイクしたパーティメンバー同士で「こいつとこいつはライバル」「こいつは幼馴染《おさななじみ》」みたいな妄想で遊ぶのも、ダンジョンRPGの楽しみ方の一つだったり。

「改めてよろしく頼むよ、ルカ」

「…………」（※機嫌よさそうに身体《からだ》を揺らしている）

「あ、そうそう。俺の名前は『ハルベルト』な」

ちなみに、これは俺が【アヘ声】の主人公につけていた名前だ。

ただ、だからといって「今の俺」がいわゆる「原作主人公」と同一人物かというと、べつにそんなことはないみたいだな。

というか、今は「原作開始前」なので、主人公はまだ冒険者になっていないはずだし。

「よし、名前もついて心機一転ってことで、そろそろルカも戦ってみるか！」

「…………!?」（※びくぅ！　と身体が震える）

「なあに、すでに【バンガード】は覚えたから安心しろ！……まあ【ナイトプライド】はまだ覚えてないから成功率7割とかだけど」

「…………！？！？！？」（※服の裾にしがみつく）

そんな一幕があったりしながら、俺たちは順調にレベルアップを重ねていったのだった。

《裏》

ノームあらため、ルカが奴隷市場で【狂人】と出会った時。

彼女（？）は【狂人】と他の人間の見分けがつかなかった。

どうせこいつも他の人間と同じだろうと思っていたのだ。

なので、当初ルカはさっさとこの男を騙《だま》し、【隷属の首輪】を外させて反逆してやろうと画策していた。

これがなければ、奴隷は自由の身だ。

自由になりさえすれば、モンスターにとって人間などただの「餌」にすぎない。

なに、人間は少し友好的なフリをしてやれば簡単に騙されるような頭の悪い種族だ。

たまに騙されない個体もいるが、そいつらとて罠にはめてしまえばどうとでもなる。

そして自由になったあかつきには、餌の分際で今まで散々「偉大なる大地の使者」たるノームのことを苦しめてきた人間どもに復讐《ふくしゅう》を果たすのだ。

ノームが人間にしてきた所業を棚に上げ、ルカはそう思っていたのだが――

「他のノームと共謀するの禁止。人間の顔に粘土を貼り付けて窒息させるの禁止。人間を泥で拘束するの禁止。人間を生き埋めにするの禁止。人間を腐敗させて肥料にするの禁止」

思い出しただけでも背筋が凍る思いだった。

なにせ、ルカがこれからしてやろうとしていたことを全て言い当てられたのだから。

最初に出した「害を為《な》すな」という命令だけでも十分だったというのに、わざわざ具体的な命令を出したあたり、完全にこちらの考えていることを見透かされていたに違いない。

そうルカは確信している。

「【絶刀】」

「（……は？？？）」

そしてその直後に振るわれた剣技。ルカはその剣技に見覚えがあった。

それは、ルカが人間に捕獲されて売り飛ばされる前のことだ。

ルカはとある冒険者と戦ったことがあったのだが、その冒険者が最期の時まで温存していたスキルが【絶刀】だった。

そのスキルを見た時、ルカは初めて「恐怖」というものを知った。

なにせ当時のルカは【ゴーレム】というモンスターと共に戦っていたのだが、頑丈な身体を持つはずの【ゴーレム】がたった一撃でＨＰを０にされてしまったのだから。

もっとも、直後にその冒険者は【絶刀】の使用で大きくＨＰを消費して膝を屈したため、あえなくルカたちに袋叩《ふくろだた》きにされて畑の肥やしとなったが――

「小さいから当てづらいな。ならばもう1発」

「(いやいやいや!?　ちょっ、待っ、死ぬ!?)」

少なくとも、そんな気軽にポンポン放っていいようなスキルでないことくらい、スキルの詳細な効果を知らないルカにも分かる。

「(ひっ……!?)」

そこでルカは初めて【狂人】の顔をまともに見た。

そして、何もかもを飲み込む漆黒の闇を想起させる瞳を見てしまった。

こんな何の感情も宿っていないような瞳をする人間は見たことがない。

まるでこちらのことを路傍の石とでも思っているかのような冷たい目だった。

よく見れば、【狂人】は他の人間とは違って珍しい黒髪だ。

モンスターの中には突然変異によって強力な個体が生まれることがあり、そういった特異な個体は通常の個体とは体色が異なる。おそらくこの人間もそういう類いなのだろう。

「(あ、あなたを主《あるじ》として仰ぎます!　だから殺すのだけはご勘弁を!)」

ようやく「生命の危機」という自分が置かれている状況を理解したルカは、この男には逆らうまいと心に決めた。

なお、男は考え事をしながらルカを見ていたので凝視する形になっただけで、ルカが思ってるような深い考えなどなかったし、むしろその場のテンションに身を任せて失敗するタイプのアホなのだが、それが偶然にも徹底的にルカの心を折りに行ったのだ。

……そして、バッグのポケットに突っ込まれてダンジョン入りしたルカは、さらなる恐怖を味わうこととなる。

「ハハハハハ！　経験値！　金！　宝箱！」

「(『奴隷商人』とかいう人間は裏でこいつを【黒き狂人】だなんて呼んでいたけど……こいつが狂『人』だって？　冗談じゃない！　こんなのが人間であるもんか！)」

男の戦う姿を見て、ルカは情けない悲鳴をあげそうになるのをこらえるのに必死だった。

この世界においては、モンスターとは絶対的な捕食者であり、それ以外の存在は全て餌にすぎない。

中には人間の抵抗を受けて命を落とすモンスターもいるが、それでも種族全体を見ればモンスターと人間の差は歴然である。

モンスターこそが、食物連鎖の頂点に位置する上位者であることは純然たる事実なのだ。

――そのはずだった。

「見ろよノーム！　俺の歓声を聞きつけて、新しい宝箱——じゃなかった、モンスターがノコノコとやってきたぜ！」

その絶対的な捕食者であるはずのモンスターが、たった1人の男によって次々と餌にされ、全てを奪われていく。

その光景を見て、ルカは男が【狂人】、つまり「人間の範疇《はんちゅう》」などでは決してなく、人間になりすましてモンスターを食い荒らす【化物《ばけもの》】だと確信した。

「うーん、静電気みてえなチクチクした痛みにも慣れてきたな」

というか、モンスターの攻撃でHPが一撃で2割ほども削れているのに、怯《ひる》みもせずに平然と攻撃を続けるなど、そんな殺戮《さつりく》マシンのような人間なんて存在するはずがない。

生まれた時からずっとHPに守られて生きてきた人間が、HPが2割も消失するほどの攻撃を受けたことによる激痛に耐えられるはずがないのだ。

そんな攻撃、人間よりも痛みに耐性を持つモンスターだって食らいたいとは思わない。どころか、攻撃を食らったのになんともなかったかのように振る舞ってしまえる精神を持つ存在など、もはや人間でもモンスターでもない。【化物】と呼ぶのが相応《ふさわ》しいだろう。

「よーし！　この調子で、目指せ『最強』！」

間違いない。こいつはいずれ「最強」という名の誰にも手がつけられない存在となる。

それを悟ったルカは、奴隷の身分から「転落」することを何よりも恐れるようになった。

自身の自由を奪う忌々しい存在と思っていた首輪が、その実、これこそがルカをただの「経験値＝餌」から「奴隷＝一つの命」へと昇格させるものであったのだ。

首輪が外れた瞬間、あの何の感情も宿していない眼差《まなざ》しがルカを貫き、そして何の感慨もなく踏み潰されてしまうだろう。ルカは抵抗を完全に諦めてしまった。


……実際はなんだかんだルカに対して愛着が湧き始めているので、ルカに裏切られたら男は普通にショックを受けるのだが、ルカの方はそう思っていないのだから仕方ない。


「さあ、宝箱を開けてくれ！……こ、これは!?　よっしゃあ！　よくやった！　これでまた俺たちは最強に近づいたぞ！」

幸いなことに、「この【化物】はこちらのことも【最強】とやらに育て上げるつもりらしい」とルカは理解していた。

たしかにルカにとってこの男は恐ろしい【化物】だ。

だが、ルカがこの男の奴隷であり続ければ、いずれルカは「この【化物】以外の全ての恐怖」から解放されるのだ。

なにせ、ダンジョンはこの【化物】以外にも危険で満ち溢《あふ》れているのだから。

無論、ルカは「この男から与えられた力」で「力を与えた本人」に反逆できるとは思っていない。しようとも思わない。

どうせ即座に鎮圧できるような手段を用意しているに違いないからだ。

だからこそ、ルカはどんな命令でもこなす忠実な奴隷であり続けることにした。

この男に捨てられて「ただの経験値」に逆戻りするくらいなら、何だって耐えてみせると覚悟を決めたのだ。

「やっぱそうか。まあ、ぶっちゃけノームって種族は『働きアリ』みたいなもんだしな」

「(は……？　偉大なる大地の使者、ノームが……アリ……？？？……ああ、そうか……あくまで偉大なのは大地であって、ノームはしょせん奉仕種族にすぎない……か。皮肉なものだね。人間の奴隷になったことで、自分が『生まれながらの奴隷』であったことに初めて気づくだなんて……)」

「おおっと！　モンスターだ！　はい首チョンパァ！！！」

「(温度差ァ！！！)」

……ただ、そんな悲痛なまでの覚悟も無駄になりつつあるが。

【狂人】と一緒にいるといまいちシリアスになりきれないというか、見ていて頭が痛くなるような【狂人】の言動によってシリアスしてるのがバカバカしくなってくるのである。

また、なんだかんだで現在の待遇は奴隷のそれとしては破格であり、奴隷としていろいろと尊厳破壊されることを覚悟していたルカとしては拍子抜けもいいところであった。

まあ今後は解除に失敗したら毒ガスが噴き出す宝箱とか、爆発してHPが1桁になる宝箱とか、生きたまま全身が石化してしまう宝箱とかを解除しろと言われるだろうが……。

それでも、生きてさえいれば【狂人】に治療してもらえるので安心である。

……【狂人】と四六時中一緒にいたことで順調に価値観がバグりつつあることにルカは気づいていなかった。


「俺に名前をつけてほしいのか？」

「(温度差で風邪引きそうになってただけだよ！……いや、でも、待てよ？　人間は名前をつけたものに愛着がわく生物だったはず。そうなればヒドい目に遭わされずにすむのでは!?)」

「じゃあ『ルカ』で」

「(えっ、思ったよりマトモだ……。【湿布】だの【バトライド】だの言いだすような奴《やつ》だし、正直ネーミングセンスには期待してなかったんだけど……)」

「改めてよろしく頼むよ、ルカ」

「(名前。『種族』ではなく、『個体』を表す記号。そんなものに意味があるとは思っていなかったけど……。ルカ……ルカかぁ……うん、存外に悪くないね)」

……この世界にストックホルム症候群という概念がなかったのは、果たしてルカにとって幸運だったのか不幸だったのか。それは不明である。

「よし、名前もついて心機一転ってことで、そろそろルカも戦ってみるか！」
「（し、しまった！　こいつ人間じゃなくて【化物】だから愛着とか関係なかった！）」
「なあに、すでに【バンガード】は覚えたから安心しろ！……まあ【ナイトプライド】はまだ覚えてないから成功率7割とかだけど」
「（つまり3割の確率で即死級のダメージが飛んでくるんじゃないか！　やめろぉ！　そもそもノームは【ゴーレム】を使役して戦闘を丸投げするか、戦うにしても同族と群れて数の暴力で戦うのが基本の種族なんだぞ!?）」

もしかするとノームとして使い捨ての作業用ロボットのように死んでいった方が幸せだったのではないか。

そんな疑惑を残しつつ、ルカは今日も【狂人】に付き従うのだった……。

第3章

《表》

今さらだけど、ダンジョンというのはいくつかの階層に分かれている。

1～10階が上層、11階～30階が中層、31階～60階が下層、といった具合だ。

階層にはそれぞれ特徴があり、たとえば上層は最初のステージということもあって雑魚モンスターばかりだが、奥に進むと物理攻撃が効きにくいモンスターが出現する。

ようするに「物理攻撃一辺倒だと今後苦労するから、パーティ編成はバランスよくしたほうがいいよ！」というチュートリアルも兼ねているってことだな。

そんな感じで、上層はチュートリアルステージではあるものの、【アへ声】では条件を満たすとダンジョン各地でサブイベントが解禁されるため、上層を突破した後も何度か訪れる機会があったりする。

で、俺は今、まさに上層におけるサブイベントの一つが発生する場所にいるわけだが。

「べつにイベント発生を待つ必要なんてないんだよなあ！　はい【絶刀】ドーーーン！」

「（壁を壊すためだけに大量のＨＰを消し飛ばすとか、どうかしてるんじゃないの？）」

【絶刀】をブッパし、その都度ルカが俺に【回復薬】を投げて消費したHPを回復する。

パーティメンバーが増えたことによって取れるようになった協力プレイだ。

まあ【回復薬】は飲まずに身体《からだ》にかけても効果があるものの、全身ベタベタになるのであまりやりたくはないけど。

「（うわ、本当に隠し通路があった。いつも思うんだけど、主《あるじ》ってどこからそういう知識を仕入れてくるんだろうね。モンスターの巣穴って人間に発見されないよう巧妙に隠されてるはずなんだけど）」

何度目かの【絶刀】で壁が砕け散り、奥へと続く通路が現れた。

より正確に言うと、俺が壊したのは壁ではなく、「壁に偽装した岩」だ。

ダンジョンの地形は不思議な力によって守られているらしく、傷一つつかないからな。

【アヘ声】でもそれが隠し通路を暴くヒントになっていて、こういう隠し通路は巧妙に隠されているものの、傷一つつかないはずの壁にわずかな傷がついていたりすれば、それが偽装であるというサインだ。

「カチコミだオラァ！！！」

「（モンスターの巣穴に無理やり連れ去られる人間は数えきれないほどいるけど、嬉々《きき》として突撃していく人間は主だけじゃないかなぁ……）」

予定では、モンスターの巣穴に突撃するのはもっと後にするつもりだったんだが……。

最近どうにもモンスターどもの出現率が悪くて、経験値効率が下がってるんだよな……。

ギルドに聞いても「そんな報告は受けていない」って話だったので、これは俺の周辺限定の事象だ。つまり俺はモンスターどもから避けられているらしい。
さすがにモンスターどもを殺しすぎたみたいだ。
まあそのお陰で装備品はかなり充実している。
【東刀】（※日本刀っぽい剣）という序盤における強武器を筆頭に、
盾として【バックラー】（※小振りな盾）、
頭装備には【ハンニャマスク】（※般若《はんにゃ》のお面）、
胴体装備には【アシガルアーマー】（※和風の甲冑《かっちゅう》）、
下半身装備には【エスクワイアガード】（※騎士っぽい西洋鎧《よろい》）、
と、序盤で有用な装備を揃《そろ》えることができた。
あとはルカの武器として弓を手に入れるのと、俺の【騎士】のクラスレベルを上げて必要なスキルを習得すれば一区切りつくんだが……。
モンスターどもから避けられてるせいで、思うようにいってないのが現状だ。
【匂い袋】を使えばいいだけではあるんだが、【匂い袋】だってタダじゃない。
こんな序盤も序盤、戦利品も大したものがもらえないのに、【匂い袋】を使いまくるのはさすがにコスパが悪い。
なので、確実にモンスターどもがいると分かってる場所をこちらから襲撃することにしたってわけだな。

「（て、敵襲だと!?　なんだこいつは!?　新種のキメラ型モンスターか!?）」

「（おい、ノームがいるぞ！　もしや、新型ゴーレムの性能実験のために我らを殺しにきたのか!?　おのれ、浅ましくも『大地の使者』を自称する矮小《わいしょう》な種族が！　単独では何も為《な》せぬくせに、いつもいつも下層に住まう我らを見下しおって！）」

「（うん、まあ、気持ちは分かるけど、彼は人間だよ。少なくとも書類上は、だけど。というか『大地の使者』とか黒歴史を掘り返すのやめてくれない？　ボク、そういうの卒業したんで。今のボクは『ノーム』じゃなくて『奴隷』だよ）」

「（なんだ、人間の奴隷となったのか？　これは傑作だ！　生まれながらの奴隷にはお似合いの末路だな！）」

「（ハッ、それがなんだよ。そうだよボクは彼の命令には絶対服従の忠実なる下僕だよちくしょう。誰だよ宝箱に『毒ガス』だの『HPを1桁にする爆弾』だの『生きたまま石化するビーム』だの仕掛けた奴!?）」

「（……こやつ、なんでこんなにやさぐれとるんだ？　まるで高位モンスターの無茶ぶりに付き合わされまくった眷属《けんぞく》みたいだぞ）」

「なんか知らんが、隙ありィ！　【壱ノ剣】！」

「（あっ、しまっ――ぎゃあああああ！！！）」

なにやらギャアギャアと鳴き声をあげるだけで攻撃してこないモンスターどもがいたので、まとめて首をはねておいた。

威嚇のつもりか？　この世界に来たばかりの頃ならともかく、今の俺には通用しない。

一撃で倒せるようなモンスターを相手にビビるわけがないんだよなあ。

「思ったより数が多いな……このままでは……」

「（あれ、意外。いつもなら『経験値おいしいです！』とかって騒ぐのに。さすがに主もこの数は厳しい――）」

「途中でルカが【狩人《かりゅうど》】をマスターしてしまうかもしれん」

「（……そんなことだろうと思ったよ）」

まあ数が多いからといって苦戦はしてないんだよな。

そのために巣穴の中に踏み込まず、狭い通路を戦場に選んで一度に出現するモンスターの数を制限したわけだし。

モンスターどもが１００体いたとしても、１ｖｓ１００なら苦戦するだろうが、１ｖｓ１を１００回繰り返すだけならただの作業だ。

でもこのままではルカが【狩人】をマスターしてしまい、獲得熟練度が無駄になる。

ルカにはまだサブクラスを取得させてないからな。

場合によっては一時撤退も視野に入れる必要がありそうだ。

「む、こいつで最後だったか」

幸いなことに俺の考えは杞憂《きゆう》だったようだ。

ぎりぎりクラスレベルがカンストする前に戦闘が終わり、通路の真ん中に宝箱が現れた。

【アヘ声】ではモンスターと連戦した場合、戦闘回数が1回と判定されて宝箱が一つしか出現しない代わりに、連戦した数だけレアドロップ率が上がるシステムになっている。

そのため、【アヘ声】プレイヤーは「連戦してレアドロップ率アップに期待する【連戦教】」と「1戦ごとに撤退して宝箱の数を増やして試行回数を重ねる【単発教】」の二つの派閥に分かれてたんだよな。

かく言う俺は【単発教】だったんだが、この世界に来てからは【連戦教】に改宗した。

なにせ、【アヘ声】では3回までしか連戦できない仕様だったが、この世界ではそんな制限はない。

近くにモンスターの集団がたくさんいればいるほど何度でも連戦可能だ。

今回の巣穴襲撃にしたって、正確な回数は分からないが、たぶん30連戦くらいはしているはず。宝箱の中身は期待していいだろう。

「(ひぃっ!? 解除失敗!?……あれ、なんともないな)」

「ああ、【マジックバスター】だったのか。魔術を習得してない奴には効果がないが、魔術を習得してたら最悪即死だったな」

「(そんなもん解除させるなよぉ!? まだ【罠《わな》解除成功率アップ】効果のある装備が揃ってないんでしょ!? なんだよぉ! なんかボクに恨みでもあんのかよぅ!)」

まあそのせいで宝箱の罠のランクも上がってしまい、ルカには苦労をかけてしまってる。

帰ったら高級腐葉土と肥料を買ってやるから許してくれ。

「さあて、宝箱の中身は……っと」

宝箱の中身は、綺麗《きれい》な蝶《ちょう》の羽みたいな見た目をした装飾品、【妖精の羽】だった。

こいつは装備すると【浮遊】の永続効果があり、水上を移動したり地面に張り巡らされた罠を回避したりすることが可能になるレアアイテムだ。

序盤で手に入る装備品としては破格の性能なんだが……実を言うと、ダンジョン中層に【妖精の羽】が固有ドロップとして設定されているモンスターが登場するため、そいつを倒せば量産できてしまうアイテムだったりする。

レア度的には「当たり」だが個人的には「ハズレ」というか、ぶっちゃけ微妙だな……。

「まあいいや。序盤からノーコストで【浮遊】を使えるのは便利だしな。こいつはルカが使ってくれ」

「(ふふん、レアアイテムをボクに貢ぐとはいい心がけじゃないか。いつも宝箱を開けるために体を張ってるんだし、もっとボクのことを優遇してくれても――)」

「よし、これで機動力の問題は解決だな。ようやくルカも戦力として数えられるぞ！」

「(――いいとは思うけど、やっぱりこんなレアアイテムは奴隷のボクには不相応だね。ここは主を立てて譲るとしようじゃないか。……やめろぉ！　無理やり装備させようとするんじゃない！)」

【妖精の羽】をルカの背中に当てると、みるみるうちにサイズが縮んでルカにとってちょうどいい大きさになった。

相変わらず原理がよく分からん。質量保存の法則とかどうなってんだ？

「（くっそぉ……とうとうボクも戦わされるのか……。でもこれさえあれば主の胸ポケットに入らなくて済むんだよね。うっかりシャツごと洗濯桶《おけ》に放り込まれる可能性が消えるのとどっちがマシかなぁ……）」

装着が完了するやいなや、さっそくルカはひらひらと羽ばたいて空中へと飛び上がった。

飛行速度はそこそこあるみたいなので、これなら問題なく俺のダンジョン探索についてこられるだろう。

「おお……身体が小さいのもあいまって、まるで妖精みたいだな」

「（はぁ？【フェアリー】？ボクをあんな羽虫どもと一緒にしないでくれない？）」

肩をペチペチと叩《たた》かれてしまった。褒め言葉だったんだがお気に召さなかったらしい。

でもよく考えたらこの世界の【妖精族】モンスターって、ドブ川のように腐りきった性格のクソ野郎しかいなかったわ。すまん。

「とりあえずこの巣穴は焼き払っとくか。他のモンスターどもに再利用されても困るしな」

俺が【松明《たいまつ》】を片手に巣穴へと足を踏み入れると、ものすごい異臭が鼻をついた。

モンスターどもの体臭やら、様々な体液の臭いやら、排泄物《はいせつぶつ》の臭いやらが合体事故を起こした、最悪の臭いだ。

「……うげえ」

天井を見ると、身体のあちこちが欠損したモンスターが生きたまま吊《つ》るされていた。

おそらくここのモンスターどもに食用として捕らえられていたんだろう。

ダンジョン内で死んだ生き物は、光の粒子となって溶けるようにして消えてしまう。

素材として身体の一部が残る場合もあるが、基本的にはダンジョン内で生き物を食べるためには「踊り食い」する必要があるみたいなんだよな。

だから冒険者をやってるとこういう光景は珍しくないんだが、何度見ても吐き気がする。

「もったいないから経験値にしておこう（せめてもの情けだ、介錯《かいしゃく》してやろう）」

「（本音と建前が逆なんだよなあ）」

とりあえず【弐ノ剣】をブッパしてモンスターどもを消し飛ばしつつ、巣穴の探索をして「あるもの」を探す。

そして、俺はようやく「それ」を見つけた。

「誰か……そこにいるんですか……？　お願いします……助けてください……あいつらが戻ってくる前に……」

それは骨でできた檻《おり》だった。中には全裸に剝《む》かれた人たちがぐったりとした様子で倒れており、掠《かす》れた声で助けを求めてきた。

間違いない、モンスターどもに「母胎」として連れ去られた人たちだ。

「安心してください。モンスターどもは全滅させました。しばらくは安全でしょう」

「ピィ……っ!?　き、キメラ……!?」

「(……主、その装備やめた方がいいよ)」

「ん？　どうしたルカ。……ああ、そういえば兜《かぶと》を被《かぶ》ったままだったか。たしかに威圧感を与えるのはよくないな」

「(違う、そうじゃない。いや、違わないけど兜だけのせいじゃない)」

　おそらくひどい目に遭わされて肉体的だけでなく精神的にも摩耗しているだろう人々の負担にならないよう、俺は【ハンニャマスク】を外すと、比較的体力が残ってそうな金髪の女の子に落ち着いて被害状況を教えてくれるよう頼んだ。

「ヒェッ!?（こ、この人、ギルドの職員さんがお話ししてくれた【黒き狂人】!?）」

「……？　ああ、そうか。申し訳ありません、配慮が足りませんでした。こんなものしかありませんが、よかったら着てください。着替え終わったら言ってくださいね」

「えっ？　あっ、はい……ありがとうございます（あれ……思ったよりいい人……？）」

　俺はバッグから人数分のローブを出して彼女らに渡すと、後ろを向いて待つことにした。

　……あ、吊るされてるモンスター発見。まだいたのか。

「【弐ノ剣】！」

「ピェッ」

「おっと、話の途中にすみませんでした。着替えながらで構いませんので、そちらの状況を教えていただけますか？」

「は、はいぃ……！　拷問を受けて心を折られた人はいますが……その、まだ『そういうこと』をされた人はいませぇん……！（やっぱり怖い人だぁ……！）」

「（どうして主は息をするように【狂人】ムーヴをかますの？？？）」

聞いた感じだと、この世界ではモンスターに孕《はら》まされる前に徹底的に心を折られ、抵抗する意思を奪われるらしい。そのお陰で俺の救出が間に合い、最悪の事態は免れたようだ。

まあよく考えたら、繁殖用に捕らえたんだから自害されると困るよな。

特に、この世界ではダンジョンで死んだら即座に光の粒子になってしまうわけだし。

そう考えると、知能が低いモンスターのクセにやたらとテクニシャンだったり、なぜか相手をちゃんと気持ちよくさせようとするモンスターがいたり、そういう「エロゲのお約束」は意外と理にかなってるのかもしれない。

「快楽堕《お》ち」というのも馬鹿にできないんだな。

っと、しまった。今はそんなことを考えてる場合じゃないし、被害者の前で不謹慎だ。

「では檻を破壊しますので、少し離れていてください。【絶刀】！」

「…………」（※白目）

「（だからそのスキルはそんなポンポン使っていいものじゃないでしょ）」

「よし、それじゃあさっさと帰りましょう。【脱出結晶】を使いますので、皆さんもう少し寄っていただけますか?」

「は、はひっ!?　え、や〜、その、そんな高価なアイテムを使っていただくわけには!?

(というか、よく見たらこのローブも結構なお値段の防具だったような……!)」

「いや、人の命がかかってるんですからそんなことを言ってる場合じゃないでしょう」

「そ、そんな……私たち、たぶん行方不明者として冒険者ギルドから登録を抹消されてますし、銀行とかも使えないでしょうから返せるものが何もなくてですね……!?」

「なんだ、そんなことですか」

そりゃ【脱出結晶】はそれなりに高価なアイテムだが、戦っていればすぐに回収できる。ローブだって宝箱に入っていたものなので元手はゼロだ。俺の懐は全く痛まない。

たしかに俺は善人じゃない。ここに来たのはあくまでレベル上げが目的であり、それがなければここに来るのを後回しにするつもりだった。

だって1人(と1匹)でここを攻略するのはそれなりにリスクがあるからな。

つまり俺はこの場所のことを原作知識として知っていたにもかかわらず、自分の身の安全を優先してこの人たちを見殺しにしようとしていたクソ野郎なんだよ。

そんな俺でも、さすがに【脱出結晶】たった1個を惜しんで、それも目の前で死にかけてる人を見殺しにするほど落ちぶれちゃいないぞ。

誰かが消しゴムを落としたら拾って渡すくらいの親切心はあるつもりだ。

「俺は人として最低限やるべきことをやってるだけです。気にしないでください」

「さ、最低限……？（新米冒険者が1週間ほど毎日ダンジョンに潜ってようやく稼げるくらいのアイテムをポンポン渡して、自分の『命』を3割削ってまで檻を壊して他人を助けるのが、最低限……？？？）」

「とりあえず帰りますよ。ここもいつまで安全か分かりませんし」

「……せ、せめてローブくらいは洗って返します……（いくら『チョロい』ってよく言われる私でも、これが善意だなんてさすがに信じられませんよ!?　目的が分からなくて怖いんですけど!?）」

「さしあげますよ。女の子が直《じか》に着た服を再利用とか、ただの変態じゃないですか」

「（ごめんなさい。あとで何されるのか分からなくて怖いので夜逃げします）」

ううむ、この女の子の考えはよくわからんが、まずはギルドに帰るべきだな。


「――この方々を保護なさった経緯については承知いたしました。それでは、この方々の処遇はいかがなさいますか？」

……そして女の子たちを引き連れて帰還し、ギルドにことの成り行きを報告したところ、受付の女性からそんな言葉が飛び出してきた。

「現在、この方々は行方不明の期間が長かったため、死亡したものとして処理されてしまっており、この場において身分を証明するものが何もない状態でして……」

「登録情報の復活か、それが無理なら新しくメンバー登録をし直せばいいのでは？」

「その……現在この方々はハルベルト様が『ダンジョン内で取得したもの』という扱いになっておりまして……そうしないと『許可なくダンジョンに侵入した違反者』として処罰の対象となってしまいますので……」

ええ……なにそれ……怖っ……。

つまり「所有権」が俺にあるから、この人たちは勝手にギルドで手続きできないのか？

「申し訳ございません。行方不明になった冒険者が帰還した事例がほとんどないのです」

つまりギルドの制度がまだまだ穴だらけってことらしい。

さすがは冒険者黎明期《れいめいき》というかなんというか……。

「ね、ねぇ、狂――じゃなくてハルベルト様？　もしアタシを解放してくれたら、とっても『イイコト』があるわよ？」

「そういうのいいんで」

茶髪の女性が胸を強調しながらそんなことを言ってきたので、即座に断った。

当然だ。【アヘ声】では、こういう誘いに乗ると酷《ひど》い目に遭うと相場が決まってる。

たとえ圧倒的な強さを持った冒険者であっても、弱そうな相手だからと油断して誘いに乗ってしまったが最後、あっという間に組み伏せられて「格下にいいようにされてどんな気持ち？」とか煽《あお》られながら絞り尽くされ、腑《ふ》抜《ぬ》けに変えられてしまう。なんて恐ろしい。

「お、お願いします！　後ろの穴の純潔を守ってくれた恩は必ず返します！　奴隷でも何でもやります！　だからどうか命だけは！！！」

女性の誘いを断ったのを見てなにか勘違いしたのか、今度はオッサンが顔面蒼白《そうはく》になりながらとんでもないことを言ってきた。

いや、べつに解放しないとは言ってないだろ……。ちょっとエロゲ脳すぎやしませんか。つーか人間の奴隷なんていらねえっつってんだろ。

「えー……じゃあギルドでの手続きを許可するんで、皆さん勝手に登録し直してください。そのあとで所有権を放棄します。それでいいですよね？」

「……お手数をおかけします。今回の件はギルド上層部に報告し、制度の見直しを進言いたしますので……」

そんなゴタゴタもあったが、今回の件で俺は【騎士】のクラスレベルが上がって有効なスキルを覚え、ルカも罠《わな》の解除だけでなく戦闘もこなせるようになった。

そして、ついにこの日がやってきた！

「とうとうここまでたどり着いたな、ダンジョン上層・10階！」

俺たちの視界いっぱいに広がるのは、高さ10mくらいはありそうな豪華な扉だ。

扉には騎士のような彫刻がなされており、扉の向こうにいる強敵の存在を示唆している。

いわゆる「ボス部屋」ってやつだ。ボス前には巨大な扉……ゲームのお約束って感じだ。

「(ホント、ようやくって感じだよ……。奴隷になってからの時間が濃厚すぎてノーム時代の記憶が掠《かす》れそうなんだけど)」

俺の肩に腰掛けたルカが身振り手振りで感無量といった様子を伝えてくる。

空を飛べるようになってからというもの、この場所がお気に入りらしい。

そんなことをされるとこいつに愛着がわきそうになるからやめてほしいんだが……。

「……ん？」

と、よく見れば扉の前に人相の悪いチンピラみたいな3人組がいた。

先客かと思って後ろに並ぼうとするも、そいつらはこちらを見るなりニヤニヤ笑いながら道を空けた。なんだこいつら。

「……えっと、どうしたんですか？」

「ククク……なに、オレたちのことは気にしないでくれや」

「アンタの邪魔したりはしないからよ」

「オレたちのことは観客だとでも思っててくれ」

あー、なるほど。こいつら、俺のボス戦に便乗するつもりか。

俺がボスを倒した瞬間を見計らってダッシュで中層に下りるつもりなんだろう。

いやまあ、こちらに実害がないなら構わないんだが……。

「便乗するのはいいですけど、ボスがドロップするアイテムを横取りしようものなら……分かってますよね？」

「(そこで真っ先に気にするのがドロップ品なあたり、主らしいというか……)」

「へ、へへへ……お見通しってワケか……さすがだぜ……」

「わ、わぁーってるよ……オレたちは下に行きたいだけだ……」

「どうせオレたちでは使いこなせねぇだろうから、戦利品にゃ興味ねぇよ……」

「(顔面蒼白を通り越して土色になるくらいなら、最初からやらなきゃいいのにね)」

そう、そんなことよりドロップ品だ。

今回のボスはとても有能な武器を落とす。その名も【遺恨の槍《やり》】。

こいつで攻撃すれば、複数の状態異常を敵に付与することができるという有能な武器だ。

まあここで【遺恨の槍】を入手できなくても、後でモンスターが落とす宝箱からも入手は可能なんだが……モンスターが落とす宝箱の中身は、いってみれば「闇鍋ガチャ」だ。

つまりピンポイントで入手するにはここで粘るしかない。

粘るしかないんだが……。


この世界ではリセマラなんてできないんだよなあああああ！

ゲームだったらドロップするまでやり直せばいいが、この世界だと1発勝負だ！

お願いだからマジでここでドロップしてくれえええええ！

「……ッシャア！　やるしかねえ！　イクゾ――――！！！」

「（はいはい、ガンバレー。今回ボクはやることないから応援だけしとくよ）」

ダイスの女神様にお祈りを済ませた俺は、自分の頬を叩《たた》いて気合いを入れつつ扉を開け放ち、部屋の中へと突入していく。

すると部屋の中央の床に描かれていた魔法陣がスパークし、全身鎧《よろい》を着た騎士が片膝をついたポーズで出現した。

いや、それは鎧を「着た」騎士じゃない。鎧の中はがらんどうであり、鎧自体が意思を持って動くモンスターだ。その名も【背信の騎士】。

そいつは走り寄ってくる俺の姿を認めると、ゆっくりと立ち上がりながら槍を構え――

「敵が目の前にいるってのに呑気《のんき》に戦闘前演出たぁ、余裕かましてくれんじゃねぇか！」

悪いけど、それを待ってやるほど俺はお人好《ひとよ》しじゃないんだよなあ！

俺が走りながらとあるアクティブスキルを発動すると、装備している盾に光が集まり、爆発的なエネルギーを生み始める。

「説明しよう！　ルカ、俺がこれから発動するのは【シールドアサルト】！　威力の計算式に攻撃力ではなく防御力を参照する特殊なスキルであり、【騎士】が習得する唯一の攻撃スキルだ！」

つまり、この攻撃は防御を固めれば固めるほどに威力を増すということである！

「盾を【二刀流】することで2倍のヒット数!! 【死中活】の効果が加わり、素の防御力は2倍!! そして、最大まで防具を強化していつもの3倍になった装甲を加算すれば、【背信の騎士】！ お前のHPを上回る即死ダメージだあああああっ!!」

「(いや、ボクは説明とか求めてないんだけど。主はテンションが上がると言動が気持ち悪くなるよね)」

右手に装備した盾がギュオンと唸《うな》りをあげ、アッパーカットが【背信の騎士】に命中！

あまりの威力に身体《からだ》が浮いて無防備になったところへ、左手に装備した盾を真《ま》っ直《す》ぐに叩き込む！

今の俺に用意できる最強の攻撃手段をモロに食らった【背信の騎士】は、きりもみ回転しながら勢いよくカッ飛んでいき、壁に激突してバラバラになった。


俺の勝ちである。


「ひ、ひぃぃぃぃッ!?」

「(うん……まあ……普通はそういう反応になるよね……。ボクも最初に見たときは目が飛び出そうになったたし。ボクがおかしいわけじゃないよね)」

後ろで見ていた3人組が何か騒いでるが、そんなことはどうでもいい！

【遺恨の槍】だよ、【遺恨の槍】！　ドロップするのか!?　しないのか!?

「…………」

すぅ、と【背信の騎士】の身体が空気に溶けるようにして消えていく。

そして、最初から存在しなかったとでも言うかのように、痕跡一つ残さずに【背信の騎士】はこの世から消え去った。

…………。

「あああああ！！！　何も落とさなかったああああああ！！」

「（あー……ドンマイ?）」

思わず俺はその場にくずおれ、何度も地面に盾をガンガンと打ち付けた。

ちくしょう……！　落とさなかった……！　ここにきてクズ運……！

チャンスは一度きりだったってのにいいいいいいい！

「あ、あのー……狂、じゃなかった、ハルベルトの旦那？　その、ですね……お取り込み中に申し訳ないんスけど……はやく中層へ続く扉を開けた方がいいッスよ……？　ほっとくとソイツ復活しちまうんで――」

「今 な ん っ っ た ？」

「ヒイッ!?　な、なにがですかい!?」

グリンッ！　と首だけを高速で3人組の方へ向ける。

今、なにか、非常に重要なことを言わなかったか？？？

「そいつが復活すると申したか？？？」

「ハ、ハヒィィィィ!?　そ、そうです！　言いました！」

「詳しい話、聞かせてくれるかな？？？」

「（あーあ、こいつら余計なことを……）」

俺が笑顔でそう尋ねると、3人組は意外と親切だったらしく、快諾してくれたのだった。

《裏》

「（私はいったい何をされたのだ……？）」

たった1人で突撃してくる男を見て、今日はまた一段と愚かな人間がやってきたものだと【背信の騎士】が思った瞬間、HPが全損して身体がダンジョンへと溶けていった。

薄れゆく意識の中、【背信の騎士】の心は疑問で埋め尽くされていた。

ダンジョンには10階層ごとに【門番】と呼ばれる存在が配置されている。

それは文字通りダンジョンに侵入してきた者の行く手を阻む「門番」としての役割を持たされた存在であり、「ダンジョン最奥に封印されているとある存在」に使役されている特殊なモンスターである。

通常、ダンジョンで死んだ生物の亡骸《なきがら》は、ダンジョンに吸収され「魔素」へ変換される。

モンスターを倒した際に出現する光の粒子がそれだ。

魔素とはこの世界における天然資源のようなものである。

たとえるなら魔素は原油であり、人間やモンスターが魔術を使う際に消費する「ＭＰ」はガソリンに該当する。

魔素から人間やモンスターにも使用可能な部分を抽出したものがＭＰ、というわけだ。

その魔素だが、魔素そのものを直接扱えるのは「ダンジョンの主《ぬし》」のような高位の存在に限られている。

それはつまり、ダンジョンに吸収された魔素は、「ダンジョンの主」に捧《ささ》げられているということである。

そして、「ダンジョンの主」に捧げられた魔素は、「とある存在」が復活するためのエネルギーにされてしまうのだが……その「とある存在」が直接使役している【門番】は、他の生物とは少し事情が異なっている。

彼らは魂がダンジョンに縛りつけられており、肉体が滅びても魂は消滅しない。

【門番】が守護する領域に何者かが侵入した瞬間、ダンジョンが自動で魔素を変換して肉体を再構築、そこに【門番】の魂を憑依《ひょうい》させて侵入者を排除させるのだ。

つまり通常の生物が死ねばダンジョンのリソースになるのに対し、【門番】は死ねば逆にダンジョンのリソースが削られるということである。

現時点でダンジョンは膨大な魔素を蓄えているので【門番】の再構築くらいなら実質無尽蔵に行える。

だからといって無駄遣いをしていいというわけではないので、魔素の無駄な消費を防ぐために、一度でもその【門番】を打倒したパーティが再び侵入してきた場合、「その【門番】では行く手を阻むことは困難」とダンジョンが判断し、パーティを素通りさせるのだ。

そういう事情があり、【門番】が死ぬというのは稀《まれ》であり、そう何度も蘇《よみがえ》ることはないのだが……今日に限っては様子が違った。

「(……む、また人間どもが現れたのか？　今日は妙に頻度が高いな)」

消えたと思った意識が再び覚醒し、【背信の騎士】が兜《かぶと》に備わっている視界で前方を確認すれば、そこには真っ青な顔をした3人組がいた。

「(……ふん、まあいい。先程は何をされたか知らんが、どうせ二度と戦うことはないのだから気にする必要もあるまい。私は『あのお方』に言われるまま、ただ眼前の敵を打ち砕けばそれでよい)」

それよりも、今はやるべきことがある。この場に立つには不相応な弱者に、己の愚かさを骨の髄まで叩き込んでやらねばならないのだ。

そう考えた【背信の騎士】は、ゆっくりと立ち上がり――

ふと、3人組の視線が動かないことに気づく。

【背信の騎士】は3mを超える長身であるため、【背信の騎士】が立ち上がると3人組の視線は自然と上へスライドし、このモンスターを見上げる形になるはずなのだ。

なのに、3人組の視線は【背信の騎士】の腰あたりの空間に釘付《くぎづ》けだ。

それはまるで、【背信の騎士】の反対側にある「何か」を凝視しているかのようで――

「背後からの攻撃は『不意打ち』扱いで確定クリティカル。クリティカルで攻撃は必中」

長年の戦闘経験に基づいてすぐさま振り返ろうとした瞬間、再び【背信の騎士】のＨＰが肉体もろとも消しとんだ。

……確かに、一度でも【門番】を打倒したパーティが再び侵入してきた場合、ダンジョンはそのパーティを素通りさせる。

そういう風に「ダンジョンの主」が設定したからだ。

逆に言えば、全く戦闘に参加しなかったがゆえに「まだ【門番】を打倒していない」と判定されたパーティがその場に存在する場合、【門番】はすぐに復活させられるのである。

「【シールドアサルト】！　【シールドアサルト】！　【シールドアサルト】！……ドロップしないな」

「だ、旦那ぁ……もうそのへんで勘弁してやったらどうですかい……？」

「中層に行きたいんですよね？　だったら黙ってそこに立っててください。俺に便乗して部屋を突破しようとしてたんですから、少しくらい協力してくれたっていいでしょう？」

「サー！　イエスサー！」

「（今はもう中層に行きたいと思うよりも帰りたいって思ってるんじゃないかなぁ……）」

「（グオオオオ!?　な、なんなのだコイツはァァァァ!?）」

発声器官を持たないがゆえに心の中で悲鳴を上げる【背信の騎士】。

長年この階層の【門番】を務めてきた【背信の騎士】といえど、短時間に何度も一撃でHPを全損させられるなどという経験はさすがにない。

本来の肉体を失い、ダンジョンが用意した仮初めの肉体に憑依している形であるため、痛みを感じないはずの【門番】であるが……何度もHPを全損させられまくっていると、なんだか魂を削られているような気がしてきて、精神に多大なる負荷が掛かり始めていた。

「まだドロップしないのか。まあいいや。周回は回数が全てだ。【シールドアサルト】」

「こ、これが【黒き狂人】……！　ちくしょう、『オレたちなら上手《うま》く出し抜ける』なんて思ってた過去のオレを殴ってやりたい……！」

「【遺恨の槍《やり》】って言うくらいだし、まさか敵が恨みを抱くような倒し方でないとドロップしない……？」

「（ドロップが渋いと変なジンクスに頼り始めるのは主の悪い癖だと思う）」

「（また変な儀式してる……そんなことしても確率は上がらないのに）」

「サイコク〇ッシャー！！」

途中からは遊んでいるとしか思えない動きで倒され始め、その事実が「こんなのに負ける私はいったい……」と【背信の騎士】の【門番】としてのプライドを粉々にしていく。

「（おお、神よ……これがあなたに背いた私への罰だというのですか……？）」

地獄の時間を過ごす中、「彼」はなぜこうなってしまったのかと自問自答する。

「彼」はかつて人間だった。神に仕える騎士であった「彼」は、世界に平和をもたらすという使命を帯び、志を同じくする「誰か」と共にダンジョンを攻略していたはずだった。

だが、高潔だった「彼」はいつしか欲望に溺れ、己の快楽を満たすために神と「誰か」を裏切り、悪《あ》しき存在に魂を売った。

それ以来、【背信の騎士】は悪しき存在の言いなりになり、欲望のままに数多くの人間を殺《あや》め、その死すらも貶《おとし》め汚《けが》してきた。

だが、それもここまでだ。今まで重ねた罪、その「ツケ」を清算する時がきたのだろう。

「おっ!? こ、これはぁ!? よっしゃああああああ! ついに【遺恨の槍】をドロップしたあああああ!」

とうとうこちらに見向きもされずに打ち捨てられ、【背信の騎士】は全身がバラバラになって地面へと散らばった。

【背信の騎士】の脳裏に、かつての楽しかった日々の記憶が過《よぎ》る。

しかし、共にその時間を過ごした「誰か」の顔は、黒く塗り潰されてしまっていた。

もはや走馬灯ですら、大切に思っていたはずの「誰か」の姿を見ることができなくなっていたことに気づいた【背信の騎士】は、裏切り者の自分に相応《ふさわ》しい末路だと思いながらこの世を――

「よし、じゃあこの槍で【二刀流】したいから、もう1本ドロップするまで頑張るか!」

去ることはできず、ダンジョンに囚《とら》われ続ける。なぜならそういう契約だからである。そりゃあそうだ。ダンジョンの主にしたって、勝手に【門番】に成仏されては困るのだ。

「(こんな罰を与えてくる神ってやっぱりクソでは……?)」

最後に風評被害も甚だしい不敬なことを心の中で呟《つぶや》き、それ以降【背信の騎士】は考えるのをやめたのだった……。

第4章

《表》

無事に2本目の【遺恨の槍】を手に入れた俺は、大変機嫌がよかった。

だから協力してくれた3人の分も確保してプレゼントしようかと思ったのだが、なぜか彼らから「やめたげてよお！」的なことを言われて断られてしまった。

逃げるように去っていく彼らを見て首を傾《かし》げつつ、俺は気を取り直してダンジョン中層へと向かうことにした。

中層へと繋《つな》がる扉に手を触れると、扉に波紋が走ってキィンという高音がした。

ギルドで最初に聞いた話によれば、これで次回からはダンジョン入口の扉を直接中層の扉に繋げることができるようになるらしい。いわゆるショートカット作成ってやつだ。

今後は中層に向かうのにいちいち1階から10階までを移動しなくて済むってわけだな。

そうして扉をくぐって階段を下りていくと、やがて中層のスタート地点である11階層にたどり着いた。

中層に足を踏み入れれば、それまでの「いかにもダンジョンです」って感じの岩でできた洞窟から景色が一転し、周囲を埋め尽くすほどの緑色が目に飛び込んでくる。

ダンジョンの中なのに鬱蒼《うっそう》とした大森林が広がってる、ってのも変な話だが、まあダンジョン内部は不思議空間なので、そういうもんだと思っておくしかないな。

中層は前半の11～20階層、後半の21～30階層の2部構成になっており、前半は自然そのものが悪辣な罠《わな》として冒険者に襲いかかってくる。

中には不用意に足を踏み入れると即座にバッドエンドになってしまう罠が仕掛けられた場所すらあるくらいだ。

上層がプレイヤーに魔術の重要さを理解させるための場所とするならば、中層前半は【狩人《かりゅうど》】などの罠の扱いに長《た》けたクラスの重要さを理解させるための場所ってわけだ。

俺が当初はサブクラスを【狩人】にする予定だった理由の一つでもある。

本来なら上層のボスである【背信の騎士】も、1ターン目で「物理攻撃によるダメージを半減するバフ（※自身に有利な状態を付与するスキル）」を使ってくるんだよな。

だから攻撃魔術で攻めるか、バフを剥がす魔術を使うかして攻略するのが普通だ。

まあ俺の場合は【背信の騎士】を一撃で倒したからそもそもバフを使わせなかったけど。

上層は難易度が低いから、慣れたプレイヤーなら比較的簡単にゴリ押しできる。

だが、中層からはそうもいかない。どれだけ戦闘能力が高くても、罠に関しては対処できるスキルがなければどうしようもないからな。

「つってもまあ、今の俺のパーティには【狩人】と【剣士】を極めたルカがいるから、道中は正攻法で進みつつ戦闘はレベル差でゴリ押しできるんだけどな！」

「(結局ゴリ押し自体はするんじゃないか……)」

【背信の騎士】は俺たちに【遺恨の槍】だけでなく、大量の熟練度をもたらしてくれた。

まあ初期レベルクリアをしたいというプレイヤーに考慮してか、ボス戦では経験値が貰《もら》えないんだが、それでもボス戦で得られる熟練度は非常に美味《おい》しい。

そのお陰で2本目の【遺恨の槍】がドロップした頃には、ルカはサブクラスに設定していた【剣士】を極め、俺は【騎士】を極めることができたのは嬉《うれ》しい誤算だった。

これは他の冒険者にも積極的に広めていくべき画期的な熟練度稼ぎではないだろうか？

モンスターの巣穴の一件で思ったんだが、俺は原作知識を含め、強くなるための知識をある程度は他の冒険者にも広めていくべきなのかもしれない。

だって、この世界は人の死が身近すぎる。

他人を気遣う余裕があんのかと言われたらそれまでなんだが、自分だけズルして生き延びてるような気がしてなんとなく後ろめたいんだよな。

とはいえ、救世主になってやろうだなんて気はサラサラない。ぶっちゃけ他人のためというよりかは、自分が気持ちよくダンジョン攻略したいだけだしな。

となれば、強くなるための方法を広めて自衛してもらうのが一番だろう。

そのためには、俺自身が凄腕《すごうで》の冒険者として名を上げる必要がある。

だって弱い奴《やつ》が「強くなるための方法」とか言っても信用されるはずないしな。

「それにしても、なんで経験値が貰えなかったんだろうな」

【アへ声】で【門番】を倒しても経験値をもらえないのは、いわゆる「大人の都合」というやつだろうからな。

この現実となった世界では、そういうゲーム的な縛りはなくなってると思うんだが。

「（まっ、モンスターはちゃんと殺さないと経験値にならないからね。彼は肉体が滅んだだけで死んで『は』いないし。……『死んでないだけ』とも言うけど）」

相変わらずルカは無言だが、なんとなく呆《あき》れられている気がする。

あっ、肩を竦《すく》めて首を横に振られてしまった。

なんか君、どんどん人間臭くなってない？？？

「（意思表示が出来ないと死にそうな目に遭うと学んだから、必死に人間のジェスチャーを勉強した結果だよ……）」

まあいいや。話をダンジョン中層に戻そう。

今回からはレベリングよりも探索をメインにやっていく。

つい楽しくてレベリングに没頭しすぎたせいでダンジョン探索が滞ってるからな。

適正レベルの安全マージンなんてとっくの昔に超えてしまっているし、必要なスキルも揃《そろ》っている。

「なので、今回は寄り道せずにさっさと中層を突破してしまおう。レベリングとトレハンは下層までお預けだ」

「（えっ!? どうしたの主!? 何か悪いものでも食べた!?）」

「というわけで、まずはこの階層のマップを全部埋めるぞ！」

「(うーん、このたった1行で矛盾する感じ。いつもの主だったかぁ)」

【アヘ声】だと当然ダンジョンマップは白紙からのスタートだが、この世界では他の冒険者の存在によってすでにある程度マップが完成している。

というのも、この世界ではギルドが冒険者に「魔術的な細工を施したマップ」を無料で貸し出しており、今まで他の冒険者たちが踏破してきた場所の情報は俺のマップにも共有されてるんだよな。

その代わり、冒険者は自身が踏破したマップの情報をギルドに提供することが義務付けられている。

そうすることで過去の情報と最新の情報に食い違いがあったりしても随時データが更新されていき、ギルドは常に最新の情報を入手し続けられるようになっているってわけだ。

ただ、この世界の冒険者は、「冒険者」を名乗ってるくせに冒険心がないというか……。

次の階層へのルートが見つかった時点で探索をやめてしまうのか、マップに白紙部分が目立つんだよな。

しかも、次の階層への最短ルートなんかは頻繁に情報が更新されてるみたいだけど、過去に行き止まりだと判明した場所に関しては年単位で情報の更新が止まっていたりする。

もしかしたらちょっと見ない間に何か変わっているかもしれないのに、確認しようともしないんだよな。

「冒険者たるもの、マップは全部埋めてから次の階層に進むべし！」

「（そのために嬉々《きき》としてダメージ床《ゆか》に突っ込んでいったり、解除しなくていい罠を律儀に解除していくのは主くらいのものだと思うけど）」

ダンジョンの行き止まりに宝箱がないか確認しながら進むのは、ダンジョンＲＰＧに限らず全てのＲＰＧの基本じゃないか？

たとえ次の階層へと進む階段を先に見つけたとしても、いったん来た道を戻って他の場所を探索してから改めて次の階層に進むもんだと思うんだが。

それになにより、やっぱりマップが穴だらけというのは気持ち悪いんだよな。

この世界には「初見プレイ時から攻略サイト見ながらプレイするタイプの人」ばっかりってことなんだろうか……それにしては肝心の攻略情報が全然充実していないとは思うが。

やはり冒険者黎明期《れいめいき》なのが原因か？

「まあとにかく、頼んだぞルカ！」

「（はいはい、道中の罠も全部解除しろってことでしょ？　面倒なんだけどなぁ）」

「なに、今のルカなら罠の解除確率は99％だ！　失敗する心配はほとんどない！」

「（うぇー……どうしてそんな無責任なことを言うのさー……。１００以外の数字なんて全く信じてないクセに……）」

こうして、今後の方針を共有した俺たちは、悠々と新たなスタートを切った。

中層の攻略は、上層と違って順調そのもの。

というか、上層に時間をかけすぎただけで、本来のスピードに戻っただけなんだけどな。

「よし、15階に到達だ！　いよいよ【ノーム畑】がある場所に到達するな！」

「（……いつも思うんだけど、主ってどこでそんな情報を仕入れてくるの？　ボッチだよね？　ていうか、そう簡単に人間に位置がバレるような場所にはないはずなんだけど）」

15階にはルカの故郷である【ノーム畑】と、その周りを囲うようにしてノームの集落が存在している。

もっとも、この世界ではマップに場所の記載がないところを見るに、【ノーム畑】を発見した冒険者はまだいないようだな。

まあそれも無理はない。【アへ声】だとノーム畑がある場所へはサブイベントをこなさないと行けないようになっていたからな。

そのサブイベントのタイトルは、ずばり【ノームの依頼】。大まかな内容としては、ノームから依頼を受けて15階に散らばっている【新型ゴーレム】のパーツを集めてくるという、いわゆる「お使いイベント」というやつだ。

なお、素直に依頼通りにパーツを集めてしまうと、イベントのラストでその【新型ゴーレム】&ノームの大群に襲われる模様。

主人公一行をさんざん利用したあげく、

『別に探してくれとは言ってない（無言だから）』

『お前がこっちのジェスチャーを曲解しただけだろ？』

とでも言わんばかりに殺しに掛かってくるという、【アヘ声】における人間とモンスターの関係性を垣間見《かいまみ》ることができる素敵なイベントというわけだ。

ちなみに、このサブイベントは主人公の【スタンス】によって話の展開が微妙に異なり、最終的にどんな結末を選んだかが【善行値】に影響する。

【スタンス】というのはそのキャラクターの人間性を表現するためのシステムだ。

別のゲームでいうと「NEUTRAL－LAW」とか「混沌《こんとん》・善」とかそういうのだな。

【アヘ声】では、まず「冒険者としてのスタンス」と称して【正道】【中道】【外道】の3種類でキャラクターが分類される。すなわち、

「世界平和のためにダンジョンをなんとかしようとする者」

「日々の生活のためにダンジョンで金を稼ごうとする者」

「自身の欲望を満たすためにダンジョンを利用しようとする者」

の3種類だ。ただ、これはあくまで「冒険者としてのスタンス」だ。

【正道】を掲げて世界に平和を取り戻そうとする者の中には、他人なんてどうでもよくて

世界平和を成すことによって得られる名声や富が目当ての者だっている。

【外道】と一言で言っても抱えてる欲望が必ずしも他人に害を及ぼすものであるとは限らず、モンスターを殺すのが趣味の人がその手段として人助けをすることもある。

なので、「最強になる」「ダンジョンを制覇する」という欲望のためにダンジョンに潜る俺は【外道】ではあるが、必ずしも「悪人」というわけではない。

【スタンス】は善悪を表すものではなく、善人か悪人かを決定するのは【善行値】だ。

【善行値】はゲーム開始時に20からスタートしてそこから選択肢によって上下し、数値がマイナスに振り切れると悪人、0～50で常人、51以上で善人として扱われる。

たとえば今の俺の【善行値】は40なので、善寄りの中立だな。

日本人ならだいたいこんな感じの数値になるんじゃないだろうか？


話が大きく逸《そ》れたが、今回のサブイベントの展開について、【正道】の場合はサブイベントをこなす動機が「ノームが本当に悪《あ》しきモンスターなのかどうか見極めるため」となり、【中道】の場合は「目の前で宝石をちらつかされたから手伝う」となり、【外道】の場合は「【新型ゴーレム】に興味があるから見に行く」となる。

そしてイベントの結末だが、最後までパーツを集めるか途中で騙《だま》されたことに気づいた時に「やはりノームは悪！」または「テメェ騙しやがったな！」とノームを殲滅《せんめつ》した場合は【善行値】に変動なし。

途中で騙されたことに気づいた時に「パーツを破壊されたくなければ俺の要求を呑《の》め！」とノームを脅した場合は【善行値】が減少する。

これを踏まえた上で、俺の取る行動は一つだ。

「ノーム殲滅の後でパーツを集めて、ルカに直してもらい俺がゴーレムをいただく！！！」

「(これで【善行値】減らないってマジ？？？　神は寝てるの？？？)」

俺は最初からノームどもが人間を騙す気マンマンってことを知ってるし、原作知識が間違ってないことはルカにそれとなく聞いて確認済みだ。

そして俺にはゴーレムを悪用して他人に迷惑をかけるつもりなどこれっぽっちもない！

だからこれは悪行ではないのだ！

「まあ、そういうわけなんだが……ルカ」

「(……かつての同族と敵対することを躊躇《ちゆうちょ》するくらいなら、ボクはさっさと自害を選んでるよ)」

俺が「これから君の故郷を襲撃するけど、君はそれでいいのか？」と聞こうとすると、その前にルカはこちらを制止するように掌《てのひら》を見せた後、肩を竦めてみせた。

まるで「みなまで言うな」とでも言いたげだ。

「本当にいいんだな？」と確認を取ってみても、力強い頷《うなず》きが返ってくるだけだ。

どうやら故郷にもかつての同族たちにも未練はないらしい。

うーん、なんだろう。他のノームからイジメでも受けてたからむしろ憎んでる、とか？

「なるほど、そういうことなら遠慮はいらないな！　それじゃあ【ノーム畑】を焼き払うとしようか！」

「（だからって思うところがないワケじゃないんだけどなぁ……）」

「見えた！　集落の入口だ！　オラッ【弐ノ剣】！」

ルカと同じミディアムショートの茶髪が見えた瞬間、俺は【弐ノ剣】をブッパした。

本来ならこいつに話しかけるとイベント開始なんだが、時間の無駄なのでキャンセルだ。

「（……ん？　あれはなんの光――ぎゃわわぁぁぁッ!?）」

ルカと同じ顔をしたノームが無表情のまま宙を舞い、ＨＰが全損してダンジョンに溶けて消えていく。

【アヘ声】で雑魚敵として登場するノームは3匹で1匹のモンスター扱いだったので、単体ならＨＰは3分の1なんじゃないかと推測していたが、どうやら正解だったようだ。

「確かこのへんに……あった！」

「（怖いなぁ……だから何で隠し通路の場所とか知ってるのさ。やっぱりボクの思考を読めたりするの？　だったら変に気を回したりせずに普段からボクの要望とか読み取って欲しいかなって）」

ノームの背後の茂みを調べてみれば、そこにはノームの集落へと続く獣道があった。

俺が先陣を切って進んでいき、後ろからルカが浮遊しながら俺に続く。

「(なっ!? まさか侵入者──ぎゃわわぁぁぁぁぁッ!?)」

「(貴様、裏切り者──ぎゃわわぁぁぁぁッ!?)」

「(悪いけどボクはもうノームじゃない。『経験値』として生きるのはやめたんだ)」

増援を呼ばれる前に道中のノームを蹴散らし、集落へと突入した俺たちは、電撃的に集落を制圧しにかかる。

今回は時間との勝負だ。ノームに統率された動きを許すと厄介なので、その前にケリをつけておきたい。

「(おのれ! 畑の肥やし風情が! 我らを『偉大なる大地の使者』と知っての狼藉《ろうぜき》か!)」

「(貴様らは我らに頭《こうべ》を垂れて慈悲を乞うべき存在であろう! さすれば我らの糧となる名誉を与えてやるというのに……この、下郎がァ!)」

「(イタタタ……アイタタタ……。以前のボクも『こんなの』だったかと思うと、やんなっちゃうなぁ……もぉー……)」

まずは通常のゴーレムを、起動される前に全て破壊する。

こいつらはＨＰ３分の１のノームと違ってダンジョン中層のモンスターに相応《ふさわ》しい強さなので、この状況でまともにやりあうのは避けたいところだ。

「(次、あっちの方。で、そこに隠してあるゴーレムで最後のはずだよ)」

しばらくルカのナビゲートに従ってゴーレムを破壊して回っていると、ルカが親指を立てた。「今のでゴーレムは破壊し終わった」の合図だ。

「(ゴーレムが……!?　この裏切り者め！　貴様、覚悟はできているのだろうな!?)」

「(貴様は火炙《ひあぶ》りの刑に処したのち、残った灰はダンジョン下層の海に撒《ま》いてくれる！)」

「(二度と母たる大地の御許《みもと》へ還《かえ》れると思うなよ！)」

「(うーん、以前のボクだったら『極刑なんて嫌だ！　許してください！』って泣き叫んでたかもしれないけど……今じゃ全然恐ろしくないなぁ。もっと酷《ひど》い末路を辿《たど》ったモンスターたちを嫌というほど見てきたからかな？)」

ルカはそのまま指を下に向けて他のノームたちを煽《あお》り始めた。

同族と仲が悪いらしい、というのは本当だったみたいだ。

それで故郷を焼くのに同意するのはどうかと思うが、まあそのあたりはモンスターゆえの価値観か？

「よし、そろそろ頃合いだな！　ルカ！　手筈《てはず》通りに！」

「(はいはい、分かったよ)」

ルカがあらかじめ渡してあったビンの口に点火した。

そう、【火炎ビン】である！　説明不要の投擲《とうてき》用アイテムだ！

「(ノームが大地に火を放つなど正気か!?……奴隷となったことでイカれたか!?)」

「(まっ、ある意味そうかもねー……。でも他人に指摘されたら腹立つなぁ)」

それを見たノームどもが後退《あとずさ》る。

無表情ではあるが、さすがに自身の弱点に対しては本能的な恐怖があるらしい。

そう、ノームの弱点は「炎による攻撃」だ。炎属性の範囲魔術を使えばまるで蚊柱に殺虫剤をかけたかのようにバタバタと死んでいく。

また、【延焼】という「数ターンの間身体《からだ》が炎上してHPが減り続ける」状態異常に対する耐性が皆無なため、付与が確定成功する。

さらに【アへ声】では【延焼】状態の間は「転ぶ」「叫ぶ」といった無駄行動でターンを消費するAIが組まれているという徹底ぶりだった。

そして、【火炎ビン】は炎によるダメージの他に【延焼】状態を付与する効果がある。

「(あ、そーれー)」

「(や、やめろぉぉぉぉぉ！！！)」

ルカが投げた【火炎ビン】が放物線を描いて落下し、目標へと着弾した。


俺に。


「(…………………はっ？？？？？)」

「隙ありィ！【参ノ剣】(※全体攻撃)ッ！！！」

「(ギャバァ――――――ッ!?)」

「改めて説明しよう！【延焼】とは、その名の通り『燃え広がる』状態異常である！

つまり今の俺に接触したノームは問答無用で【延焼】状態になる！！！」

より詳しく言うと、「隣接する仲間」か「近接物理攻撃を与えた敵」か「近接物理攻撃をしてきた敵」に接触判定が行われ、低確率で【延焼】が移る。

そしてノームには【延焼】耐性がなく、【参ノ剣】は全体攻撃だが近接攻撃扱いだ。

あとは頭装備を【蛮族の兜《かぶと》】（※悪漢が被《かぶ》ってそうな兜）に変更することで、俺の【延焼】耐性を「無効化可能になる一歩手前」の状態まで上げてやれば——

「（ぎゃわわ――――っ！）」

「（ぎゃわわ――――っ！）」

「（ぎゃわわ――――っ！）」

まあ、結果はご覧の通りだ。プレイヤーの間では【焼き畑《はた》農業】【燃焼の呼吸・惨ノ型】などと呼ばれていた経験値稼ぎの手段だな。

この世界においては、【延焼】耐性のおかげで全然ＨＰが減らないし痛みも「まあちょっと痒《かゆ》いかな？」って程度なので、こちらにデメリットはほぼない。

例によって【参ノ剣】の効果が現実仕様に変わっていたり、倒してもノームが無限湧きしたりはしないといった違いはあるが……そのあたりはルカを【参ノ剣】に巻き込まないよう遠くの方から【火炎ビン】を投げさせたり、経験値稼ぎではなく殲滅手段として使うなどで対応することにした。

「（はははっ、みーんな同じこと言ってるよ。……結局、ボクらノームは主の言うようにただの「働きアリ」、量産型で使い捨ての奉仕種族にすぎなかったってことか……。でもボクは違うぞ。主と一緒に、絶対に『特別な存在』になってやる。このまま無価値な存在で終わるなんて、絶対に――)」

「イヤッフウウウ！　レベルアップがきんもちいいぃぃぃぃぃぃ！！！」

「(だから温度差ァ！！！　どうせそんなこと考えてるんだろうなとは思ってたけど、いちいち口に出さなくていいからッ！！！)」

「よし、あとは【ノーム畑】を何とかするだけだな。さっそく見に行こうぜ！」

「(あっつ!?　ちょっとぉ！　火だるまの状態でこっち来ないでよ！　というかさっさと火を消せってば！　なに？　もしかしてわざとなの!?)」

俺はまだノームの生き残りがいないか警戒して【延焼】状態はそのままにしつつ、集落の奥へと足を進めた。

「よし、ノームは殲滅できたみたいだな。ああ痒かった……」

「(痒かった？　【延焼】のダメージが『痒かった』だって？　この【化物《ばけもの》】め……！)」

「すまんすまん。つい、いつも通り肩に乗せようとしちまったよ」

ノームの殲滅が完了したことを念入りに確認した俺は、ようやく武器をしまい、状態異常を治療するために【治療薬】を頭から被った。

「……で、これが【ノーム畑】か」

そうして集落の焼け跡を探索していると、中央に草が全く生えておらず土が剝《む》き出しになっている場所を見つけた。よく見れば土からノームの首がニョキッと生えていたので、試しにその首をはね飛ばしてみると、首から下に胴体はなく植物の根のようになっている。

「ほーん、確かにノーム畑って感じだな」

「(ひぇっ……ノータイムで首をはねるのやめてくれない?)」

「うーん、放っておくと新しいノームが生まれるだろうから、その前に目につく範囲のノームは首をはね飛ばしておくか」

「(大丈夫? ボクの頭はちゃんと胴体とくっついてる???)」

そうして片っ端からノーム(カブ)の首をはねていると、やたらとでかいノームの首を見つけた。なんだこりゃ?

「うぉっとぉ!?」

……いや、ノームの首じゃなくて人間の首が土の中から突き出ていた。

いきなりそういうのを見せられたら驚くからやめて欲しい。

勢い余って首をはね飛ばしそうになったじゃねえか!

「……生きながら【ノーム畑】の肥やしにされた冒険者か」

やっぱり、こういうのは何度見ても慣れないな。冒険者の末路を見せられるたび、ここが【アヘ声】の世界なのだと思い知らされる。

「……誰か、そこにいるのか?」

「!?」

いや、まだ意識がある！　生存者だ！

俺は慌ててその場にしゃがみ込んで生存者の声に耳を傾けた。

「ハハッ、俺もヤキが回ったか……。まっ、俺みてえなクズには相応しい末路かもな……。

……なあ、アンタ。俺以外は全員、腐り落ちて奴《やつ》らの養分になっちまった。俺も、じきにそうなる。だから、その前に――」

「いや、呑気《のんき》に喋《しゃべ》ってる場合かよ!?」

「いってぇぇぇぇぇ！？！？！？　し、死ぬぅぅぅぅぅ――――！！！」

「(いきなりなにしてんの？？？　トドメ刺したんじゃないのこれ？？？)」

俺は急いで【蘇生薬《そせい》】を取り出して生存者に使った。

一刻を争う事態だから顔にビンごと叩《たた》きつける形になったが許してくれ！

「オラッ【回復薬】！……くそっ、ＨＰが全然回復しねえ！」

「…………………」

「(うわぁ……白目剝いている。なにこれ拷問かな？？？)」

この世界ではＨＰが０になるまでは欠損といった重傷を負わないが、ＨＰ０になってしまえば当然ながらその限りではない。

しかもＨＰ０の状態で重傷を負うとＨＰの最大値が大幅に削られてしまい、【蘇生薬】

で戦闘不能から解除しても全然ＨＰを回復させることができず、さらにＨＰが減少し続けるらしいと聞いている。

ＨＰが１でもあれば痛みからの保護機能が戻るし、ＨＰがある間は一時的に怪我《けが》の進行を止める効果があると聞いているので無駄ではないだろうが……。

このままではＨＰが減り続け、また０になってしまうので根本的な解決にはならない。

早急に病院での治療が必要だろう。

「待ってろ、いま助けるからな！」

「…………」

「（もう気絶してるんだよなぁ……。元ノームのボクが言うのもなんだけど、たぶん殺してあげた方が彼のためだと思うよ？？？）」

持っていた盾で周囲の土を掘り返し、生存者を引き抜く。

彼は全身に斑点のようなものができており、特に脇腹の皮膚がひどいことになっている。

生命の危機であることが一目瞭然だ。

彼を背負い、【脱出結晶】を地面に叩きつけてダンジョンから帰還すると、俺はギルドの窓口に駆け込んだ。

「ダンジョン内で生存者を発見しました！　すぐに医者を呼んでください！」

「!?　わ、分かりました！　すぐに手配いたします！」

「しっかりしろ！　すぐに医者が来るからな！」

「…………」

「（これ、意識不明の重体ってやつじゃないの？？？）」

ギルド職員たちが慌ただしく駆け回り、数分後にギルドに出張診療所を開いていた医者が駆けつけてくれた。

そしてその数分後には病院へと緊急搬送されていったが――

「薬の材料が足りない!?」

「ヒィッ!?　は、はい！　そうです！」

ここで問題が発生した。

つい先日、緊急搬送されてきた他の患者の手術があったらしく、薬の材料が切れていた。

しかも材料の納品が遅れており、ギルドに問い合わせてみれば、なんと調達依頼を受けていた冒険者というのが今まさに死にかけている彼だったらしい。

他に依頼を受けていた冒険者も畑の肥やしになってしまったというオマケつきだ。

「仕方ない、行くぞルカ！」

「（えぇー、もしかして材料を集めるつもり？　ボクたちがそこまでする必要があるの？）」

む……なんだよルカ、その目は。さては「放っておけばいいじゃん」とか思ってるな？

「べつにこれくらいならやってもいいだろ？　材料を集めてくるだけで目の前の命が助かるならさ。その材料ってのはモンスターがドロップするらしいし、経験値稼ぎのついでだと思えばいいさ」

そりゃあ俺だって「外国の貧しい子供たちのために募金を！」とか言われても実感が湧かなくてスルーしちゃうかもしれないし、かといって目の前で自動車に轢《ひ》かれそうになっている人のために道路へ飛び出せるか？　と言われると自信はない。

でも、目の前で線路に落ちた人がいたとして、そして自分のすぐ近くに電車の緊急停止ボタンがあったら、それを押すくらいのことはさすがに誰だってするだろ？

むしろ「緊急停止ボタンを押すことで俺に何か得があるのか？」とか言ってる奴がいたらドン引きだよ！

押すくらいしてやれよ！　別に難しいことは言われてないんだからさあ！

それで目の前で死なれたら絶対トラウマになるし、遺族にもすんごい怨《うら》まれるぞ！

「（材料を集めてくる『だけ』、経験値稼ぎの『ついで』、ねぇ……。そんな『ちょっと店で買ってくる』みたいなノリでダンジョンに突撃するのは主くらいだと思うよ）」

「ほら行くぞ！　もしも『あと数分材料を届けるのが早かったら助かっていた』みたいな展開になったらどうすんだよ！」

「（はいはい、分かったよ。ボクには拒否権なんかないからね）」

俺はダンジョンにトンボ返りすると、薬の材料をドロップするモンスターどもを虐殺して回ったのだった。

《裏》

青年が目を覚ますと、そこは真っ白い部屋の中だった。

「……ここは、どこだ……？　たしか……俺は――」

まともに思考できたのはそこまでだった。

自分が何をされたのか思い出そうとした瞬間、青年は激しい吐き気に襲われ咳《せ》き込んだ。

あの時、彼はノーム畑に生き埋めにされ、ゆっくりと腐敗させられていく自身の身体《からだ》に絶望しながら、ただ死ぬのを待つだけだった。

痛みはなかった。しかし全身の感覚もまた存在していなかった。

すでに自身の首から下は腐り落ちて消滅しているのではないかという恐怖が、どんどん青年の精神を追い詰めていく。

正気を失いそうになる時の中で、外部からの刺激は聴覚と視覚、そして嗅覚だ。

これらを失えば青年の意識は完全なる闇に落とされ、やがて精神は崩壊するだろう。

それが分かっているからこそ、青年はそれらを追い求めた。

自己を保つために追い求めざるを得なかった。

だが、それすらもノームが用意した悪辣な罠《わな》であった。

聞こえてくるのは、自分より先に生き埋めにされたであろう冒険者たちの呻《うめ》き声《ごえ》。

見えるものは、腐り果てて崩れ落ちる誰かの頭部。漂ってくる腐臭。

そのどれもが、青年から正気を奪っていく。

それでも耳を塞ぐことはできない。目を逸《そ》らせない。

鼻を摘《つ》まむことも不可能だ。物理的に不可能であるし、たとえ可能であっても、それによって意識が闇の中に沈むのは耐えられない。

……そして、ついに自分の息遣い以外の音が消えた。生きている人間は自分だけだ。

そして自分もまた、視界は霞《かす》んで見えなくなりつつあるし、嗅覚も利かなくなってきた。

「……【ノーム畑】の肥やしにされた冒険者か」

そんな時だ。ふと、誰かの声が聞こえたのは。

霞んだ視界で誰かは分からなかったが、声の主が男性だということは分かった。

ただし、それは「助けが来た」と同義ではない。

ここは敵地のど真ん中。お荷物を抱えて脱出できるとは到底思えなかった。

それでも構わない。もうすぐ俺は死ぬ。だが、そうすれば自分はノームどもの養分としてその生を終えることになる。

せめて人間として死にたい。それが青年の最期の願いであった。

「だから、その前に」

殺してくれ。青年はそう言おうとして――

「いや、呑気に喋ってる場合かよ!?」

「いってぇぇぇぇぇ！？！？！？　し、死ぬぅぅぅぅぅ――――――！！！」

ものすごい衝撃と共に、今まで生きてきた中で一度も感じたことがないようなすさまじい痛みが頭頂部を襲ったことで、それまで考えていたことが全部ふっ飛んだ。

単純な暴力を前にすると、人間は何も考えられなくなるのである。

「（ゲェ――――ッ!?　【黒き狂人】ンンンンン!?）」

そして【蘇生薬】によって一時的に視界が晴れた青年が見たものは、鬼のような形相でビンを全力投球してくる「ブッちぎりでイカれた奴」、もとい【黒き狂人】の姿であった。

「オラッ【回復薬】！」

「（あがががが…………）」

再びやってきた頭頂部への痛みによって、青年はそれまで頑《かたく》なに手放そうとしなかった意識をあっさりと手放した。

それと、心を守るために防衛機制が働いたのか、ここ数週間の記憶が消し飛んだ。

それが結果的に青年にとってプラスに働くこととなる。

ショック療法もいいところであったが、何も考えられなくなるほどの痛みを与えて思考を強制終了させ、それ以上余計なことを考える前に記憶を消し飛ばされたのだ。

これがなければ、青年は精神に多大なトラウマを抱えてまともな生活を送れなくなったかもしれない。

「――って、ここは病院か？」

「鬼のような形相の、なんかやべーやつ」を思い出しそうになって吐き気に襲われた青年だったが、しばらくすると吐き気は治まり、自分が今いる場所がどこなのか理解した。

だが、なぜ病院にいるのかが分からない。

ダンジョン中層に行ったところまでは覚えているが、それ以降の記憶が全くないのだ。

分かることは、いまだに頭がジンジンと痛むということだけだ。

てかマジでいてぇんだけど大丈夫？　頭頂部ハゲてない？？？　と青年は頭を抱える。

「（まっ、病院にいるってことは、大方ダンジョンで何かヘマをやらかして『勇者サマ』にでも助けられたんだろうが……）」

と、ここで扉をノックする音が聞こえた。さっきまで意識不明の患者だった俺に医者はノックなんてしないだろうし、知り合いは勝手に入るような奴《やつ》ばかりだ。

もしかして俺を助けた奴だろうか？　そう考えた青年は入室を許可した。

相手はダンジョンのど真ん中とかいう死地において、他人を救うことを選択するような「勇者サマ」、すなわち筋金入りのお人好《ひとよ》しだ。

さて、いったいどんな優男《やさおとこ》が顔を出すのやら。などと思っていると――

「よかった、目を覚ましたんですね」

「（ゲェ――――ッ!?　【黒き狂人】ンンンンンン!?）」

残念なことに、青年を助けたのは「勇者」などではなかった。

「ちょっとコンビニ行ってくる」的なノリでダンジョンに突撃する【狂人】である。

「いやはや、本当によかった。あなたを見つけた時はもう手遅れかと思いましたよ」

「アッ、ハイ……それに関してはマジでありがとうございました……」

助けてもらったことに関しては純粋に感謝しつつも、青年は【狂人】に助けられたという事実に顔を引きつらせる。

こんな何を考えてるのか分からない奴に借りを作るなど冗談ではなかった。

「俺を助けるために……【蘇生薬《そせいやく》】1個、【回復薬】1個、【脱出結晶】2個を使って、ダンジョンで薬の材料を集めて、おまけに俺の代わりに依頼を達成した……だって……？？？？？」

そんな彼をさらなる驚愕《きょうがく》が襲う。雑談みたいな感じでどうでもよさそうにサラッと言われたので聞き逃しそうになったが、運悪く彼の耳はその発言を拾ってしまった。

「（つまり、なにか？　俺は知らん間にあの【黒き狂人】から膨大な負債を背負うことになっていて、その総額は――）」

「うわっ!?　ちょっ、どうしたんですか!?　だ、誰か来てくれェ―――！！！」

一度に色々なことがありすぎてキャパシティーオーバーしてしまった青年は、再び意識を手放したのだった……。

第5章

《表》

病院へ生存者のお見舞いに行った帰り道、俺は活気のある大通りを歩いていた。

病院はこの都市の中心地にあるんだが、俺は郊外にある冒険者ギルド周辺で生活範囲が完結しているため、めったにこの辺りには来ない。

だから田舎からやってきた上京者みたいな気分だな。

【アヘ声】において、冒険者ギルドを擁する【冒険都市ミニアスケイジ】は、かつて勇者が拠点としていた集落を起源とする石造りの都市という設定だった。


この世界に突如としてダンジョンが現れてから幾星霜。

かつて、ダンジョンから湧き出るモンスターたちにより、人類は滅亡の危機に陥った。

しかし神より加護を賜りし「勇者」によってモンスターはダンジョンへと追い返され、全ての元凶たる「邪神」をあと一歩のところまで追い詰めることに成功する。

しかし邪神を討伐することは叶《かな》わず、勇者は命と引き換えに邪神をダンジョンごと封印したのだという。

だが、勇者がもたらした束の間《つかのま》の平和は終わりを迎えつつある。

勇者が施した封印は年を追うごとに弱まっており、やがて封印は破られ世界は再びモンスターによって蹂躙《じゅうりん》されるであろう。

その前にダンジョン最奥へとたどり着き、今度こそ「元凶」を滅ぼさなければならない。


これが【アヘ声】の世界に伝わっている歴史だ。

で、【ミニアスケイジ】は勇者が施した封印を守るため、世界中から人が集まり都市にまで発展したってわけだ。

名前の由来は「箱庭（ミニアスケイプ）」と「檻《おり》（ケイジ）」だったか。

「待たせたなルカ。それじゃあ行くか」

まあそれはともかく。

ノームに酷《ひど》い目に遭わされた生存者に配慮して留守番してもらっていたルカと合流すると、俺は再び【ノーム畑】のところまでやってきた。

【ノーム畑】を放っておくとノームが生えてくるので、定期的に狩る必要があるからな。

ノームが生えてくるのを止めることができればいいんだが、止め方は原作知識にはない。

除草剤的なノリで毒でも撒《ま》いてみようかと思ったが、【ノーム畑】にどんな影響があるか分からない。新種のモンスターが湧いたりしたら面倒なので、やめておいた。

ただ、ルカが【ノーム畑】を調査し止め方を解明してくれるようなので、一任していた。

「それじゃ、よろしく頼んだぞルカ」

で、本日ようやくその方法が分かったらしい。

俺がルカをそっと肩から地面に降ろすと、ルカはコクリと頷《うなず》いて【ノーム畑】に立ち、ゆっくりと沈むように土中へと潜っていった。


……で、数時間ほど経《た》った後、なんか唐突に全裸の美少女が畑の中から生えてきた。


「(お待たせ、主《あるじ》)」

は？？？　えっ、どういうこと？？？

「(ふむ……視点が高いというのは、不思議な感覚だね。まさしく見える景色が違う、というやつかな)」

状況についていけない俺をよそに、謎の美少女は自身の身体《からだ》をジロジロと眺めていたが、ふと何かに気づいたように首もとに手を当てた。

「(……!?　れ、【隷属の首輪】は!?)」

そして無表情ながらもどこか慌てた様子で地面に這《は》いつくばり、何かを捜し始めた。

「(あ、あった！　よかった、これがないとボクは『ただの経験値』に逆戻りだ……！)」

そうして少女が拾い上げたのは、見覚えのある小さな【隷属の首輪】だった。

少女はそれを指輪のように指にはめると、どこか嬉《うれ》しそうに【隷属の首輪】を撫《な》でた。

よく見れば、少女の足元に見覚えのある防具が落ちている。【狩人《かりゅうど》】用の防具一式だ。

それは俺がルカに装備させていたものと同じであり——

……いや、うん。そろそろ現実逃避はやめるか。

「え、えーっと……ルカ……なのか？」

「（そうだよ。どう？　ボクの造形の腕も中々のものじゃない？）」

少女は無言でコクリと頷き、俺に見せつけるかのようにふわりと横に1回転してみせた。

信じられないことに、この少女は本当にルカのようだ。

今のルカは人形のように整った容姿をしている。

長い髪はまるで黒絹のようで、顔立ちはどちらかというと「綺麗《きれい》」というよりかは「可愛《かわい》い」といった印象だ。

外見は完全に人間のそれであり、人外じみた美しさであることを除けば、完全に中〜高校生くらいの少女にしか見えない。

ただし相変わらず表情が1ｍｍも動かないので、この外見はノームだった時と同じく「疑似餌として作られた顔」「文字通り皮1枚」の可能性もある。

「ああ、うん、とりあえず服を着てくれ」

「（はいはい、わかったよ。それはそうと……うーん、ちょっとだけ【畑】の養分が余ったなぁ。もったいないから持って帰ろっと。持ちきれない分は身体に蓄えておこう）」

なにより、全裸でも全く気にしてなかったり、ノーム畑の土を袋詰めにして持ち帰ろうとしているあたり、どれほど見た目が変わろうとも中身はモンスターのままなのだろう。

つーか今、さらっと土を食わなかったか？？？

「……というか、【隷属の首輪】が外れたんだったら、わざわざ着け直したりせず逃げればよかったんじゃないのか？」

俺がふと思ったことを呟《つぶや》いた瞬間だった。

「（はぁ!? な、なんてことを言うのさ!? イヤだ！ ボクはもう『経験値』じゃない！ ようやく『ルカとしての姿』が手に入ったんだ！ 『特別な存在』になるためのスタートラインに立てたんだ！ それなのに主は『経験値』に戻れって言うの!?）」

なぜかルカは過剰とも言えるほどの反応を示した。指にはめた【隷属の首輪】を胸にかき抱くようにして隠し、何度も首を横に振っている。

「お、おい……!?」

そしていきなり俺の腕をとると、底なし沼のような闇を湛《たた》えた真っ黒の瞳で俺の目をガン見してきた。

怖っ！ 目ぇ怖っ！ しかも腕を引き剝がそうとしても意外に力が強くて離れねぇ!?

「（主はボクを『特別な存在』――『最強』にしてくれるって言ったじゃないか！ このまま無価値な存在で終わるなんてイヤだ！ ボクは二度と『ただの経験値』には戻らないぞ！ 主がボクを『最強』にしてくれるまで――いや、ボクはずっとずっと主と共に『特別』であり続けるんだ！ だから！ いつまでもこの手を離さないからな！ 絶対に！）」

……ルカから強い感情が伝わってくる。

ルカの見た目が完全に人間と同じになったことで、俺が彼女（？）のことをわずかながら「人間」として認識してしまったからか、どうやら転生者として俺に標準搭載されている「言語翻訳機能」が少しだけ働いたらしかった。

これは……「特別な存在への渇望」だろうか？　今のルカからは、まるで「自我に目覚めたロボットの悲哀」みたいなものを感じる。

「……あっ」

ふと、俺の足もとに首をはねたノームの頭が散らばってるのが目に入った。

……やっべ。これ俺のせいなのでは？？？

そりゃそうだ。自分と全く同じ外見の奴《やつ》がゴミクズみてえに死んでいくのを見せられたら、誰だって「明日は我が身」とか「あんなふうにはなりたくない」とか思うよな。

あと、そういえば以前「ノームは働きアリみたいなもの」という話をしたような……。

いかん、考えれば考えるほどルカがこうなったのは俺のせいな気がしてくる。

「……分かったよ。俺はルカと一緒に『最強』を目指すことを約束する。これでいいか？」

「（……っ！　うん！！！）」

……何度も頷いているところから察するに、俺の回答は満足いくものだったらしい。

やべえ……なんか、気づかないうちに取り返しのつかないことをしてしまってたっぽい。

ルカに対して愛着がわかないように、あくまで使い捨てのモンスター奴隷として接して、その内面を慮《おもんぱか》らなかったツケが回ってきたってのか？

いや、でも、ルカはモンスターだぞ？　人間のことを家畜としか思ってない生物だぞ？　たとえるなら、スーパーに陳列されてるパック入りの牛肉を指さして「ボクも牛肉になりたーい！」とか言ってるようなもんじゃねえか。

んなメチャクチャな……こんなの想定外もいいとこだ。

「(ボクはどこまでも主についていくからね……)」

ダンジョンから帰還した後もずっと俺の腕に抱きついたままのルカに、何とも言えない微妙な気持ちになる。

振りほどこうとすると過剰な反応をするので、諦めて好きにさせてはいるものの……どういう意図があっての行動なのかさっぱり分からん。

そりゃあそうだろう。ノームは畑から生えてくるような、性別が存在しない生物だ。男女の仲なんてものを理解しているとは思わないし、それどころか生殖の概念すらあるかどうか怪しい。

端から見ると恋人同士で腕を組んで歩いてるように見えるかもしれないが、これ絶対に愛情表現とかじゃないだろ。

「(……どうしたの？)」

俺が凝視してることに気づいたのか、首を傾《かし》げるルカに「なんでもない」と返しておく。

見た目だけは可愛いんだが……でも中身はモンスターなんだよなあ。

まるで人食い熊の子供にじゃれつかれてるような気分だ。

とはいえ、俺の奴隷であることにこだわってるみたいだし、俺の指示に従うつもりはあるみたいだし……まあ「歩きにくいから俺から離れてくれ」と頼んでも無視してくるけど。

とにかく、裏切りの心配はないっぽいな。

ルカからの要求は、どうやら「置いていかないこと」と「最強にすること」の二つのみ。

俺の目的である「最強の冒険者パーティを作り上げること」を妨げるものではないし、なんなら俺とルカの目的はある意味で一致している。

うーん……それならべつに、ルカの見た目くらいはどうだっていい……のか？

「えっと……もう一部屋借りたいんですが」

……どうでもよくなったわ。いくら中身はモンスターでも、見た目が女の子のルカと同じ部屋に泊まるのは非常に外聞が悪い。宿屋の店主からルカの部屋を借りる必要がある。

「(どうして？　今まで通り同じ部屋でいいじゃないか！)」

「いや、そんな首を横に振られてもなあ……」

「(やだよ！　そんなこと言って、寝てる間にボクを置いてどこかにいっちゃうつもりなんだろ!?　ボクも主と一緒に寝る！)」

どうにかしてルカをなだめ、俺は別室にすることを了承させた。

【隷属の首輪】を使って命令してもいいんだが、やはり日本人だった身としては人間の姿をした生物を奴隷として使役することに抵抗がある。

くそっ、やりづらい……人間の奴隷を使役したら絶対にこうなるって分かってたから、命令してもあまり心が痛まないモンスターを奴隷にしたはずなのに……。

「どうしてこうなった？」

そんなことを考えていたからか、なかなか眠れない。

仕方ないので宿屋の店主に何か飲み物でも貰《もら》いに行こうとすれば――

「うおわあっ!?　なにやってんだよルカ!?」

……自室のドアを開けた瞬間、真っ暗な廊下に無言で立つ長い黒髪の少女の姿が目前にあって、幽霊かと思って思わず変な声が出た。

まさかとは思うが、ずーっと俺の部屋の前に立ってたのか……？？？

「ああ、もう、分かったよ。同室にすればいいんだろ」

幸いなことに、今のルカは髪と瞳が俺と同じ黒色だ。兄妹とでも言っておけばなんとか誤魔化せるだろう。

「じゃあ、今日は俺がソファで寝るから、ルカはベッドで寝てくれ。いいか？　ベッドから出ないでくれよ？」

ルカが首肯したのを確認すると、俺はソファで横になった。

……が、ベッドの方が気になって余計に眠れなくなった。

だって、今のルカは見た目が女の子なんだぞ？　それもとびっきりの美少女だ。

そんなのって……そんなのって……！

……凶悪な固有能力を持ってるに決まってるじゃないか！！！

そりゃあそうだろう、【アヘ声】はエロゲなんだからな。

【アヘ声】では見た目が人間の女性に近いモンスターほど凶悪な能力を持っている。

そしてそれらの女性型モンスターにもHシーンが存在するが、和○は一切ない。

あるのは主人公による強○シーンか、もしくは主人公が逆レ○プされて最終的に捕食されるシーンのみだ。

中にはトラウマレベルのシーンも存在する。昆虫系のモンスターとのHシーンとかな！

そういうわけで、見た目が女の子のモンスターが近くにいると落ち着かないんだよ……。

まあダンジョン攻略を進めていくと嫌でもそういうモンスターどもと出くわすだろうし、むしろこれはいい機会なのかもしれない。今のうちにルカで慣れておくべきだろう。

「……やっぱりこの部屋は月が綺麗に見えるな……」

落ち着かない気分を誤魔化すため、俺は窓から月を眺めた。

この世界に来てからというもの、眠れない日はいつもそうしている。

ここはファンタジー世界ではあるが、月は地球で見たそれと同じであるように思う。

「……あっちの世界では、俺のことはどういう扱いになってんだろうな……」

月を眺めながら、ぼんやりと故郷のことを考える。

「失って初めて大切さが分かる」とはよく言ったもので、昔はどこか遠いところに行きたいだなんて思ったこともあったが、いざ「二度と帰れないかもしれない」なんて状況に放り込まれたら、望郷の念が強くなるもんなんだな……。

あと、こっちの世界には日本に存在していたような娯楽がないのもツライ。

この世界はエロゲ世界だからなのか娯楽もそっち方面に振り切れてるからな。

娼館《しょうかん》を始めとして、ヌード劇場とか、おさわり酒場とか、この世界で娯楽っていったらそんなんばっかりだ。

おかげで今の俺にはダンジョン探索しか趣味がない。

いや、だってここまでエロい店ばっかりだと逆に興味が失《う》せるじゃないか。

無料アプリとかでことあるごとに広告を見せられたらイライラしてくるのと同じだ。

どこに行ってもチラチラとそういう店が視界に入ってきて、非常に鬱陶《うっとう》しい。

ここまできたらもう意地でもそういう店には行ってやらないとまで思っている。

俺がずっとダンジョンに潜ってるのはそういう事情もあったりするんだよな……。

「……ダメだな」

順調に強くなったことで精神的に余裕が出てきたからか、最近は何もしてない時に故郷のことばかりが頭に浮かぶ。

帰る方法なんて分からないから、故郷を恋しく思ってもどうしようもないってのに。

その点、やっぱりダンジョン探索は素晴らしい。探索中は余計なことを考えなくて済む。

……でも、そうだな。誰にも負けないくらい強くなって身の安全を確保して、ダンジョンという脅威を排除した暁には、帰る方法を探す旅に出ようか。

ああ、今の俺は前世とは別人の身体《からだ》になってるから、それもなんとかしないと。

「……寝るか」

そんなことを考えているうちに、いい感じに眠くなってきた。

俺は明日に備えて目を閉じるのだった。

《裏》

「それじゃ、よろしく頼んだぞルカ」

【狂人】がルカを地面に降ろすと、ルカはコクリと頷《うなず》いて【ノーム畑】に立ち、ゆっくりと沈むように土中へと潜っていった。

男は知らないことだが、ノームは群れ全体で記憶を共有している。

ノームは定期的に【ノーム畑】に潜って眠ることで記憶を【ノーム畑】に伝達し、【ノーム畑】がそれらの情報を集約・整理して群れ全体に共有する。

このようにノームと【ノーム畑】はコンピューター染みた生態をしているのだが……ルカはそこに目をつけた。

「(裏切り者が何のつもりかは知らぬが、母なる大地である我に逆らえると思うたか)」

「(はっ、何が『母なる大地』だよ。たかだかダンジョン15階層の1区画にも満たない規模の畑じゃないか。ボクは知っているぞ。ダンジョンの外にはお前なんかとは比べ物にならないほどの広大な大地が広がってるんだ)」

初めて聞く【ノーム畑】の声に、しかしルカは狼狽《うろた》えずに失笑をもって応える。

【ノーム畑】とてモンスターの一種だ。意思が存在することくらいは想定の範囲内。

そして、そうであるなら次の行動も読めている。

「(ふん、口先だけは達者よな。しかし我の中に侵入した時点で貴様の命運は決まっておる。記憶を吸い尽くして『あの化物《ばけもの》』の対応策を構築したのち、ドロドロに腐敗させて養分にしてくれる!)」

「(ハッ！　やってみなよ。もっとも、主に勝つなんてお前みたいなただの畑には無理だろうけどね！)」

「(言われずともそうしてくれるわ!)」

【ノーム畑】からの干渉を受け、ルカは記憶を強制的に伝達させられそうになる。

しかも記憶をコピー&ペーストするのではなく、記憶を丸ごと吸い出そうとするような強引な手法だ。

「(残念、今のボクはお前の奉仕種族じゃない。主の忠実な奴隷でね)」

——俺に害を為《な》すの禁止。

「(ぐっ……!? 我の命令を弾《はじ》いただと!?)」

しかしそれはルカの失笑を嘲笑に変えただけに終わる。

次の瞬間、【隷属の首輪】が光ったかと思うと、【狂人】が出した命令に従ってルカの身体が勝手に利敵行為を封じるよう動き出したのだ。

「(でも、そんなにボクの記憶が見たいなら見せてあげるよ)」

そしてノーム畑の意思が怯《ひる》んだ隙にルカは主との「素敵な思い出」を叩《たた》きつけてやった。


『【絶刀】』

『ハハハハハ! 経験値! 金! 宝箱!』

『おらおら首と経験値と金と宝箱おいてけ!』

『悪い、クズ運引いて【バンガード】発動しなかったわ』

『お前のHPを上回る即死ダメージだあああああっ!!』

『あちゃー、罠《わな》の解除失敗か。猛毒ガスだ』

『いてて……見事に爆発したなあ。ルカは大丈夫か?』

『おい、大丈夫か? それ食らうとHPが1桁になるから次からは気を付けろよ』

『おーい、聞こえてるかー? ダメだ、完全に石化してやがる』

『つまり今の俺に接触したノームは問答無用で【延焼】状態になる!!』

「(ギャバァ――――――！？！？！？)」

あまりにも冒瀆《ぼうとく》的な記憶の奔流に、たまらず【ノーム畑】が悲鳴をあげた。

【ノーム畑】は、ノームを使役してあらゆる行動を肩代わりさせている。

つまり自分からは何もしないモンスターだ。

また、戦死したノームからは記憶を吸い出せないため、敗北の経験もない。

よって、今まで戦ったこともなければ痛みを感じたこともないのである。

そのため、【ノーム畑】は下手すると人間よりも苦痛に耐性がない存在かもしれない。

そんなモンスターにとって、ルカの記憶は毒でしかない。

そんなものを一気に叩きつけられたらどうなるかは、考えるまでもないだろう。

いくらレベルやステータスが高かろうが、マインドクラッシュしてしまえば無抵抗になる。ルカはそれを【背信の騎士】で学んだのだ。

「(…………)」

【ノーム畑】がコンピューターウイルスのせいでフリーズしたパソコンみたいになっている隙に、ルカは【ノーム畑】が自身に干渉してきたルートを辿《たど》って【ノーム畑】の意思に接続、逆に記憶を吸い出し始めた。

「(じゃあね、自称『母なる大地』。君から得た力、せいぜい有効活用させてもらうよ)」

そうして最終的にほとんど記憶を失った【ノーム畑】の意思にトドメを刺し、ルカは完全に【ノーム畑】を乗っ取り、新たな「【ノーム畑】の意思」となった。

「（さてと……）」

【狂人】のオーダーは「ノームの発生を止めること」だ。

ルカが【ノーム畑】を掌握した時点でそれは達成されており、このまま放っておいたとしてもいずれ【ノーム畑】に残っている「養分」が拡散していき、そのうちエネルギー不足で完全に機能停止するだろうが……。

「（それだと養分になった生き物たちが報われないね。なんのために腐り果てていったのか分かったもんじゃない。だったらボクが有効活用してあげようじゃないか！）」

今のルカが抱く望みは、「主と一緒に特別な存在となること」だ。

【狂人】は今の時点でもすでにあらゆる面でオンリーワンの存在であるが、ルカは違う。

すでに精神はノームとは乖離《かいり》しているものの、身体はいまだにノームのままだ。

ルカは、自身の身体が「量産型」として製造されたという事実がたまらなく嫌だった。

「（ボクは、絶対に『特別な存在』になる！　そこらのモンスターどもとは違うんだ！）」

だからこそ、ルカは【ノーム畑】に残っていた養分を全て使って新たな身体を造ることにしたのだ。

「（でも……どんな姿なら「特別」と言えるんだろう？）」

しかし、そこでルカの思考は停止してしまう。

そもそも今まで外見なんてどうでもいいと思っていたのだ。最低限、人間を騙《だま》すための疑似餌として機能すればそれでよかったのだから。

そのため、「ノームの身体が嫌だ」という気持ちは強くとも、「じゃあどんな身体ならいいか」と考えた時、ルカは明確なビジョンを持ち合わせていなかった。

「(……まずはノームの身体を思い浮かべてみよう)」

となれば、ノームの身体をベースに、そこから変更を加えていく方針となったのは、ある意味で当然の帰結だろう。

「(……とりあえず、黒い髪と黒い瞳かなぁ……?)」

ルカにとって「黒」という色は「特別」の象徴だ。これは外せない。

全身真っ黒にしようかとも思ったが、外見が人間から離れすぎると、うっかり【狂人】に『経験値』と間違えられて首をはねられてしまうかもしれないので却下である。

「(主と全く同じ姿というのもいいかもしれないけど、それじゃあオンリーワンじゃなくなっちゃうよね。となると……主は男だから、その反対の女にしてみようかな)」

「(ふむふむ……【ノーム畑】の記憶によれば、人間の女は髪が長いのが多いんだね。正直、長い髪なんて無駄だと思うけど……まぁいっか)」

「(顔については、『人間から見て可愛《かわい》い外見のモンスター』は冒険者と遭遇した時の生存率が高いって統計があったから、以前【ノーム畑】がノームの疑似餌としての効果を検証した時のデータから流用しよう。より多くの人間の男に効果的だった顔が『可愛い』ってことだろうし。まぁ主はそれでも躊躇《ためら》いなく首をはねるだろうから気休め程度だけど……)」

「(胸が大きいと男からは好意を持たれ、女からは殺意を持たれる傾向にある、だって? 人間ってのはよく分からない生き物だなぁ。胸部に邪魔なものがついてると戦闘に支障が出ると思うんだけど。でも全くないと男と間違われるというデータがあるし、それなりでいいか)」

「(身長は……今のままだと不便だね。やっぱり身体が小さいとあらゆる面で不利だ。でもあんまり大きすぎると主に叛意《はんい》ありと思われるかもしれないから、主よりかは小さく設定しておこう)」

「(身体が大きいと鉢植えに入れなくなるなぁ。でも主と一緒に生きる以上、生態も人間に寄せた方が便利だよね。土から養分を吸収できる能力はそのままでいいとしても、人間の解剖データから消化・吸収器官を再現しよう。あと土の外でも眠れるようにした方がいいね)」

二言目には主、主、と言いながら作業を進めるルカ。

そのため、必然的に「主と一緒に『最強』となる」ということを前提とした身体が造り上げられていく。ルカは徐々に人間でもモンスターでもない存在になりつつあった。

このままではモンスターとして生きていくことが不可能になり、かといって【狂人】がいなければ人間社会にも受け入れられず、ルカは【狂人】なしではどこにも行き場がなくなってしまうだろう。

……それでもルカは止まらなかった。それでも構わないと思ったのだ。


「……月だけは、故郷で見たのと変わらねえんだな」


いつだったか、ルカが真夜中にふと目を覚ました時、【狂人】が窓から夜空を見上げ、独りで月を眺めていたことがあった。

「……帰りてえなあ……」

恐らく、本来なら口に出すつもりはなかったのだろう。

【狂人】はすぐにハッとした様子で頭《かぶり》を振り、何かを振り払うかのように月から目を背けてベッドに潜り込んだ。

翌日にはいつものようにダンジョンのことばかり考える【狂人】に戻っていたが……。

あの夜に見た、目を離すとその瞬間に消えてしまいそうな【狂人】の姿は、ルカの脳裏に焼きついてしまっていた。

【狂人】は死ぬまで冒険者としてダンジョンで生きるものとばかりルカは思っていたが、もしかするとそれは違うのではないか。

【狂人】がいなくなったら自分はどうなる？

決まっている、ノームなどという無価値な存在に逆戻りだ。

そうしていつかは「経験値」として狩られ、ゴミクズのように打ち捨てられるのだ。

そんな嫌な考えが頭から離れず、ルカは焦燥に駆られた。

今のままでは駄目だ。もっと「特別な存在」にならなければ。

最低でも【狂人】から無価値だと思われないようにしなければならない。彼に不要だと断じられてしまえば、自分はどこかに置き去りにされてしまうかもしれないのだ。

「（ボクが『特別』になるためには……ボクが主と共にあり続けるためには……）」

「特別な存在になるために主と一緒にいる」のか、それとも「主と一緒にいるために特別な存在になる」のか。

その境界が曖昧になりつつあることに気づかず、ルカは自身の身体《からだ》を造り変えていったのだった……。

第6章

《表》

とりあえずルカのことは犬か猫とでも思うことにした。

いや、本当に犬か猫みたいに扱っているわけではないんだが、ものの例えというやつだ。

とにかく、そう思っておけば四六時中一緒にいても不快感はない。少なくとも、女の子やモンスターだと思うよりかはよっぽどマシだ。

幸いなことに、ルカは女性らしい感性を一切持っていない。これで中身まで女性になられてたら俺の気が休まらなかったところだ。さすがに自室でまで人に気を遣いたくない。ルカの価値観はモンスターのままなので、そこまで接し方を変える必要はなさそうだ。

「やー、どうもハルベルトの旦那」

そんな感じでようやくルカの変化にも慣れてきた頃、1人の男性が訪ねてきた。

「あれ、あなたは……もしかして、ダンジョン中層で助けた生存者の方ですか？」

「おっと、こいつは失礼。そういや名乗ってませんでしたね。俺の名前はアーロン。ケチな【狩人《かりゅうど》】ですぜ。この度、お陰さまで無事に退院と相成りましてね。だから旦那に改めてご挨拶とお礼をば、と」

【ノーム畑】ではじっくり見る余裕なんてなかったし、病院で見たときは包帯グルグル巻きだったので分からなかったが、改めて見るとかなりのイケメンだ。

ショートカットの金髪に翡翠《ひすい》の瞳、そして長身痩軀《そうく》とモテそうな要素がてんこ盛りだ。

ファンタジー世界なので見た目と実年齢が一致しているかは分からないが、少なくとも日本人目線では20代前半くらいに見える。

「ご丁寧にどうも。かなりひどくやられてたみたいですが、後遺症とか大丈夫でしたか？」

「えぇ、まぁ。畑を見るとなぜかブルッちまうのと、右脇腹の皮膚の感覚がなくなったくらいのもんで、日常生活にもダンジョン探索にも支障はありませんぜ」

「えっ、皮膚の感覚がないって……それは本当に大丈夫なんですか？」

「ええ、もちろん。冒険者という職業柄、畑を見ることはめったにないですし、実家も農家ではなく商家ですから。皮膚の感覚にしても、腕とかならまだしも脇腹ですからね。くすぐりに強くなってラッキー、くらいに思っときますよ」

どうやら心身ともに完治したようだ。せっかく助けたのに精神崩壊してた、なんてことにならなくて本当によかった。もしそんなことになってたら、さすがに後味が悪いしな。

「あー……それで、ですね。俺はこの恩義にどう報いればいいんですかね？」

「恩義と言われましても、べつにたいしたことはしてませんし」

俺がやったことといえば、薬の材料としてモンスターから素材を剝ぎ取ってきただけだ。ドロップ品目当てでモンスターをブチ殺すのなんて、ぶっちゃけいつもやってることだ。

「そういうわけですので、お礼ならどうか病院の方々に。あなたの傷を治したのは医師の方々であって私ではないですから」

「やー、そう言っていただけるのはありがたいんですがね」

が、アーロンさんは今回の件で俺にかなりの恩義を感じてくれたのか、どうしてもお礼がしたいと言ってくれた。

「この際ぶっちゃけますけど、それじゃあ俺の気が済まないんですよ。だからこのとーり！　俺を助けると思って！」

パン！　と掌《てのひら》を合わせて、「助けてもらっといてまた助けてくれ、なんて変な話ですけどね」とおどけてみせるアーロンさん。

うーん、ここまで言ってくれてるのに、断るのも野暮ってものだろう。

俺はありがたく申し出を受けることにした。

「まあ、そういうことでしたら。アーロンさんはパーティを組んでおられるんですか？」

「実はつい最近パーティを追放されたところでしてね……。自慢じゃないですが、下層で活動する上位のパーティでした。まっ、俺では下層でやってくには実力不足だったから追放されたワケなんですがね？　やー、ホントに自慢になんねぇなコレ」

なんと、糸目にアルカイックスマイルという実に強キャラ感のある彼は、その印象に違《たが》わず、ダンジョン下層に到達したことがあるベテラン冒険者らしい。

「まっ、利害の一致で組んでただけですからそれ自体はいいんですけどね。問題は俺の実力で旦那の助けになれるかどうか……」

本人は謙遜してるが、この冒険者黎明期《れいめいき》に下層で活躍してたのは純粋にすごいと思う。

俺みたいに原作知識があるわけでもないので、下層でやっていけるだけのスキル構成を自力で編み出したってことだからな。

それはともかく、続きは冒険者ギルドへ向かいながら話そうということで、俺はルカを呼んでダンジョンに行く準備を済ませた。

「それで？　早い話、旦那は何に困っておられるんで？　俺は何をすればいいんです？」

そして、俺は先ほど準備中に思いついたとある計画をアーロンさんに話すことにした。

「倉庫が満杯になりそうですので、【商人】を極めて店を開いて欲しいんですよ」

「やっべ、思ったより難解だな？　申し訳ないんですが最初から説明してもらえます？？？」

「（どうせ最初から聞いても分からないと思うけど）」

これはだいぶ前から悩んでいたことなんだが、ギルドから借りている倉庫がすでに物で溢《あふ》れそうになっているんだよな。

いやあ、ついついトレハンが楽しくて……気づいた時にはこんなことに。

「うーん、初《しょ》っ端《ぱな》からブッ込んできますねぇ……」

ダンジョン15階という序盤のうちからこんな有様なので、今後のことを考えると早いうちに対処しておくべき案件だ。

【アヘ声】だとギルドの倉庫に大量のアイテムを預けられた。

しかしこの世界では1人でギルドの倉庫を全て使うことはできない。

そりゃあそうだ。他にも倉庫を利用する冒険者がいるからな。

しかもゲームだったら装備品とか消耗品といったアイテムの分類は問わず、一つのアイテムにつき99個まで500種類のアイテムを保管できたが……当然ながらこの世界では物理法則を無視した収納は不可能だ。

大きなアイテムはその分だけ容赦なく収納スペースを圧迫する。

もちろん、RPGのお約束「たくさん物が入る魔法の袋」的なものはこの世界にもある。

俺が普段使っているバッグがそれであり、正式名称は【拡張魔術鞄《かばん》】だ。

魔術によって中のスペースが拡張されていて見た目以上にたくさんアイテムを入れておける鞄……っていう、名前そのまんまの道具だな。

だが、俺が持つアイテムを全部収納しようと思えば【鞄】がいくつ必要になるか分かったもんじゃない。

【鞄】はそこそこいい値段がするので、今後アイテムが増える度に大量の鞄を購入するのは現実的じゃないな。

……いや、まあ、使ってないアイテムは売ればいいだけの話なんだが。

でも、この世界では店に一度売ってしまったアイテムは基本的に二度と手元に戻ってこないんだよ。

一般的なRPGの店とは違い、ダンジョンRPGでは店に売ったアイテムは消滅せずにそのまま店の品揃《しなぞろ》えに追加されるようになっていることが多い。

さらに追加されたアイテムを主人公以外の客が買っていくようなこともないため、いつでも買い戻すことができる。

まあゲームによっては売ったアイテムの強化値が消える、みたいな細かいルールがあったりもするが……その話は今はいいだろう。

とにかく、ダンジョンRPGでは店を「有料の倉庫」として使えるようになっていたわけだが、当然ながらこの現実となった世界ではそんなことはない。

売ったアイテムはそのまま他の冒険者に買われてしまう可能性が高いから、【アへ声】をプレイしていた時のように気軽にアイテムを売り払ったりできないんだよな。

【アへ声】では実質的に店の品揃えの充実＝アイテムコレクションの充実だったんだが、この世界ではアイテムをコレクションしようと思えば倉庫に預けるしかない。

でも肝心の倉庫が狭くて全然コレクションできないんだよな。

そこで、俺が目をつけたのは店舗に設置されているような業務用の【拡張魔術倉庫】だ。

【鞄】と同じ魔術が室内全体に掛けられており、しかし【鞄】とは比べ物にならないほどの大容量を誇る倉庫のことだな。

一応、ギルドの貸倉庫も同じ仕組みで拡張されてはいるんだが、掛けられている魔術の効力があまり高くないのか容量が少ない。

まさか冒険者ギルドともあろうものが工賃をケチったんじゃないだろうな？

「そういうわけなので、大型商店に設置されてるような大容量の【拡張魔術倉庫】が欲しいんですよ」

「ギルドの貸倉庫ってだいぶ広かったはずなんですけど、それを1人で埋めるような冒険者は旦那くらいのもんですよ」

そんな感じの説明を、ゲームの話はボカしてアーロンさんに伝えると、アーロンさんは頭痛を堪《こら》えるかのように頭を振った。

「いやあ、思ったより両手持ち武器とか鎧《よろい》とかが場所を取るんですよね」

「やー、剣とか槍《やり》の収集家くらいなら俺の知り合いにもいますがね……さすがに全アイテムをコレクションしてる方にお会いしたのは初めてですよ」

「（あぁ、倉庫があんなに酷《ひど》い状態になってるのはやっぱり主だけだったのか）」

うーん、まあ【アヘ声】プレイヤーも「トゥルーエンド到達で【アヘ声】全クリ」派と「最強育成とダンジョン制覇まで達成して全クリ」派、「さらにアイテムコンプまで達成してこそ全クリ」派に分かれてたが、アイテムコンプまでやる人は少数派だったからな。

やっぱりアイテムコンプまで目指してる人はこの世界でも少ないか。

「ただ、【拡張魔術倉庫】の設置には規定があるらしいんですよね」

「ま、パッと思いつく限りでも悪用する方法がいくつもありますからねぇ」

問題は業務用の【倉庫】を個人で所有するにはいくつか条件があることなんだよな。

具体的には「店を経営していること」と、「【商人】のクラスをある程度まで極めた人間であること」、この二つだ。

「んー、旦那が求めるような規模の【倉庫】を所有できる【商人】となると……10年くらい修行を積んでようやく到達できるかどうかってレベルですかね」

どうやらこの世界だと、モンスターを倒す以外にも修行や勉強などで熟練度が入る場合があるらしい。

で、【商人】は他の【商人】に弟子入りするなどして時間をかけてクラスレベルを上げ、それからようやく自分の店を構え、さらに自力で【商人】としての熟練度を上げていって店を大きくしていく……というのが一般的なようだ。

そのため、【商人】のクラスレベルの高さはそのまま「信頼と実績の証《あかし》」というやつになるみたいだ。

だから【商人】のクラスレベルが高い人ほど、【倉庫】含めよりよい設備の設置許可が下りる、という理屈らしい。

……いや、ガバガバ規定すぎないか？？？

クラスレベルなんてダンジョンで上げればいい話じゃないか。

冒険者を雇ってパワーレベリングする【商人】とか絶対に出てくるだろうから、どう考えても悪用防止にはならない。

「若くして大商会の主にまで登り詰めた敏腕【商人】」みたいな奴《やつ》の中には、金にものを言わせてパワーレベリングした奴がいるに違いない。

　ネット小説だとこういうのは「主人公すげー！」に使われるような場面だが、そんなに頭がよくない俺でも思いつくようなことは他の人も思いついてるはずだしな。

　それでも規定が改定されたりしないあたりに、この業界の闇を感じる。

　利権とか癒着とか、そういうのが絡んでるんだろうなあ……。

　まあそれはともかく。つまりは、ダンジョンRPGの店と同じ様に使える施設を自分で作ってしまおうというのが俺の計画だ。

　これに関しては【アヘ声】の【マイショップ】という機能から着想を得た。

【アヘ声】ではサブイベントを消化することで【マイショップ】という機能が解禁され、ダンジョンで手に入れたアイテムを自分で販売することができるようになる。

【マイショップ】で販売せずに普通の店でアイテムを売ると非常に安い値段で買い叩《たた》かれるため、コレクション用のアイテムは普通の店に売ることで倉庫の代わりとし、マジで不要なアイテムは【マイショップ】で金に換える、というのが【アヘ声】での定石だな。

　なのでいずれはサブイベントをこなして店を開くつもりではいたんだが……。

　べつにわざわざサブイベントが起きるまで待つ必要なんてないんだよな。

　商売に詳しい人がいればその人に協力してもらえばいいんだから。

「んー、申し訳ないんですけど俺では力になれそうにありませんぜ。仮に実家の伝手《つて》を頼ったとして、そういう【商人】の知り合いがいるって話は聞いたことがなくてですね」

「いえ、ですからアーロンさんには【商人】を極めていただいて、そのまま店長をお願いしたいんですよ」

「あー……最初に聞いた言葉は空耳じゃなかったかー……。普通こういうのって俺本人じゃなくて実家の力を使わせたりするもんでは？　というか、俺に10年もの間【商人】としての修行をやれと？？？」

「いえ、実は画期的なレベリング方法を編み出しまして。5日間ほど付き合っていただければクラスレベルを最大にできるんですよ」

「ん、んん？？？」

まあそういう反応になるよな。

アーロンさんは下層で活躍していた上位の冒険者だ。当然ながら俺よりも冒険者歴は長いだろうし、「そんな方法があればとっくにやってるし」と思われても仕方ないだろう。

やっぱり他の冒険者に信用してもらうには、まだまだ俺には実績が足りないか。

「……いえ、やっぱり今の話は聞かなかったことにしてください。知り合って間もない方にこんな突拍子もない話をするのはおかしいですよね」

悩んでたところに商家の関係者が現れたから、これも何かの縁だと思ってダメ元で話を持ちかけてはみたが……そりゃあそうだよな。

いきなり「店をやってみませんか？」なんて言ったら、詐欺だと疑われても仕方ない。

くそっ、失敗した。絶対に変な奴だと思われてるぞ……。

「やー、まさかこんな奇縁があるなんてな！　実は冒険者を辞めようかと思ってましたが、その後はどうしたもんかと思ってたところでしてね！」

「えっ？　でも、いいんですか？」

「旦那はたった1人で、それもわずかな期間で中層まで到達した実力者ですぜ？　そんな実力者の旦那がダンジョンでアイテムを仕入れて、俺が昔取った杵柄《きねづか》でそれを売り捌《さば》く。いいねぇ、悪くない。お互いの長所を活《い》かした理想的な協力関係だと思いません？」

うわっ、なにこの人。すっげえいい人じゃん。聖人君子かな？？？

「ま、たしかにそんな短期間でクラスレベルを上げる方法なんてのは寡聞にして存じませんがね。『もしそれが本当なら』俺は旦那に言われた通り店長でも何でもやりますぜ！」

「ありがとうございます！　それじゃあ、5日間だけでいいのでアーロンさんのお知り合いの方にも協力をお願いしたいんですけど……」

「ええ、構いませんぜ！」

「（どうせ10年修行した方がマシだと思うようなことやらされるからよせばいいのに）」

いやあ、まさか協力してくれる人がいるなんてな！　何でも言ってみるもんだな！

「それじゃあ、【門番】をボコりに行きますか！」

「はいよ！………はい？　なんだって？？？」

「（……ほら、やっぱりね）」

俺は心強い仲間を得たことで、ウキウキしながらダンジョン10階へと向かうのだった。

《裏》

病院を退院したアーロンが真っ先にしたこと、それは【狂人】を訪ねることだった。

「やー、どうもハルベルトの旦那」

にこやかに【狂人】と会話するアーロンの目は笑っていなかった。

彼の目的は【狂人】に礼を言うこと、それは間違いない。だが、それだけではなかった。

「あー……それで、ですね。俺はこの恩義にどう報いればいいんですかね？」

アーロンが【狂人】を訪ねた本当の理由、それは【狂人】の目的を探ることだった。

そこそこ裕福な商家に生まれた彼は、幼い頃から人間の汚い部分を見てきた。

それに嫌気が差して実家を飛び出してはみたものの、結局どこへ行っても人間は自分のことしか考えない生き物だった。

「恩義と言われましても、べつにたいしたことはしてませんし」

「（嘘《うそ》つけ、絶対に何か裏があるはずだぜ）」

それは冒険者も同じだ。

口では「勇者の遺志を継ぎ、人々のために世界を救う」などと聞こえのいいことを言っている奴でも、いざ自分に危険が迫るとあっさり他人を犠牲にするのがほとんどだ。

だからアーロンは基本的に他人というものを信用していなかった。

事実、冒険者になったアーロンの背中を追い、同じ様に冒険者になった妹は、そういう輩《やから》に騙《だま》されてしまい、ダンジョン上層で行方不明になってしまったのだから。

「(人間がそんな奴らばかりではないということは分かっているんだけどな……)」

かつてはアーロンの妹がまさにそうだった。

彼女が本気で勇者を目指していたことを、兄であるアーロンは知っている。

だから自分は出会いに恵まれなかっただけなのだろうということは頭では理解していた。

だが、今さら他人を信じるには、彼の心は擦りきれてしまっていた。

ゆえに、アーロンは何を考えているのか分からない奴に借りを作ったままである現状を打破するために、内心ではかなりビビりながらも【狂人】のもとを訪ねたのだ。

「この際ぶっちゃけますけど、それじゃあ俺の気が済まないんですよ。だからこのとーり！　俺を助けると思って！」

そうやってアーロンはおどけて笑ってみせたが、心の中では一切笑っていない。

こんな腹の底で何を考えてるか分からない【狂人】に借りを作ったままでは、いったい何をさせられるか分かったものではない。

さっさと借りを返して縁を切りたいというのが本音である。

「(つーか、マジで何を考えてんのか読めねー……。こんな奴は初めてだぜ)」

アーロンは今まで様々な人間を見てきたため、観察眼には自信があった。

相手の視線、表情、声色、仕草、その他わずかな挙動も見逃さず、そこから「そいつが何を考えているのか」を読み取る。そういった技術を彼は高いレベルで有しているのだ。

だが、そのアーロンの観察眼をもってしても、【狂人】が何を考えているのか全く分からないのである。視線、表情、声色、仕草……どれ一つ取っても、過去に相対した人間と微妙に違っていて完全に一致するものが全くない。

言葉は通じるのに、まるで「ここではないどこか別の場所からやってきた異邦人」を相手にしているかのようだ。

いや、たとえ異邦人であっても、アーロンの対人経験をもってすればある程度の推測は可能なはずである。【狂人】から何の情報も読み取れないことには何か理由があるはずだ。

「(んー、んん？　なんだこの違和感……？)」

すると、アーロンは【狂人】の口調から考えを読み取ろうとした時に、なにかよく分からない違和感がそれを邪魔することに気づく。

アーロン自身、上手《うま》く言語化できないのだが……なんというか、異邦人と喋《しゃべ》っていると思ったら、実際は異邦人は口パクで、実際は通訳の人間がどこか別の場所で喋っていてリアルタイムでアフレコしていた……みたいな。そんなよく分からない感覚だ。

「(……見えてる地雷だなこりゃ。これ以上はやめといた方がよさそうだ)」

瞬時にリスクを計算し、アーロンは詮索するのをやめた。「なにか手伝えることはないか」「それで貸し借りなしにしないか」と真正面から頼み込む方針に切り替えたのだ。

もしこの件を追及していたら、【狂人】の口から「俺は異世界からやってきた」だの「この世界の言葉が自動的に日本語に変換される」だの意味不明な発言が飛び出していたかもしれない。

【狂人】も初対面の相手にそんな発言をするほど馬鹿ではないが、それほどまでにアーロンの話術は巧みであった。

が、そんなもの厄ネタどころの話ではない。追及をやめたのは正解である。

「まあ、そういうことでしたら。アーロンさんはパーティを組んでおられるんですか？」

「実はつい最近パーティを追放されたところでしてね……」

そうアーロンはヘラヘラと笑ったが、実際のところ彼が追放された理由は別にある。

「（……ま、本当は『一緒に世界を救おう』とかほざいて俺の妹を誑《たぶら》かした挙げ句、結局は自分が助かるためにアイツを囮《おとり》にしやがった『勇者サマ』に、たっぷり『礼』をしてやったのが直接的な原因なんだが）」

他の冒険者への私刑。その問題行動が問題となり、アーロンはパーティを追放になった。

とはいえ、実力不足を理由に追放されたというのも嘘ではない。

追放理由の半分はそれだったからだ。ただし元から戦闘以外の能力を買われてパーティに入ったので、今まで追放されていなかったのだ。

アーロンは基本的に嘘は言わない。ただ「言ってないことがあるだけ」だ。

それが彼の話術の基本であった。

「(まったく、我が妹ながら困った奴だ。行方不明からヒョッコリ帰ってきたかと思えば、そのまま逃げるように実家に帰りやがって。聞けば、アイツを助けたのもこの【狂人】らしいじゃねーか)」

実は、アーロンの当初の予定では「しょせんは俺もクソ野郎の1人だ」と開き直り、【狂人】が何も要求してこないうちにさっさと夜逃げして借りなどなかったことにするつもりだったのだが……なんと、すでにそれを実行してしまったのが身内にいたのである。

「(あの他人を疑うことを知らないお人好《ひとよ》しのおバカが『お礼もまともに言えないまま実家に帰るのは心苦しいけど、どうしてもあの人が怖い』なんて言うから、どんなヤベー奴なのかと思ってたが……マジでヤベー奴じゃねーか)」

なので、これ以上【狂人】相手に負債を抱えるのは悪手であった。自分だけならともかく、いつの間にか妹まで一緒に奴隷落ちしていた、なんてことになるのはごめんであった。

「問題は俺の実力で旦那の助けになれるかどうか……」

ならば次善策として、【狂人】が言葉の上は遠慮しているうちに簡単な用事を済ませてしまって、「借りは返した」という既成事実を作るのだ。

また、それを不特定多数の人間の前でアピールしておくことが望ましい。

そんな考えのもと、「俺の実力は大したことない」アピールで予防線を張りつつ、【狂人】の反応を窺《うかが》えば――

「倉庫が満杯になりそうですので、【商人】を極めて店を開いて欲しいんですよ」

返ってきたのは、予想の斜め上の回答だった。

「いえ、実は画期的なレベリング方法を編み出しまして」

「(まさか俺を【商人】みたいな戦う手段を持たないクラスにさせてからダンジョンで事故に見せかけて殺すつもりか？　だが、それならあそこまでして俺を助けた意味がない。ダメだ、何が目的なのかさっぱり分からねぇ)」

【狂人】の言葉には何か裏があるはずだと思い込んでいるアーロンは何とかその真意を読み取ろうと必死になるが、詳しい説明を聞いても意味が分からず、混乱する一方だ。

実際には【狂人】は思いついたことをそのまま喋っているだけである。

「……いえ、やっぱり今の話は聞かなかったことにしてください」

「(げっ……まさか無理難題ふっかけて俺が断るように仕向けて、借りを返すのを先延ばしにして後でまとめて負債を回収するつもりか!?)」

そのせいで泥沼にはまってしまったアーロンは、最終的に【狂人】に手を貸すことを約束した。してしまった。

「【シールドアサルト】！　【シールドアサルト】！　【シールドアサルト】！　オラッ！　もっと！　熟練度を！　よこせ！」

「…………」（※されるがままになっている）
「あががががが……頭が……頭が……！」
「ひ、ひぃぃぃぃぃぃ！！！」
「（なにこの地獄絵図？？？）」

結果、高笑いしながら【門番】をしばき倒す【狂人】、廃人化して棒立ちのままサンドバッグにされる【背信の騎士】、トラウマ映像がフラッシュバックして白目を剝《む》くアーロン、彼が道連れにしたチンピラ3人組、諦めの境地のルカ、という惨状が生み出された。

「アーロンてめぇ！　何が『楽して稼げる手段がある』だ！　いや嘘ではなかったけど！」

「ダメだ、こいつ気絶してやがる！　お前もよく分かってなかったのかよ！」

「ハ、ハルベルトの旦那ぁ……もう勘弁してやってくだせぇ……！　さっきから【門番】がピクリとも動いてないんです……！」

「（ここからじゃ聞こえないと思うよ。というか、なんかこいつら見覚えあるね？　まだダンジョン中層に降りてなかったのか）」

部屋の隅に固まって震える3人をよそに、【狂人】の高笑いがダンジョンに響き渡った。

「やー、まさか本当にたった数日で【商人】を極められるとは思わないじゃん？？？」

「テメェはダンジョン中層で潔く死ぬべきだった」

その後、とある店のレジでヘラヘラ笑いながら伝票の整理をするアーロンの姿があった。

店内の清掃をしていたチンピラ3人組がアーロンの軽口にブチギレそうになるも、彼の目が死んでいるのを見てギリギリ踏みとどまる。

さすがに死体蹴りはやめておいてやろうと思ったからである。

【ハッカー&スラッシャーズ商会】、略称【H&S商会】と名付けられたその店は、冒険者御用達《ごようたし》の宿屋から冒険者ギルドへ向かう道中にあった空家を改装して作られている。

豪邸一歩手前でそこそこ立派であったにもかかわらず、「呪われた家」として買手がつかないまま放置されていたその家は、【狂人】が原作知識をフル活用したことで諸々《もろもろ》の問題が解決し、今では立派な店（および【狂人】たちの生活拠点）に生まれ変わっている。

「だって【商人】だぜ？　本気でダンジョンに潜ってクラスレベル上げるつもりだったなんて思わないだろ」

アーロンの言うとおり、【商人】がダンジョンでレベル上げをするなど事実上不可能だ。

この世界における【商人】は、戦う力を一切持たないクラスとされているからだ。

戦闘が可能なクラスを取得した冒険者ですらダンジョン探索は命がけなのに、【商人】がダンジョンに潜るなど正気の沙汰ではない。

まして、「お荷物」を抱えてダンジョン探索など論外である。【狂人】が考えていたように【商人】がパワーレベリングのために冒険者を雇おうにも、そんな依頼を受ける冒険者などいるはずもない。

そんな依頼を受けるような冒険者がいるとしたら、それは【商人】から金をむしり取ってやろうと近づいてきた、【善行値】がマイナスに振り切れているような極悪人だろう。

そんな悪人に依頼したが最後、ダンジョンの奥へ連れていかれてモンスターの前に放り出され、「助けてほしけりゃ全財産を譲渡する契約書にサインしろ」と迫られるだろう。

金を払えばちゃんと契約を履行してくれる、というのは日本人的な発想なのだ。

「おかしいなァ……オレたちに何の関係があったんだろうなァ……！」

「完全にテメェの巻き添えじゃねぇかよクソッタレ！」

「なんでいつの間にかオレたちまで【商人】極めてここで働くって話になってんだよ！」

「やー、だって1人は寂しいだろ？」

「やっぱりテメェの仕業かよ！！！」

ぎゃあぎゃあと騒いでいた野郎ども4人だったが、店の入口が開いた音がしたために反射的に「いらっしゃいませ！」と素敵な笑顔で来訪者を迎えた。【狂人】がギルドに依頼して招いた講師による接客訓練の賜物《たまもの》である。

「いよーぅ、ジャマするぜぇ？」

「やー、リーダーじゃん。久しぶりだな」

やってきたのは1人の青年だった。装備している防具はどれも一級品であり、この青年が上位の冒険者であることを示している。

アーロンは青年に対して気安い態度で接しているものの、目が笑っていない。青年もアーロンを見下したような舐《な》めくさった態度だ。どう見ても友好的な関係ではない。

「さすがは商家のお坊ちゃんだなぁ？　いやぁ、中層の探索ごときで死にかけたらしいと聞いて心配してたんだが、余計なお世話だったようだなぁ！」

「おー、お陰様でな。ぶっちゃけアンタの下《もと》にいた頃よりも稼がせてもらってるぜ」

2人の会話から分かる通り、青年はアーロンが元いたパーティのリーダーだった。

しかしその関係は利害の一致で一緒にいただけというものであり、アーロンが追放されてからはさらに関係が冷え切っている。

「下層の探索で忙しいはずのリーダーが何のご用で？　冷やかしならさっさと帰りな」

「なに、パーティを追放した時に迷惑料として有り金全部いただいただろう？　だが、店を構える余裕があるところを見るに、どうやら俺に嘘《うそ》をついてたみてぇじゃねぇか？」

そう言うと、青年はカウンターに足を乗せてアーロンに剣を突きつけた。

「さしあたって、この店にあるアイテムを全部いただこうか？　もちろん、タダでなぁ！」

それを聞いて、アーロンは思わずといった様子で3人組に目を向けた。

我関せずと掃除に励んでいた3人もアーロンの方を見て、4人は顔を見あわせると――

「わはははは！！！」

――一斉に腹を抱えて爆笑した。

「……何がおかしい」

声が低くなった青年に、「悪い悪い」とアーロンが軽い口調で謝る。

「さて、アンタはいくつか勘違いをしてる。まず一つ。今の俺のクラスが【商人】だからってそんな暴挙に出たんだろうが、今の俺に戦う手段がないとは一言も言ってない」

「ハッ！　こいつぁ傑作だ！　【狩人《かりゅうど》】の時ですら雑魚だったお前が、【商人】になってから急に強くなったってかぁ？　戦いの才能はなくても笑いの才能はあったみてぇだな！」

「ま、騙《だま》されたと思って聞いてくれよ。俺もつい最近知ったんだがな、【商人】には【クイックユーズⅢ】ってアクティブスキルがあるんだよ」

「はぁ……？　なんだ、いきなり」

青年の口調に戸惑いが混じる。それを見てますます笑みを深めるアーロン。

「この系統のスキルは『一瞬のうちに複数のアイテムを使う』って効果でな。【クイックユーズⅢ】なら五つものアイテムをほぼ同時に使うことができる。さらに、【商人】を極めるとアイテムの効果が1．5倍になるらしくてなぁ」

「……それが、なんだってんだよ」

「ところで、【爆風の杖《つえ》】ってアイテムは知ってるか？　これは戦闘中に使えば『任意の場所を起点とした半径5ｍの範囲内に炎属性のダメージ』の効果があるアイテムだ。そう、【ブラスト】の魔術と同じ効果だよ」

「……まさか!?」

「そう、そのまさかだぜ！」

　わざわざ身振り手振りを交えて説明をすることで青年の視線を誘導し、その隙にさりげなくカウンターの奥に移動したアーロンは、隠してあった『それ』を引き抜いて青年に突きつけた。

「この杖はＭＰではなく大気中の魔素を消費して魔術を発動するから、魔術の素養がない奴《やつ》でも使えるし、使ってもなくならねぇ！　１本で屋敷が建つくらいのシロモノだ！　ギルドだって買取り拒否するくらいのオーパーツだぜ！」

　それは、特注品の器具によって連結された５本の【爆風の杖】だった。

　無駄に凝った作りであり、クランクハンドルを回せば独特の音を立てながら杖が回転する無駄な機能がついている。

　これを発注した【狂人】と同郷の人間が見れば、「ガトリングガンだこれ――!?」と突っ込みを入れることだろう。

「て、テメェ……!?」

　ジャキン、と背後から独特の音が鳴り響く。

　青年が後ろを振り返れば、チンピラ３人組も全く同じ物を構えていた。

「動くなよ。動いたらコイツが火を噴くぜ？」

「いくら上位の冒険者でも、【ブラスト】を20発も食らって余裕でいられるかな？」

「こいつを使えば、タダじゃ済まねぇぜ――」

まさに一触即発。そんな雰囲気の中、アーロンがニヤリと笑った。

「――アンタも！　俺たちもな！！！」

「…………うん？？？」

いきなり話が変な方向に飛んだため、青年の頭に「？」マークが浮かぶ。

彼の疑問に答えるべく、アーロンが口を開いた。

「もう一つ、アンタが勘違いしていること。それは、この店のオーナーは俺じゃないってことだ。俺はただの雇われ店長でな。ここ、ハルベルトの旦那の店なんだよ」

「ハルベルト……ハルベルト!?　まさか、【黒き狂人】か!?」

とんでもない名前が出てきたことで青年が「やっべぇ……！」って感じの表情になった。

「ま、そういうワケだ。ここにある品物は買い手が見つかるまでは全部ハルベルトの旦那の所有物だ。こんな室内で【ブラスト】の魔術なんて使った日には、俺もアンタも借金まみれだぜ？」

もしも【狂人】に借金の一つでもしようものなら、

「借金？　そんなのいいんですよ。その代わり、ちょっとモンスター退治に付き合って欲しくてですね。いえいえ、モンスターが絶滅するまで戦い続けるだけの簡単なお仕事です。おら、まだＨＰが残ってんだから戦えるだろ、いいから殺《や》れ」

……などと言われかねない。

借金を踏み倒そうにも、相手は最近「ノームを絶滅させてモンスター図鑑の項目を1ページ減らした」と評判の「ブッちぎりでイカれた奴」である。

そんな奴とコトを構えれば、どうなるか分かったものではない。

というか、1本で屋敷が建つくらいのシロモノを計20本も用意している時点で何かおかしい。藪《やぶ》をつついたらドラゴンが飛び出してきそうな恐ろしさがあった。

【狂人】が高笑いしながら使い捨ての超火力爆弾みたいなので自爆特攻を仕掛けてくる光景を想像し、青年は身体《からだ》の震えが止まらなくなった。

「……そうかぁ……【狂人】に借金漬けにされてコキ使われてる冒険者ってのはお前のことだったのかぁ……なんか……すまんかった……」

「……アンタとは今までお互いに迷惑をかけ合ってきたけどよ、全部水に流そうぜ。その方がお互いのためだろ？」

「分かった。もう俺はお前に関わらない。お前も俺には関わらない。それでいこう」

アーロンは場の雰囲気を利用してちゃっかり今までのことを水に流させつつ、青年が【狂人】に遭遇しないよう周囲を警戒しながら退出していくのを見送ったのだった……。

第7章

《表》

ある日のことだ。

俺は店の食堂で新聞を読みながら朝飯を食っていると、気になる記事を見つけた。

「『【王国】の落日、モンスターの脅威』……か」

それは「とある国がモンスターによって滅びた」という一面記事だった。

これのお陰で、俺は【アへ声】のストーリー開始がいつなのかを知ることができた。

この世界に来てから1年が経《た》つ、といった段になってようやくだ。

結論から言うと、今は原作開始の2年前くらいだろう。

【アへ声】で【王国】が滅びたのがだいたいそのくらいの頃だったからな。

この【王国】というのは、【アへ声】ではあまり詳しく語られなかった存在だ。

俺が覚えていることといえば、「メインヒロインの1人が亡国の王女で、モンスターのせいで国が滅びてからの2年間で紆余曲折《うよきょくせつ》を経て奴隷に落とされてしまい、事情があって売れ残っていたところを主人公に買われた」ということくらいだな。

【アへ声】だと【王国】そのものはすでに滅んでいるということもあってストーリーには

あまり絡んでこなかった。どちらかというと王女が主人公と共にダンジョンへ潜ることの動機付けと、あと王女のお姫様属性付与のための存在って印象だったな。

一方、この世界においては、

『勇者がダンジョンに施した封印の綻びが大きくなっている』

『いよいよ世界の終わりが近づいている』

といった感じでかなりの大事件として騒がれているな。他の記事でもずいぶん悲観的な内容が書かれている。

逆に、俺にとっては「最低でもあと2年は世界が滅びない」という朗報だ。

俺がダンジョン半ばまで攻略するのに2年かかったので、いずれこの都市にやってくる【アヘ声】主人公の攻略速度が俺と同じくらいだと仮定した場合、世界滅亡まで5年くらいの猶予がありそうだ。

ちなみに、ギルドの地下にあるはずのダンジョンが別の国に繋《つな》がるのは物理的に無理なように思えるが、実はギルドの地下にある扉は「ワープゲート」みたいなもので、ダンジョン自体はギルドの地下ではなくどこか別の空間に存在しているらしい。

あくまでギルドの地下にある扉はダンジョンのメインゲートであり、遥《はる》か昔はダンジョンの至るところに他のゲートがたくさんあったものの、勇者が封印によってそれら全てを閉じたようだ。

で、勇者の封印が綻んだことにより、メインゲート以外にも開いてしまったゲートがあるようで、そこからモンスターが溢《あふ》れ出て、【王国】を滅ぼしてしまった……というわけだな。

まあメインゲート以外は数時間もすれば閉じてしまうようなので、世界中にモンスターが溢れるような最悪の事態にはまだ陥っていないようだ。

こういうことが起きた場合、世界中の国が協力してゲートが開いた場所を封鎖し、溢れたモンスターどもが餓死するのを待ったり、上位の冒険者を招集してモンスターを討伐するまでの時間を稼いだりする……といった取り決めがなされているようだ。

原作でもチラッとそんな設定が語られていた記憶がある。

「(どうしたの？　ボクは人間の文字が読めないから何が書いてあるのか分からないけど、なにか面白い話でも書いてあったの？)」

「ん？　いや、まあ俺たちにはあまり関係ない話だから気にしないでくれ」

「(つまりダンジョンについての記事じゃなかったんだね)」

隣の席で一緒に朝食をとっていたルカが新聞を覗《のぞ》き込んで首を傾《かし》げていたので、そう答えておく。

実際【王国】が滅びるのを阻止するのは原作知識をもってしても無理だったろうからな。

前世で「【王国】はどの階層と繋がってしまったのか」という考察がなされてたんだが、王女の回想シーンで表示されたスチルに描かれていたモンスターを根拠に「ダンジョン下層のさらに奥、深層と繋がってしまったのではないか？」という説が有力だった。

【アヘ声】だと深層は終盤も終盤のステージだし、この世界では前人未到の領域だ。

さすがに俺でも現状で深層到達は無理だ。仮に到達できたとしても、どうすれば【王国】滅亡を阻止できたのか分からん。

いやまあ、深層のモンスターを皆殺しにすればさすがに阻止できたんだろうが、そのためにはダンジョン攻略RTA（リアルタイムアタック）をした上で、「運がよければ成功するだろう」という博打《ばくち》としか言いようがない戦法でモンスターを殲滅《せんめつ》する必要があるだろうな。

さすがに命懸けでそこまでする勇気が俺にはない。

そりゃあ王女は好きなキャラだけど、この世界において俺と王女は「見ず知らずの他人」だからな。一緒にパーティを組む仲間ならともかく、他人を助けるために命はかけられない。

俺が原作キャラのために命をかけるとしたら、相手が【先輩】の時くらいのもんだろう。

いや、だって俺の「推し」だし……【アヘ声】の中だけじゃなく、二次元のキャラの中で一番好きかもしれないし……。

とにかく、この世界のどこかにいるであろう王女には悪いが、俺は俺でやりたいことがあるので、そちらに専念させてもらうとしよう。

彼女はきっと2年後にやってくる主人公に助けてもらえるはずだ。

「そんなことより、ゴーレムの話なんだが。【新型ゴーレム】ばかりに目がいっていたが、普通のゴーレムもルカに修理してもらえば便利じゃね?」

「(まさか、主《あるじ》はボクのこともゴーレムと同じ『疲れ知らずの労働力』だと思ってる?・?・?・)」

そのことに気づいたのは、チンピラ3人組あらためウチの店員3人組のレベリングはどうしようかと思っていた時のことだった。

【背信の騎士】でレベリングするためには、1人は「まだボスを倒してない人」に立ってもらわないといけない。

でも俺、ルカ、アーロンさんはすでに【背信の騎士】を倒した判定なので、残る3人のレベリングをしようと思っても1人はレベリングができないんだよな。

なので先に【新型ゴーレム】の回収に行くことにしたんだが……ノーム集落跡地に転がってた通常のゴーレムの残骸を見て、こいつらも使えるのでは? と思ったんだよな。

「(……過労死したら化けて出てやる……。背後霊として一生付きまとってやるからな……。そうすれば、ずっと一緒にいられるね……?・)」

「…………!?」

突然ルカに背後から抱きつかれ、直後に恨みがましい……というか、なんかおどろおどろしい感情が伝わってきた。えっ、なにそれこわい。

「い、いや、悪いとは思ってるんだよ。ルカには負担を強いることになると思うし……でも、ゴーレムの修理ができるのはルカだけなんだ。だから頼む、埋め合わせするからさ」

「(……そっかぁ！　ボクだけにしかできない『特別』な仕事かぁ！　主にはボクの力が『必要』なんだね！　仕方ないなぁ、主はボクがついてないとダメなんだから！)」

慌てて弁明すると、途端に機嫌よさそうに背中をバシバシ叩《たた》いてくるルカ。

最近知ったことなんだが、モンスターの大半は思念波で意思疎通を図るらしい。

いわゆる「念話」とか「テレパシー」という奴《やつ》だ。

つまり、ルカは考えていることをそのままイメージとして相手に送りつけているわけだ。

そのせいか、ルカからの思念波に対して俺の「言語翻訳機能」が働いた場合、ルカの感情そのものを読み取るらしい。

それで気づいたんだが、どうもルカは俺の想像以上に感情豊かなようで、時々びっくりするほど激しい感情を向けてくるから、わりと心臓に悪いんだよな……。

まあそれはともかく。

俺は肩に顎を乗せてくるルカにちょっとだけビビりつつ、今後の計画を練り始めた。

最初は寄り道せずに中層を攻略してしまうつもりだったが、状況が変わったためそのプランは破棄せざるをえない。

まず、しばらくの間はノーム集落跡地を一時的な拠点として活動する。店はアーロンさんに任せ、俺と3人組でルカを警護し、ルカは通常のゴーレムの修理に専念してもらおう。

ある程度ゴーレムの数が揃《そろ》ってきたら、ルカの警護をゴーレムに任せ、一時的にルカをパーティから外して別行動だ。

「(………)」

「いや、心配せずともちゃんと毎日迎えに行くって」

その間に適当なゴーレムを【背信の騎士】の前に立たせて俺と3人組で熟練度稼ぎをし、3人組には【商人】を極めてもらう。

その後は3人組に店番を頼み、俺とアーロンさんで【新型ゴーレム】のパーツ回収作業だ。

アーロンさんは下層で活躍していた上位の冒険者だ。頼りにさせてもらおう。

それら全てが終わったら、俺とルカと【新型ゴーレム】でダンジョン攻略再開だ。

店はシフト制にして4人に任せる。商品の仕入れについては、俺たちがトレハンしたレアアイテムのうち不要なものを目玉商品としつつ、定番の商品はゴーレム軍団に仕入れさせることにしよう。

そんな感じで方針が決まったため、店に全員を集めて情報共有を行った。

「当分の間はこの方針でいこうと思うのですが、何かご不明な点はございますか?」

「あいよ、異論なしですぜ」

「あの、なぜオレたちが店員になること前提で話が進んで――いえ、なんでもないです……」

「(主は災害みたいなものだから諦めるんだね)」

アーロンさんは俺の方針を快諾してくれたのだが、3人組は反応が薄い。

うーん、小声でモニョモニョと何か言っていたようなんだが、何を言ったのか尋ねてみても「なんでもない」の一点張りだ。

どうやら俺の「言語翻訳機能」は、はっきりと相手の言葉を聞き取らないと発動しないらしく、今回のように小声で話されると文字通り何を言ってるのか分からないんだよな。

だから疑問点があるならはっきりと口に出して言って欲しいんだが……まあ本人たちが大丈夫だと言ってるので、それを信じるしかないか。

「では、さっそくダンジョンに――いえ、その前にダンジョン探索中や戦闘時の役割を決めた方がよさそうですね。皆さんはどういった戦い方が得意ですか？」

「えっと……オレたち3人は敵の近くで武器を振り回すことしかできないッス……」

俺がそう尋ねると、最初に3人組のうちの1人が代表して答えてくれた。

最近教えてもらったんだが、実は彼らは兄弟で、3人ともアーロンさんの同期らしい。

まず、スキンヘッドで筋骨隆々なのが長男のカルロスさん。メインクラスは【戦士】で、3人組のリーダー格だ。

次に、金髪を角刈りにしているのが次男のフランクリンさん。グラサンがトレードマークなこの人もメインクラスは【戦士】で、カルロスさんと同じくらい筋骨隆々だ。

最後に、焦げ茶の髪を角刈りにしているのが三男のチャーリーさんで、ケツアゴが特徴的な彼もまた筋骨隆々な【戦士】だ――って、3人ともマッチョで【戦士】なのか……。

以前、【背信の騎士】を倒せずにボス部屋前で立ち往生していたのも頷《うなず》ける。

そりゃあ全員【戦士】では物理攻撃に強い相手は倒せないだろう。

「以前に軽く説明したかもしれませんが、基本的には私が前衛で敵の攻撃を全て引き受けますので、皆さんには後ろから遠距離攻撃していただきたいんですよ。ですので、皆さんには【爆風の杖《つえ》】で戦っていただきたいのですが、大丈夫そうですか？」

「う、ウッス……（何回聞いてもイカれてんだよなぁ。『勇者の遺志を継いで世界に平和を！』とか大真面目にやろうとしてるアホですら、そんなイカれたこと言わねーぞ）」

「問題ないッス……（つーかこんなレアアイテムをチラシ配るような気軽さでポンッと渡されたら怖いんだが）」

「いつでもいけるッス……（そういえば、オークションで法外な値がついてるの見たことあるような……それを1人あたり5本も渡してくるのは、やっぱりなんかおかしいよ……）」

【爆風の杖】は低級の炎属性範囲魔術が封じ込められた【魔術士】用の武器だ。

とはいえ、装備するのではなくアイテムとして使うならどのクラスでも可能なので、手に入れることができれば【商人】のクラスでなくとも序盤のメイン火力として活躍してくれる。

なお、この杖はダンジョン上層に出てくるレアモンスターの固有ドロップ品だ。

【アヘ声】ではアイテムの入手先は宝箱が基本ではあるが、そういう出現率の低いレアモンスターが有用なアイテムを落とすこともある。

なんで俺がそんなレアアイテムを大量に持っているのかというと、ついレベル上げが楽しくて長いこと上層でモンスターどもを狩りまくってたからだな。

頭に「レア」なんて単語がついていようが、トレハンは回数が全てだ。

「ルカ嬢は……弓を背負ってるってこたぁ、【狩人《かりゅうど》】ですかね？」

「そうですね。罠《わな》の解除が主な役割です。ああ、それと、彼女は事情があって喋《しゃべ》れないので、ご迷惑をおかけするかもしれませんが……」

「（主が頭下げる必要なんてないよ。人間にどう思われようがどうでもいいし）」

「やー、お気になさらず」

「こっちも問題ないッス」

人間の言葉を話せないルカのことを説明すると、アーロンさんたちは快く彼女（？）を受け入れてくれた。やっぱりいい人たちだ……！

「じゃ、最後は俺ですね。旦那には教えたかもだが、これまでの俺はメインクラス【狩人】、サブクラス【騎士】でしたね。武器は主にボウガン。まっ、いかんせん攻撃力が低いんで、コソコソ隠れて隙を衝《つ》かないと大したダメージを与えられない雑魚ですがね」

「『隙を衝かないと大したダメージを与えられない』とは？」

なんか、条件を満たせば防御力を無視してダメージを与えられる、みたいな口振りだな。

【アへ声】では【狩人】のスキルやボウガンにはそんな効果はなかったはずだけど……。

「……あー、そういや旦那は冒険者になってまだ1年なんでしたっけ？（俺は6人がかりで2年くらいかけてようやく中層に到達したんだがな。やっぱコイツおかしいぜ）」

アーロンさんの説明によれば、「攻撃力」や「防御力」といったステータスは、厳密に言うと「最大攻撃力」や「最大防御力」とでも呼ぶべきものなんだそうだ。

「モンスターを攻撃した際、ダメージにバラつきがあると感じたことはありませんかね？」

「いえ、その、今まで大半のモンスターは一撃で殺してきたので……」

「（どうかしてるぜ）」

ようするに、ステータスの数値は「本人が万全な状態で、かつ本気で動いた時」の数値なようで、例えば防御力なら、

『どっしりと身構えて、敵の攻撃をしっかり目で追って、真正面から盾で弾《はじ》く』

といった工程を経てようやく数値通りのステータスを発揮できるようだ。

言われてみれば、クズ運引いてしまって【バンガード】が発動しなかった時、敵の攻撃から庇《かば》えなかったルカが想像以上にダメージを受けていたような気がするな。

「たぶん旦那もレベル1の時と比べて筋力のステータスが高くなってるかと思いますが、今まで同様に食器を使って飯を食えてるでしょ？」

たしかに。もし常にステータス通りの力を発揮していたのなら、食器を破壊してしまって食事どころじゃなくなるもんな。

「まっ、これに関しては高レベルの冒険者でないと体感しにくいこともあって、広く知ら

れてませんからね。冒険者でもない限りは低レベルのまま一生を終える人が大半ですから」

「なるほど。ありがとうございます、勉強になりました」

やはりアーロンさんたちを仲間にして正解だったな。

こういう【アヘ声】の設定には存在してない、この世界独自の情報を教えてくれる人がいてくれると、非常に助かる。

「これからもいろいろと教えていただいても構いませんか？」

「ええ、もちろん！（旦那がどんな修羅の国から来たのかは知らねーが、旦那にはこの都市の常識ってもんを学んでもらわねーと。死にそうな目に遭うのはもうゴメンだぜ）」

その後、３人組も交えて戦闘時の立ち回りや、店の運営についても軽く話し合いつつ、俺たちはダンジョンへと向かったのだった。

《裏》

その冒険者パーティは、正義感に溢《あふ》れた少年少女で構成されていた。

彼らは近頃の冒険者としては珍しく【正道】を貫いたまま順調にダンジョン上層を攻略中であり、「次代の【英雄】」として密《ひそ》かにギルド職員から期待されているルーキーたちである。

「すまない、MPの管理をしくじった……僕の責任だ……」

「いいや、仕方ないさ。急にスライムが襲ってきたんだから」

「そうよ。まずはここから出ることを考えましょ？」

そんな彼らであるが、現在ピンチに陥っていた。

彼らは明かりがないと進めないほど真っ暗な場所――【ダークフロア】と呼ばれる場所を進んでいたのだが、途中でMPが尽きてしまい、周囲を明るく照らす【ライト】の魔術が唱えられなくなってしまったのだ。

「壁伝いに来た道を戻ろう。何か動く音がしないか常に警戒してくれ」

どこぞの【狂人】は「反撃系のパッシブスキルで敵の攻撃を自動迎撃しつつ、頭に叩き込んだマップをもとに全力疾走」とかいうゴリ押しで突破した場所であるが、普通の冒険者であればそうはいかない。

【アヘ声】であればマップを見ながら進めば簡単に突破可能な場所であるが、この世界では当然ながら暗い場所ではマップなど読めたものではないからだ。

「うわぁっ!?」

そして……こういう状況に陥った冒険者の行動など、絶対的な捕食者たるモンスターには手に取るように分かるのだ。

「リーダー!?　くっ、【ショックトラップ】か……！」

「それだけじゃない！　囲まれてるわ！」

床を流れる電気によってリーダーの少年がダメージを受けたかと思うと、唐突に暗闇の中で【松明《たいまつ》】の明かりが灯《とも》り、ゴブリンどもの下卑た笑みが浮かび上がる。

その数は6体。少年たちの倍の数だ。

普段の少年たちであれば危なげなく倒せる存在であるが、今の彼らは罠でダメージを負った【戦士】の少年に、MPが尽きた【魔術士】の少年、まともに戦えるのは【狩人】の少女だけだ。

しかも壁伝いに移動していたため、背後は壁で退路はない。

無論、戦って倒せないことはないだろうが、文字通り死闘になるだろう。

ここで大きな被害を受ければダンジョンを脱出する前に力尽きる恐れがあった。

「……僕を囮《おとり》にして逃げろ」

「!?　バカ野郎！　なんてこと言うんだ！」

「こうなったのは僕の見通しが甘かったのが原因だ。どうせMPが尽きた【魔術士】などお荷物でしかない。だったらせめて囮として有効活用しろ」

「そんなのダメよ！　戻ってきなさい！」

仲間の制止を振り切り、せめて1匹でもいいからゴブリンを道連れにして仲間の血路を開くべく、懐のナイフを引き抜いてゴブリンへと特攻する少年。

「やめろぉぉぉぉぉっ！！！」

そんな少年を嘲笑《あざわら》い、ゴブリンどもは手に持った棍棒《こんぼう》を振りかざして――

横合いから伸びてきた腕に頭を鷲掴《わしづか》みにされ、闇の中に引きずり込まれていった。

「は？？？」

思わずその場にいた全員の声が重なる。

ゴブリンが落としていった【松明】が床に転がって火が消え、闇の中でバキィッ！　とかドゴォッ！　とか重々しい打撃音が響き渡った。

打撃音の他に棍棒で何かを叩《たた》く音もしているのでゴブリンも反撃してはいるのだろうが、悲しいまでに効果がなさそうな軽い音だった。

「終わった……のか……？」

ほどなくして、一方的な虐殺は終わったのか、辺りは再び静寂に包まれた。

「待て、まだ助かったとは限らん」

しかし、少年たちの緊張は高まるばかりだ。なぜならば、6体ものゴブリンを一方的に虐殺してしまえるような「何か」がまだ近くにいるからである。

「……ッ！！」

誰かが【松明】を拾い、火打石か何かで火を灯そうとする音がした。

やがて、ゴブリンを虐殺した「何か」の姿が闇の中に浮かび上がる。

＊おおっと！　【ダークフロア】！＊
＊そんな時は【松明】を使いましょう！＊
＊【ライト】と同等の効果があります！＊

「？・？・？・？・？」


そいつは変な看板を持ったゴーレムだった。というかゴーレム自体も変だった。

少年たちが図鑑で見たゴーレムは岩を寄せ集めて造られたようなゴツゴツしたフォルムだったが、こいつは全身を磨き抜かれており全体的に丸っこく、あまり威圧感がない。

そして最も変なところは、胸にでかでかと「H＆S商会」と印字されている点であった。

本来ならばダンジョン中層に出てくるはずのモンスターに上層で遭遇してしまったという異常事態に死を覚悟する場面なのだが……何かもう色々と意味不明すぎて少年たちは頭がパンクしそうだった。

「……えーっと……いつもは、ちゃんと【ライト】の呪文を使って探索してる、けど……」

結局、なんとか絞り出せたのはそんな言葉だった。

本当ならさっさと逃げるべきなのだが、さすがにこんな意味不明な状況でルーキーたちにまともな判断を下せというのは酷な話だろう。

＊何でもかんでも魔術に頼るのは初心者にありがちな間違いです＊
＊特にレベルが低いうちは最大ＭＰが少ないので、可能な限り温存すべきでしょう＊
＊アイテムで代用できるものは代用しましょう＊
＊アイテムの購入費をケチってはいけません＊
＊お金を惜しむな、命を惜しめ、です＊

「……くそっ、否定できん……！」

ゴーレムが、腰に巻いていた【拡張魔術鞄《かばん》】から次々に別の看板を取り出していく。

少年たちは「モンスターに言われたくねぇ……」とは思いつつも、そもそもＭＰが尽きたことで今の状況に陥っているため、ぐうの音も出なかった。

＊【松明】はギルドショップで販売しています！　いくつか常備しておきましょう！＊
＊また、冒険に慣れてきたら我々Ｈ＆Ｓ商会をご利用ください！＊
＊さらに便利なアイテムを販売しております！＊

「え、あ、ちょっ――」

最後に変なチラシと一緒に「試供品」と書かれた【脱出結晶】を少年たちに押し付ける

と、奇妙なゴーレムはゴブリンどもがドロップした素材をせっせと拾い集めて去っていった。

「ああ、それは【ハッカー&スラッシャーズ商会】が使役するゴーレムですね」

後日、少年たちが冒険者ギルドの受付で聞いた話によると、例のゴーレムは野生のモンスターではなく、とある店で運用されているゴーレムだということだった。

「ふむ、魔術言語で『叩っ斬る者』に『斬り刻む者たち』か」

「店の名前にしては随分と物々しいわね……」

なお、命名者は言うまでもなく【狂人】である。

名前の由来は「ハック&スラッシュ」――ストーリーよりもひたすら敵を倒すことに主眼を置いたゲームジャンルのこと――である。

「その、何と言いますか……実は、店を経営なさっているのは【黒き狂人】という異名で有名な冒険者の方でして……」

「えづ……だ、大丈夫なんですかソレ……？」

もちろん、そんなことはこの世界の人々には分からない。

そのせいで「モンスターをブッ殺してアイテムを奪って売り物にしてやるぜ！」くらいのニュアンスなのだろうと勘違いされてしまっていた。

「まぁ、ダンジョン内で押し売りをしているのであれば犯罪行為として然《しか》るべき刑罰が科されるのでしょうが……彼らはチラシと試供品を配るだけですので……」

ダンジョンに入るためには入場記録を付けるのが義務づけられていることもそうだが、ダンジョン内で犯罪行為をすればちゃんと法律で取り締まりがなされるような仕組みがあるのだ……と受付の女性は語る。

もっとも、ダンジョン入口というギルドの敷地内ならともかく、ダンジョンのド真ん中でチラシや試供品を配ってはならないなどという法律はさすがに存在していない。

が、尊厳破壊がかかっている場所でそんなこと考えるような『ブッちぎりでイカれた奴《やつ》』が今までいなかった、と言った方が正しいのだが。

なお、これは秘匿されていることではあるが、冒険者ギルドとしてもギルドショップの売上が上昇していたり、新米冒険者の死傷率が低下していたりといった恩恵を受けている。

そのため、他の冒険者から苦情が入ったとしても、「本人に直接言え、ギルドは原則として冒険者同士の揉《も》め事《ごと》には関与しない」の一点張りで通すことにしたようであった。

「……まぁ、聞けば店長と店員は経営者とは別の人らしいし……お礼としてちょっとくらい覗《のぞ》きに行ってみるか？」

こうして、【狂人】のアイデアを店長（アーロン）が上手《うま》くアレンジすることで、彼らの【H&S商会】は上手いこと利益を出していた。

で、その【H&S商会】の店長と店員であるが。

「はいよ、また俺の勝ちだ。やー、相変わらず弱っちいなカルロス」

「ふざけんな！　やっぱりイカサマしてんだろテメェ！」

「兄貴ィ、そのへんにしとけば？」

「思えば、兄貴がアーロンに身ぐるみ剝がされたのがオレたちの腐れ縁の始まりだったね」

本日は定休日ということで、店内の食堂で賭けカードに興じていた。

なお、オーナーの【狂人】とその妹（？）は今日も元気にダンジョンでレベル上げである。

「クソがよ……なにが悲しくてテメェと共同生活なんざ……」

「仕方ないじゃん、兄貴たちの酒場のツケを払ったら宿代がなくなったんだから」

「やー、そんなこと言って、なんだかんだでアンタらもここを気に入ってるんだろ？」

「…………」

アーロンの軽口への3人組の返答は沈黙だった。それはすなわち「肯定」の意である。

そんな彼ら3人組の脳裏に浮かぶのは、子供の頃の「勇者」の記憶、そして「【狂人】との出会い」の記憶だった。

――その勇気ある青年が戦う時、彼はいつだってその背に誰かを庇《かば》っていました。恐ろしいモンスターの群れを相手に一歩も引かず、それどころか押し返しました。その背に庇った人々のため、仲間たちと共に前へと進み続け……いつしか彼は世界を救ったのです。

3人がまだ子供だった頃、何度も親にせがんで読み聞かせてもらった絵本の1節だ。

そう、彼らもまた、最初は【正道】を行く好青年であった。

絵本に描かれていた勇者の姿に憧れて、3人とも【戦士】をメインクラスに選んで剣と盾を手に取り、「お前ら、誰か1人くらいは【魔術士】になった方がいいってギルドの人に言われただろ」と笑いあったことを覚えている。

……だが、心の底から笑顔でいられたのはダンジョンに入るまでだった。

彼らが入った冒険者パーティは、ダンジョン上層で壊滅した。【スライム】というゲル状のモンスターに捕まり、生きたまま全身を酸で溶かされてしまった。

そう、ダンジョンは彼らが思い描いていたような、夢と冒険の世界などではなかった。

恐怖と絶望の世界だったのだ。

現実に打ちのめされた3人は早々に夢を諦めてしまった。

だが、家出同然に故郷を飛び出した身のため帰る勇気すら持てず、そんな彼らが【正道】から【中道】に堕《お》ちたのは、きっと必然だったのだろう。

人々を守ると誓った盾は自らを守るためだけの単なる防具に成り下がり、人々のために振るうと決めた剣で自らの生活費を稼ぐようになった。

【正道】にこだわっていた同期が全員死んだと聞いた時は、他人なんか放っておけばいいのにバカな奴等《ら》だ、と吐き捨てたものだ。

ダンジョンではそういう奴から真っ先に死んでいくのだから。

もちろん、いまだ【正道】を貫き続け、【英雄】と称されるまでになった最上級の冒険者たちもいるにはいる。

だが、そんな彼らでさえダンジョン下層の突破には至っていない。

「今日こそは」とダンジョンに潜って行った彼らが「明日こそは」と帰っていく後ろ姿を眺め、「なんとも頼りない背中だ」と嘲笑ったのは記憶に新しい。

そうして、なにもかも諦めてしまった3人は、日を追うごとにどんどん堕落していった。

上層で得たわずかな金銭で宿代を支払い、ツケで酒を呷《あお》る日々だ。

そして酒場を出禁にされそうになったため、ようやく重い腰を上げて何か稼げる方法を探し始めた頃――

彼らは、【狂人】と出会った。

『【シールドアサルト】！　【シールドアサルト】！　【シールドアサルト】！……ドロップしないな』

恐ろしいモンスターの象徴的存在とも言える【門番】を、なんと「ドロップ品のため」

などという理由で何度も何度もブッ飛ばして壁のシミに変える「ブッちぎりでイカれた奴」を見て、最初は恐怖に震えた3人であったが。

『く、くくく……わはははは！！！』

『あの【門番】を一撃かよ！　マジでイカれてやがるなアイツ！』

『なんだよ、ドロップ品のため、って！　そんな理由で【門番】はゴミクズみてぇにやられちまったのかよ！』

帰り道、3人は誰からともなく顔を見合わせると、変な笑いが込み上げてきた。

心の底から爆笑したのはいつ以来だろうか？

そりゃあそうだ。まさか絶対的な捕食者であるはずのモンスターのことを「かわいそう」などと思う日が来るとは思わなかったのである。

『当分の間はこの方針でいこうと思うのですが、何かご不明な点はございますか？』

『あの、なぜオレたちが店員になること前提で話が進んで――いえ、なんでもないです……』

ゆえに、アーロンの策略によっていつの間にか自分たちが【狂人】の仲間として扱われていることに気づいた時も、必死になって拒否しようとは思わなかったのだ。

それは、「【狂人】に逆らったらどうなるか分からない」という恐怖からくる選択でもあったが――それ以上に3人の胸中を占めていたのは、「期待」だった。

初めて一緒に冒険に出た際、「敵の攻撃は俺がほとんど受け止めます」などとイカれたことを言われた時も、恐怖で震えながらも心のどこかで「コイツならそれくらいはやるんじゃないか?」という淡い思いがあった。

『ここは1歩も通さねえよ！　さあ、今です皆さん！　殺《や》っちまってください！』

『お、おう！！！』

そして、【狂人】は3人組の期待に見事応えてみせた。

敵に回すと恐ろしい男だったが、今では「味方にするとこれほど頼もしい冒険者はそういないだろう」と3人組は思っている。

『おっと、新手です！　皆さん、まだ行けますよね!?』

『任せてくだせぇ！』

そうして【狂人】と共に戦っているうちに、3人の「期待」は「確信」へと変わっていく。

こいつは、いずれ何かデカいことを成すに違いない。

それこそ、「ダンジョン制覇」のような大偉業を、だ。

そんな「確信」を得た瞬間、目の前でモンスターどもを相手に1歩も引かない男の背中が、どういうわけか子供の頃に大好きだった絵本に描かれていた勇者の後ろ姿と重なって見えたのだ。

出会って数ヶ月経った今でも相変わらず何を考えてるか分からないし、どうせダンジョン攻略の動機もブッちぎりでイカれてるんだろうとは思うものの……「誰かをその背に庇い、前へと進み続ける」その背中は、子供の頃に憧れた姿そのものだったのだ。

『ハハハハハ！　大人しく俺たちの経験値になりやがれ！』

……もっとも、「高笑いが聞こえないように耳を塞ぎ、時々作画崩壊レベルでやっべぇ笑顔を晒《さら》しているという点に全力で目を背ければ」の話ではあるのだが。

「(でもまぁ、それも悪くねぇかもな)」

ただ、今ではそれすらも「面白い」と感じ始めてきたあたり、徐々に自分たちもイカれてきているのだろうかと3人は不安になった。

だが、これからあの【狂人】が成すであろう偉業を特等席で眺められるなら、それもいいかと思うようにもなっていたのだ。

「(ああ、そうか。オレたちは『勇者になりたかった』んじゃなくて……『勇者の活躍に心を躍らせる時間が好きだった』のか)」

「(へっ……アーロンの野郎に感謝だな。道連れにしやがったことは許してないから礼は言ってやらねぇが)」

「腐れ縁のクソ野郎」に心の中で感謝しつつ、ふと、アイツも最近は笑みを浮かべることが多くなったな、と3人は思う。

どうして腐れ縁が続いていたのかずっと3人は疑問に思っていたのだが……。

いつもみたいな胡散臭《うさんくさ》い笑顔ではなく、悪ガキのような笑顔で【狂人】のことを話す姿を思い出し、３人は長年の疑問の答えを悟った。きっと、彼らは似た者同士だったのだろう。

『よし、このメンバーで戦うのも慣れてきましたね！　そろそろ新しい戦法を試してみてもいいかもしれません！　それでは――キ　ャ　ス　ト　オ　フ』

『は？？？』

……もっとも、【狂人】と関わると「いい話」で終わらないのが、【狂人】が【狂人】と呼ばれる理由であるのだが。

『【踊り子】のパッシブスキル【フレンジーダンス】の効果により回避率がレベルに応じて上昇！　このスキルは防具を装備しない方が効果が高く、【踊り子】を極めることでさらに効果上昇！　つまり――パンイチの間、俺は無敵の人となる！！！』

『うわぁぁぁぁぁぁ！　オレの記憶にある絵本の勇者がパンイチで踊り始めたぁぁぁぁぁ！』

『やめろォ！　オレたちの思い出を汚《けが》すんじゃねぇ！』

『も　ど　し　て』

突然装備していた防具を脱ぎ去り、パンイチで奇妙なステップを踏み始めた「ブッちぎりでイカれた奴《やつ》」の姿を思い出してしまい、3人は白目を剝《む》いた。

その日からしばらくの間、彼らは思い出の絵本に描かれていた勇者が全裸になって軽快なステップで踊り狂う姿を特等席で延々と見せられるという悪夢に悩まされたのだ。

こういうのがあるせいで、「やっぱり【狂人】についていくのは間違いだったのでは？」という思いが完全には拭えなかったりする。

「……そういうお前はどうなんだよ、アーロン」

暗黒盆踊りのイメージをなんとか振り払い、3人組は逆にアーロンに尋ねた。

「……まっ、悪くないんじゃねーか？　もっとも、前のパーティと比べたらどこでも天国だけどな」

口ではそう言いつつ、まんざらでもなさそうな顔をするアーロン。

彼もまた【狂人】とダンジョン中層の攻略に行った時のことを思い返していた。

『旦那っ！　北西から2体！　北東から3体！』

『任せてください！』

「打てば響く」とはああいう事を言うのか、とアーロンは思う。

短いやりとりで即座に立ち位置を調整し、常に前衛と後衛の陣形を保って戦う……かつてアーロンが思い描いていたような、自分の得意分野を活《い》かし、協力しあう理想的な冒険者パーティのカタチがそこにはあった。

以前のパーティであれば、モンスターの接近を知らせれば「俺に指図するな！」と罵声が飛び、かといって報告しなければ「自分の役割もこなせねぇのか穀潰《ごくつぶ》しが！」と罵られているところだ。

「（……もっとも、報復のために危険度の低いモンスターはわざと報告せずにいた俺も同じ穴の狢《むじな》だった自覚はあるんだけどな）」

今となってはどちらが先に仕掛けたのか定かでない。

あちらがこちらを弱者だと見下したのが先だったか、それともこちらがあちらをクズだと見下したのが先だったか。

確かなことといえば、彼らとの間に信頼関係など欠片《かけら》もなかったということだけだ。

『やりましたね！　この調子でいきましょう！』

『はいよ！　後方支援は俺にお任せあれ、ですぜ』

それに比べれば——ああ、確かに悪くない。

この男は共に戦うパーティメンバーとして非常に安定感があると、アーロンは【狂人】のことを評価していた。

相変わらず【狂人】の考えは読めないものの、こうして一緒に戦っていれば、上位の冒険者としての視点から見えてくるものもある。

【狂人】は戦闘中の行動に迷いがない。

接敵時の位置取りや背後から奇襲を受けた時の対処、スキルの選択や発動タイミング、確率で発動するスキルが不発だった時の対応など。

それら全てにおいて、経験不足の者にありがちな「何をすれば正解なのか分からない」という躊躇《ちゅうちょ》からくる硬直時間が一切ないのだ。

それは、【狂人】が普段から現在の戦い方を反復して行っており、ほとんど条件反射の域でこなせるほどに熟練していることの証左だった。

つまり、【狂人】は「誰かを守りながら戦うことに慣れている」。

『っと、宝箱ですね。解錠をお願いします』

『それじゃ、ちゃっちゃと開けちまいますかね』

宝箱の解錠作業の時だってそうだ。それが当たり前とでも言うかのように、この男は自然とこちらの背中を守るような位置取りで周囲の警戒を始める。

このように、ダンジョン内での行動を見ていれば、この男が「誰かを守る者」であることは疑いようのない事実であるとアーロンには感じられた。

ゆえに、表情や仕草からは何も読み取れずとも、「もしかするとこの男は信頼に値するのではないか？」と思い始めたのだ。

『おっ？　これはもしかしてレアアイテムなんじゃありませんか？』

『おおおお!?　マジか！！！　やったじゃないですか！！！』

レアアイテムを見つけては大げさに喜び、ハイタッチを求めてくる男に対し、最近は苦笑しながらもそれに応じるようになったアーロン。

　表面上は「仕方ないなぁ」という態度を取りつつも、彼の心の中ではじわじわと歓喜が広がっていた。

「（そう、たしかに悪くない。……いや、違うな。あー、くそっ……認めたくねぇが……ぶっちゃけ楽しい）」

　なぜなら、本当は「こういうの」を求めて冒険者になったのだ。

　騒いでる連中を見て「ガキくせぇ奴らだ」と賢《さか》しい態度を取っていても、本当は気の合う友人と一緒にバカなことをやれたらどんなに楽しいだろうと羨んでいたのだ。

「『友情』とか『絆《きずな》』とか、そんなのダッセェし、そんなもの存在するわけがない」なんて吐き捨てていても、もし本当にそんなものがあるならば、どれほど己の人生に色彩を与えてくれるだろうか、と渇望していたのだ。

『それじゃ、次に行きましょうかアーロンさん！』

『……呼び捨てで構いませんぜ』

『えっ？　いいんですか？』

　だからこそ、アーロンも少しは冒険者らしく、勇気を出して「冒険」をしてみようと思えた。

『えぇ、もちろん。敬語だっていりませんぜ。アンタは俺たちのリーダーなんだ。メンバーに敬語じゃカッコ付かないでしょ』

『……分かりまし、分かったよ。でも、そっちも俺のこと呼び捨てで構わないし、敬語もいらないぞ』

『オーケー、それじゃあ俺も敬語はナシだ。ただ、アンタのことは大将って呼ばせてくれよ。ま、渾名《あだな》みてぇなもんだ』

だって、自分もこの型破りで破天荒な男が相手であれば、きっと「人間なんてクズばかりだ」という自身の常識なんて通用しないだろうから。

『改めて、よろしくなアーロン！』

『あいよ！　よろしく頼むぜ、ハルベルトの大将！』

その日、アーロンはようやく自身が思い描いていた「冒険者」としての第1歩を踏み出したのだった――

『それじゃあ、俺ももっと気合いを入れて壁役をこなさねえとな。実は、敵の攻撃を確定で受け止める手段があるんだ』

『へえ、そんな手段があったのか？』

『ああ、俺は【湿布】って呼んでるんだが――』

……もっとも、やっぱりいい話で終わらないのが【狂人】クオリティである。

第1歩を踏み出したその30秒後、アーロンは「もしかして俺、早まったか？？？」と思いながら白目を剝いて気絶した。

現在、アーロンはことあるごとに【湿布】とやらを試そうとする【狂人】をかわすため、さらに話術スキルに磨きをかけるべく日々奮闘している。

「……ああ、うん。悪くないんじゃねーの……？」

「……まぁ悪くない、のか……？」

4人は顔を見合わせ、お互いに死んだ魚のような目をしていることから色々と察し、藪《やぶ》蛇《へび》にならないようこの話題は封印しようと固く誓ってそれぞれの仕事に戻った。

「ただいまー」

と、噂《うわさ》をすればなんとやらで、件《くだん》の【狂人】がダンジョンから帰還した。

そしてその後ろを黒髪の少女が雛鳥《ひなどり》のようにトコトコとついて歩いている。

なお、その後ろからぞろぞろとゴーレム軍団が付き従っている光景には、4人とも全力で目をそらした。

「あいよ、おかえり大将。ルカ嬢もおかえり」

「…………」

ルカはアーロンの方を見てコクリと頷《うなず》くと、すぐに視線を【狂人】の背中に戻した。

いつもと変わらぬその様子に、アーロンは苦笑する。

「(ルカ嬢が一番よく分からねーんだよなー……)」

さんざん【狂人】を「何を考えているのか分からない」と評したアーロンであるが、それ以上に何を考えているのか分からないのが、このルカという少女であった。

というか、アーロンの中ではすでに「大将は何を考えているのか分からないんじゃなくて、ただ何も考えてないだけか、もしくはアホなことしか考えてないかのどっちかだ」という、実に的を射た答えが浮かび上がりつつある。

それに対して、ルカという少女は謎に包まれた存在であった。

話しかけても一言も喋《しゃべ》らないし、表情も一切変わらない。

なんなら微動だにせずボーッと突っ立っていることもある。辛うじて分かるのは、たぶん【狂人】以外への興味が皆無なんだろう、ということだけだ。

【狂人】に対しては身振り手振りで意思疎通を図っているようだが、それ以外の人間には首肯などの必要最低限のジェスチャーしかしないからである。

【狂人】から妹だと聞いてはいるが、それ以上の説明はされていない。

まぁ【狂人】と同室だし、それがルカの希望によるものだとも聞いているし、人前で堂々と【狂人】の腕に抱きついたりしているので、兄妹というのは嘘《うそ》ではないのだろう、とアーロンは納得することにした。

「(まっ、このご時世だ。ワケありの人間なんていくらでもいるか)」

それこそ、病院に行けばモンスターどもに心を壊された冒険者なんていくらでもいる。

詮索するのも野暮だろう、とアーロンは思考を打ち切った。

それはチンピラ3人組も同様で、ルカに対して特に含むところもなく接している。

「ところで大将。【H&S商会】の運営も軌道に乗ってきたし、あとは【新型ゴーレム】とやらの修理が終われば目標達成だよな。ここらで一つ、次の方針を聞きたいんだが」

「えっ？　うーん、そうだな――」

そう言われて、【狂人】は考え込んだ。実のところ、【狂人】は倉庫の獲得を目指していただけであり、それが切っ掛けで四人も仲間が増えるとは思ってもみなかったのである。

「――とりあえず最強目指すか」

「それは、『俺たち全員』って意味か？」

「おうよ！　目指すは『最強の冒険者パーティ』だぜ！」

「ったく、簡単に言ってくれるぜ。大将以外が言ったんなら、鼻で笑ってるトコだが……」

「（主なら本気でやり遂げそうで困る）」

それを聞いた三人組と一匹は、それぞれ呆《あき》れたような反応をしつつも、どこか期待した目で【狂人】を見た。

「やー、クソ野郎だった俺たちが、まさか『最強の冒険者パーティ』を目指すことになるなんてな。でもまぁ、こういうのも悪くない」

アーロンが少年のような笑みを浮かべると、【狂人】も嬉《うれ》しそうな笑みを浮かべた。

そんな感じで、彼らは良好な関係を築きつつあったのだった。

第8章

《表》

ゴーレムの修理は順調に進んでいる。

そのため、そろそろ【新型ゴーレム】のパーツを集めよう、ということで、ここ最近はアーロン（先日、呼び捨てでいいと言われた）と一緒にダンジョン中層で【新型ゴーレム】のパーツを探しつつ、レベル上げに勤《いそ》しんでいる。

「よし、じゃあ今日も元気にダンジョン探索といくか！」

「待った。なんで私服のままでダンジョンに突撃しようとしてるんだ？　いつものキメラみたいな鎧《よろい》は？」

……の、だが。今日はなぜかアーロンに呼び止められてしまった。

あー、そういえば、最近新しいクラスを取得したことを伝えてなかった気がする。

カルロスたちにはすでに新しく習得したスキルを披露したが、アーロンの前ではまだ使ってなかったたな。

「最近【踊り子】を取得したんだが、検証の結果、【踊り子】の回避上昇はパンイチである必要はなかったみたいだからな。いくら最強を目指すためとはいえ、さすがに俺もパンイチは抵抗があったから助かったぜ」

「違う、そうじゃない。てかその言い方だと、一度はパンイチでダンジョン探索したことがあるみたいに聞こえるんだが――え、いや、待った、マジで？？？　ウソでしょ？？？」

うーん、どうやらこの世界では【踊り子】の強さがあまり知れ渡ってないみたいだな。

【アヘ声】では最強クラスの一角だったんだが。

【踊り子】は、他のゲームで言うところの「忍者」に該当するクラスだ。古き良き時代のダンジョンRPGを知る人であれば、「全裸忍者」と言えばだいたい分かると思う。

【踊り子】の特徴は、【フレンジーダンス】という「レベルに応じて回避率にプラス補正が掛かる」パッシブスキルに集約されている。

つまり、レベルが上がれば上がるほど敵の攻撃をガンガン回避するようになるわけだ。

このスキルには「防具を何も装備していない場合はさらに回避率が上がる」という効果もあり、その状態であれば面白いくらいに敵の攻撃を避けまくることが可能になる。

【アヘ声】でもその状態になった【踊り子】の通称が【全裸】なのは言うまでもない。

また、【踊り子】を極めればさらに回避率が上昇するため、前世だと「全てのクラスを極めたあとで最終的にどのクラスをメイン＆サブに設定するか」という議論をする際には真っ先に名前が挙がるほどの大人気クラスだった。

ついでに言うと、【ダンスマカブル】というパッシブスキルにより、素手での攻撃に即死効果を付けることも可能であり、【闘士】という素手での戦いに特化したクラスをサブクラスに取得すれば、「敵の攻撃を全て回避しつつ反撃で首をはねまくる」なんてことも可能だ。

ただし【踊り子】にも弱点がある。

それは「回避率に関係なく、モンスターの拘束攻撃の成功率は一定である」という点だ。

拘束攻撃を食らったパーティメンバーは1ターンごとに装備品が一つずつ外れていき、全ての装備品が外れると回避不能の特殊攻撃（意味深）により一気にＨＰが全損する。

そのため、【全裸】の【踊り子】を触手系モンスターとかオークとかの前にお出ししようものなら、一撃で貫かれ（意味深）て病院送り（意味深）になる可能性がある。

しかも病院送りになったキャラがヒロインだった場合、退院した時に立ち絵がレ◯プ目に変化してて、それがバッドエンドフラグになってたりもするんだよな。

また、防具を装備しないと当然ながら防具から得られる各種耐性といった恩恵を受けられないとか、そもそも範囲攻撃は回避不能といった弱点もあるため、とりあえず【全裸】にしとけばいいというものではない。

拘束攻撃持ちや範囲魔術持ちのモンスターが出現する階層では回避を妥協してでも防具を装備するなど、状況に応じて使い分けることが重要だ。

「まあ拘束攻撃をしてくるモンスターが出現するのは中層後半からだし、前半を探索する間であれば定期的に【ミラージュステップ】しとけば、まだレベルが上がり切ってない俺でも無敵になれるんだよ」

ちなみに、前世では【全裸】とは言われていたものの、この世界では本当に全裸になる必要はないということはこの間の検証で確認済みだ。

防具さえ装備していなければ、普通の服を着ていても問題ない。

「それでも必要があればダンジョン内で脱ぐことに躊躇《ためら》いはないんだな……（いくらステータスが絶対と言えど防具なしでダンジョンを歩くなんて想像しただけでも恐ろしいのに、躊躇いなく脱ぎ捨てるのは、さすが大将ってとこか）」

「パンイチになることで仲間の安全を確保できるなら脱ぐぞ俺は」

独りでダンジョンに潜っていた時と違って、今の俺はパーティリーダーとして人の命を預かる立場になったんだ。脱ぐだけで仲間が助かるならそれくらいは安いもんだろう。

「（仲間のためなら、か。冒険者として一度くらいは言われてみたかった台詞《せりふ》だったはずなんだが……よりによって『パンイチ』かぁ……素直に喜べないんだよなぁ……）」

そういう意味では、この世界では服を着てても回避率が上昇する仕様で助かった。

さすがに俺だって戦闘中にハイになった状態でしかパンイチになるのは無理だし、仲間内のノリでやるならともかく、公衆の面前でパンイチで歩くのなんてごめんだからな。

「今までの防具もちゃんと【鞄《かばん》】に入れて持ち歩いてるから大丈夫だ」

「やー、まぁ大将がそれでいいんなら俺から言うことは何もないんだがな……」

アーロンへの説明を終えると、俺たちはノームの集落跡地へと出発した。

「じゃあルカ、今日もゴーレムの修理をよろしく頼むぜ」

「(…………うん)」

「……大丈夫か？」

そしていつも通りにルカと別行動を取ろうと思ったんだが……ふと、ルカの様子が少しおかしいことに気づく。

いやまあ、パッと見た感じだといつも通りの無表情ではある。

でも、なんとなくだけど、ここ最近は元気がないような気がする。さっきアーロンと話してた時もずっと無反応だったし。

「調子が悪いなら言ってくれよ？」

緩慢な動きで首肯するルカを見て心配になるも、俺はモンスターの生態にあまり詳しくないので、体調管理は本人に任せるしかないんだよな……。

とりあえずいつも以上にルカの様子に気をつけようと思いつつ、俺はアーロンと一緒にダンジョンへと向かうのだった。

《裏》

「今日もよく働いたな。おやすみ」

「(おやすみ)」

夜、【狂人】が自室の明かりを消すと、ルカは布団に潜り込んで眠った——ふりをした。

べつに何か企《たくら》んでいるわけではない。

人間の姿となってからというもの、ルカは不眠に悩まされていたのだ。

理由は不明である。ルカは人間と同じように睡眠が取れるように身体《からだ》を造り変えたはずなのに、なぜかまったく機能していなかった。

ルカが昼間に元気がなかったのは、不眠による疲労の蓄積が原因であった。

「(…………?)」

いつもなら頭から布団を被《かぶ》って朝まで過ごすのだが、その日、ルカはなんとなく【狂人】の方を見た。そして、【狂人】が上半身を起こして窓の外を見ていることに気づく。

「(…………ッ!)」

その瞬間、ルカの頭の中は真っ白になった。

月だ。また【狂人】が夜空に浮かぶ月を見ている。

「(い、イヤだ!!!　ボクを置いてかないでよぉ!!!)」

半ばパニック状態になりながらルカは【狂人】に飛びつき、【狂人】の頭をかき抱いて布団の中に引きずり込んだ。

とにかく【狂人】に月を見るのをやめさせ、月から遠ざけようとした結果である。

ルカがまだノームの姿だった頃は、こんな感情の爆発は起きなかった。

しかし謎の不眠症による疲労の蓄積はルカの精神を摩耗させていたし、たった独りで黙々とゴーレムの修理作業をこなすのも想像以上にストレスとなっていたらしかった。

これらが重なり、ルカは精神のバランスを崩してしまっていたのだ。

「う、うわっ!? な、なんだ!?」

が、そんなことなど全く知らない【狂人】は、当然ながらいきなり「モンスターの拘束攻撃」を受けて混乱した。

真っ先に自分のステータスを閲覧し、HPやMPが減っていないこと、何も状態異常が付与されていないことを確認すると、ようやく緊張を解いてルカに話しかける。

「お、おい、どうしたんだよ?」

「(――――)」

が、今のルカの思念波はノイズが酷《ひど》く、そのせいで考えていることが全く読み取れない。

ただでさえルカの思考は断片的にしか読み取ることが出来ないというのに、本人がパニック状態でまともに思考できていないのが理由なのだろう。

「…………」

「(あっ……)」

悩んだ末、【狂人】はルカの背中に手を回し、泣く子をあやすように背中をさすった。

【狂人】は今までルカのことを拒絶こそしなかったが、「相手は根本的に人間とは相容《あいい》れないモンスターなのだから、絆《ほだ》されてはならない」と考え、受け入れもしなかった。

だが、そんな態度を取り続けていると、ルカの様子は悪化する一方だと悟ったのだ。

「…………主《あるじ》は、ボクを置いてどこかへ行っちゃうの?」

しばらくそうしているうちに、発作でも起こしたようだったルカの様子が落ち着いた。

するると、今まで断片的にしか聞こえていなかったルカの声が――いや、「聞こうとしなかった」声を、【狂人】は初めてはっきりと聞いた。

それにより、【狂人】は自身の「元の世界に帰りたい」という独り言をルカに聞かれていたこと、そしてルカがここまで取り乱したのはそれが原因なのだということを悟った。

【狂人】は酷く混乱した。恐ろしいモンスターだと思っていたルカが、まるで親に縋《すが》りつく幼い子供のようにしか見えなかったからだ。

「…………いや。たとえ俺がどこか遠くへ行くことになったとしても、もしルカにその気があるなら、君も一緒に連れていくさ」

色々と悩んだ末、【狂人】はようやくルカのことを「ヒト」として受け入れた。

ただのモンスターだったルカが、これほどまでに人間のような感情を持つようになったのは、間違いなく自分の影響だ。

ならば、そうなった責任を取るべきだ、と腹をくくったのだ。

「……約束。いつまでも、一緒」

そしてルカを「ヒト」と認めた瞬間、「言語翻訳機能」が完全に適用され、【狂人】はルカの思念波を「人間の言語」として理解することができるようになった。

「ああ、約束しよう」

ルカが自分と共に最強を目指すことを望む限り、どこまでも共に歩もう。

その果てに、もしもルカが人間に力を振りかざす存在に成り果てたのならば。

誰かに被害が出る前に、この手で討つ。【狂人】はそう決意したのだった。

「ルカが望む限り、俺は君と一緒にいるさ」

【狂人】はそう言って微笑《ほほえ》むと――

「ただし、君が俺と同じ道を歩む限りは、だからな？　つーか、普段からヨソ様に迷惑かけないよう厳しく躾《しつ》けるから。それでも迷惑かけるってんなら、どんな手を使ってでも止めてやるからな」

「えっ、なに!?　なんでそんな話になったの!?　やめてよ、主が『どんな手を使ってでも』とか言い出したら本気で怖いんだけど!?　迷惑なんてかけないよ！」

……容赦なく雰囲気をブチ壊した。

なぜって、【狂人】としては、そういう「悲痛な決意」みたいなのはゲームとか創作物の中の話だからこそいいのであって、現実では悲劇なんてノーサンキューなのである。

ルカには普段から口酸っぱく言い聞かせようと、【狂人】はそう心に決めたのだ。

「おら、もう寝ろ。明日も早いぞ」

【狂人】はルカの脇に手を突っ込んで持ち上げると、ベッドまで運んで布団を被せた。

完全に小さな子に接するような態度である。

「……むう」

ルカはその扱いに憤慨した。

たしかに先程は醜態を晒《さら》してしまった。もしかすると子供の癇癪《かんしゃく》のように見えたかもしれない。それは認めるが、たった1回の失敗で子供扱いされるのは甚《はなは》だ遺憾《いかん》であった。

モンスターは基本的に長命種であり、それはノームも例外ではない。

少なくとも人間である【狂人】よりかは長くいきているはずだし、年上として敬意を払うべきではないだろうか？　とルカは思っている。

「………えいっ」

なので、ルカは【狂人】が眠りについた頃合いを見計らって彼の布団に潜り込むと、ベッドの中をゴソゴソと移動し、自ら抱き枕になるようにすっぽりと【狂人】の胸の中に納まった。

理由はもちろん、「自分が大人の女性であると分からせるため」――などという可愛《かわい》らしいものではない。

そもそもルカは自分のことを女性だと思っておらず、価値観は「性別：なし」だったノーム時代のままである。

ではなぜこのような行動を取るのかというと、ルカは【狂人】が「不意打ちで抱きついたりするとビビる」ということを知っているからである。

それは先ほど【狂人】が慌てていたことからも確かだ。なので、ルカは「ちょっと困らせてやれ」くらいのつもりで、いつも【狂人】に不意打ちを行うのである。

実際は困るどころか【狂人】が【アヘ声】をプレイしていた時のトラウマを容赦なく衝《つ》いているのだが、【狂人】を化物《ばけもの》メンタルの持ち主だと思っているルカにその自覚はない。

なんなら「【隷属の首輪】が発動しないということは、主の命令である『害を為《な》すの禁止』に抵触してないってことだから大丈夫」とすら思っている。

なお、【隷属の首輪】はルカが人間の姿になった直後に効力を失っている。

この【隷属の首輪】はノームを縛るために調整されていたのだから、【ノーム畑】になったルカを縛ることは不可能なのである。

もっとも、【狂人】もルカもそのことには気づいていない。【狂人】は【隷属の首輪】を使ってルカに命令するつもりがなく、ルカも【狂人】に逆らうつもりがないからである。

おそらく今後も気づくことはないだろう。

「……うーん……抱き枕……？」

「……ふふっ」

【狂人】がルカを枕と勘違いして抱きしめた。

ルカは翌朝の反応が楽しみだと忍び笑いを漏らし、朝まで【狂人】が慌てふためく様子を想像して過ごそうかと考え——

「…………」

そのまま寝てしまった。

あれほど不眠に悩まされていたのが嘘《うそ》のようにグッスリである。

そもそも、なぜルカが不眠に悩まされていたのかというと、「人間と同じようにベッドで寝ようとしたから」である。

ノームは土の中に潜って眠る生き物だ。

いくら人間と同じように睡眠が取れるようになったからといって「人間と同じ環境で寝やすいかどうか」は別問題である。「枕が変わって眠れなくなった」どころの話ではない。

また、ノームの睡眠の質は周辺の土の成分に左右され、「養分」がたっぷり含まれている土であるほど肉体的にも精神的にも回復するのだが……ノームにとって最も睡眠の質がよくなるのは、【ノーム畑】で休眠した時だ。

ノームにとっては周囲に「養分」が潤沢な環境こそが最高級の寝具というわけだ。

そして、【ノーム畑】の「養分」は生物、とりわけ「人間」から抽出したものである。

【狂人】に抱きしめられた途端ルカが眠くなったのは、つまりはそういうことだった。


「なんだ？　人肌恋しかったのか？　実は寂しがり屋だったんだな……」

「ぐぬぬ……！」


なお、久しぶりにぐっすり眠ったせいで翌朝ルカは完全に寝坊し、【狂人】が慌てふためく瞬間を見逃したどころか、【狂人】からの勘違いが加速して余計に子供扱いされるようになったのだった……。

第9章

《表》

「さあて、今日からダンジョン攻略再開だぜ！」

「そして『レムス』の御披露目《おひろめ》だね。レベル上げは終わってるんでしょ？　楽しみだなぁ！」

　俺がテンションを上げながらダンジョンへと足を踏み入れると、ルカがノリノリで返事をしてくれた。

　今日から新しくパーティに加入した新型ゴーレム、「レムス」を実戦投入する。

　見た目は俺たちが運用している通常のゴーレムの色違い（※ルカの希望で真っ黒に塗装してある）だが、中身は完全に別物になっている。

　レムスはいったん【踊り子】を経由して【ダンスマカブル】を覚えさせ、メインクラス【闘士】・サブクラス【剣士】として運用している。

【闘士】は素手での戦闘に特化したクラスだ。最大の特徴はパッシブスキル【格闘連撃】で、レベルが上がれば上がるほど素手による攻撃のヒット数が増加する。

【闘士】を極めることでヒット数はさらに増加し、最終的には他のクラスが【二刀流】込みで最大6ヒットいくかどうかといったレベルなのに対し、【闘士】は15ヒットという全クラストップの攻撃回数となる。

さらに【剣士】を極めると【二刀流】の効果が「片手武器を二つ装備可能になる」から「全ての武器を二つ装備可能になる」という効果に進化するのだが、これが素手にも適用されるため、【闘士】は最大30ヒットとかいう圧倒的な攻撃回数を叩《たた》き出す。

とはいえ、しょせんは素手であり武器による火力上昇がないため、1発の威力は低い。

さらに威力が低い攻撃は敵の防御力の影響を大きく受けてしまうので、硬い敵が相手だとダメージ1×30とかいう悲惨な結果になりやすい。

火力だけ見るならば他のクラスに大きく劣っている。

だが、【闘士】の真骨頂は火力ではない。

【闘士】が本領を発揮するのは、状態異常を付与するスキルと組み合わせた時だ。

仮に敵が状態異常に耐性を持っていて、状態異常を付与できる確率が5％しかなかったとしよう。しかしそれを30回繰り返せば確率は80％近くまで跳ね上がる。

つまり【闘士】が状態異常攻撃を行えば、本来なら状態異常に強いはずの敵に対しても強引に状態異常を付与してしまえるわけだ。

それは即死攻撃にも同じことが言える。

【ダンスマカブル】による即死の基本発動率は15％。今のレムスのレベルだと攻撃のヒット数は15回といったところだが、それでも即死成功率は90％を超える。

しかも【ダンスマカブル】はパッシブスキルなので、他のアクティブスキルと組み合わせて使えるのだ！

「今だ！　殺《や》れ！！！」

「【参ノ剣】！」


その結果がコレである！


レムスの腕が残像を生むほどに高速で動き始めて千手観音みたいになったかと思った瞬間、ドンッ！　と大きな音を立ててモンスターどもの懐まで踏み込んでいく。

かと思えば次の瞬間にはすでに俺たちの目の前まで戻ってきており、胸の前で合掌するかのようなポーズで残心。

直後、モンスターどもの全身が四方八方から袋叩《ふくろだた》きにされたかのようにドドドドドッ！　と音を立てて凹《へこ》み、最後にポーンと首が宙を舞う。あれほどたくさんいたモンスターどもがたった数秒のうちにダンジョンへと溶けて消えていった。

「よっしゃあ！　いいぞ！　成功だ！」

「おぉ……！　ブラボー……！　おぉぉぉぉ！　ブラーボォ――――ウッ！　パーフェクトだよ主ィ！」

思わずルカとハイタッチ。うーん、想像以上の仕上がりだ！

我ながらとんでもねえゴーレムに育て上げちまったもんだぜ！

「つっても、ダンジョン下層からは即死無効持ちがちらほら出てくるんだよな。これでも最強のゴーレムにはほど遠いか」

ついでに言うと【修道僧】というクラスのパッシブスキルにも【即死無効】があるため、たぶん上位の冒険者はみんな取得しているだろうから即死は効かないと思っていいだろう。

俺もすでに取得しているしな。つっても、人間相手に即死攻撃を仕掛けなきゃいけないような事態に陥ることなんてまずないだろうけども。

「ダンジョン下層に到達したら、レムスは中層での商品の仕入れに回すか」

ぽんぽんモンスターどもの首を飛ばしていくレムスを尻目に、マップの空白を埋める作業をしつつ、俺たちのダンジョン攻略は続いていく。

たまにレムスが討ち漏らした敵が出てきた時は俺の【シールドアサルト】やルカの弓で瞬殺していき、順調に攻略を進めていくと、やがて俺たちは20階へとたどり着いた。

「ん？　ここには確か中ボスとして【アイアンゴーレム】がいたはずだが……」

【アヘ声】だと20階は何もないただの開けた場所であり、真ん中に巨大な金属製のゴーレムが鎮座してるっていう、実質的なボス部屋として機能してた階だったはずだけど。

「あいつならとっくの昔に一刀両断されちゃったよ（んー、主は相変わらず謎の情報網を持ってるみたいだけど、それも万能ではないのかな？）」

「あー、先を越されちまったかあ」

どうやらここのボスはすでに他の冒険者に倒されてしまった後らしい。

そりゃあそうか。下層に到達した冒険者が存在してるってことは、その人たちがここを突破したってことだしな。

【アイアンゴーレム】は中ボスといえど【門番】ではないから、ゲームと違って一度倒されたらそれっきりか。

「再配備計画自体はあったんだけどね。次の階に行くためには必ずここを通ることになるから、ここに【アイアンゴーレム】を配置しとけば畑の肥やしを探す手間が省けるし」

「でも、その前に俺たちが【アイアンゴーレム】を修理する奴《やつ》を絶滅させちゃった、と」

コクンと頷《うなず》くルカ。ということは、本来ならそのうち復活してたであろう【アイアンゴーレム】は、もう二度と復活しないのか。

「ルカが【アイアンゴーレム】を修理することは――」

「いまのところレムスが最強最高だから。当時はノームが総力を挙げて創造したゴーレムということで自信作だと思ってたんだけどやっぱり『巨大ゴーレム』というのは早すぎた概念で――」

「ああ、いや、すまん。分かったからもういい……」

話が長くなりそうだったので慌てて遮る。うん、まあ、すでに【アイアンゴーレム】より強いレムスがいるんだから、今さら修理する必要なんてないよな！

「じゃあ今日は21階を偵察して帰るとするか」

俺たちは20階を素通りして21階へと足を踏み入れた。

鬱蒼《うっそう》とした樹海の奥地は、色とりどりの花が咲き乱れる花園だった。木々の間から漏れる光、小鳥たちの囀《さえず》り、遠くの方に見える空色の湖など、前世でもここまで美しい場所はそうそうないだろうといった幻想的な光景が広がっている。

そして、花園の中には一際きれいで大きな花が点在していた。周囲には美しい蝶《ちょう》がキラキラと光を反射しながら舞っており、その鮮やかな色のコントラストがより花の美しさを際立てている。


「オラッ死ね！」

「こいつ羽虫どもの手先じゃん！　死ね！！！」

「（ギャアアアアア！？・！？・！？・）」


もちろん罠《わな》である。


この花は【食人植物】という歴《れっき》としたモンスターで、ただの背景だと思って通過しようとしたプレイヤーに拘束攻撃の厄介さを教えてくれるとてもありがたいモンスターだ。

こいつの上を不用意に通過しようとすると、不意打ちを食らってパーティメンバーの誰かがランダムで【拘束状態】になったまま戦闘が始まってしまう。

放っておくとどんどん装備品を剝《む》かれていってブスリ！（意味深）だ。しかもこれは浮遊状態でも防げない。

ただし、パーティに【狩人《かりゅうど》】がいればあらかじめ対処することが可能で、逆にこちらが先手を取ることもできる。

……なのだが、効率化のためにゲーム設定を変えて「システムメッセージの表示速度」を最速にしていたプレイヤーの場合、移動キーを押しっぱにしていると「どうやら罠のようだ」というメッセージを一瞬で飛ばしてしまい、そのまま罠に突っ込んでしまったり……。

前世では「【アヘ声】あるある」としてプレイヤーたちにネタにされていたな。

「どうせここのマップも埋めるんでしょ？　うぇー……イヤだなぁ。羽虫どもの育てた花園なんて虫酸《むしず》が走るよ。いっそ花園ごと奴らを燃やしちゃわない？」

「気持ちは分かるが、さすがに燃やすのはダメだぞ」

【火炎ビン】をチラチラ見せてくるルカに思わず苦笑が漏れる。

そう、ここはフェアリー系のモンスターが支配する場所なんだよな。

ルカはフェアリーが嫌いみたいなんだが、どうやら花園ごと燃やしたくなるほど大嫌いだったらしい。

その気持ちは分からんでもない。【アヘ声】のフェアリー系モンスターってどいつもこいつもクソ野郎だしなあ。

『この花園が美しさを保っていられる理由の全てが胸糞悪い《むなくそわるい》』

『フェアリーの渾名《あだな》（という名の罵倒）集で動画が1本作れる』

と言えば、なんとなくクソさが伝わるだろうか。

しかも、ここには【フェアリークイーン】という、フェアリーどもを統率するボスモンスターがいるんだが、そいつは【先輩】の死因となるモンスターで——


「燃やすのはフェアリーから得られるもの全て毟《むし》り取ってからだ」

「さすが主、話が分かるぅ！」


うん、べつに燃やしちまってもいいなこんなところ。

フェアリーとかいうクソみてえな種族の温床となっている場所を残しておいても、百害あって一利なしだ。


「花園を制圧するって……おいおい、正気か!?　過去にベテラン冒険者による大規模な討伐計画があったらしいが、結果は返り討ちにあって全滅したって聞いてるぞ!?」

「ってことは、もし成功すれば誰にも成し遂げられなかった偉業なんだよな……」

「なにを呑気《のんき》なことを……たった6人でできるわけねーだろ!?」

「やー、でも大将だしなぁ。もしかしたらマジで成し遂げちまうかも、だぜ?」

そういうわけで、翌日。俺は【H&S商会】は臨時休業にした。全従業員で一気にここを制圧するためだ。

とはいえ、一筋縄ではいかないだろう。【アヘ声】における雑魚敵としてのフェアリーは、回避率が非常に高くて単体攻撃を仕掛けても回避されることが多い。

さらに、フェアリーは【マジックゴーレム】という全身ピンク色に塗装されたメルヘンチックな見た目のゴーレムと一緒に出現するんだが、このゴーレムが【バンガード】持ちであり、ゴーレムの後ろに隠れてバカスカ魔術を撃ってくるので非常に鬱陶《うっとう》しい。

そして苦労して【マジックゴーレム】を倒すと、次のターンで「笑いながら逃走していった!」とかいうクソ行動を取るAIが組まれていた。

つまり、さんざん魔術を撃ってきたことへの報復をする暇もなく、こちらを馬鹿にしながら逃げていくってわけだな。

しかも他のゴーレム系モンスターは鉱石製だったり金属製だったりするためドロップ品が美味《おい》しい奴らが多いのに対し、【マジックゴーレム】は「魔術で生み出されたゴーレム」という設定のためか倒したところで金も素材も落とさない。

挙げ句、固有ドロップ品の名前は【ゴミクズ】。もちろんハズレアイテムだ。

まったく、どこまで人間を馬鹿にしたら気が済むんだか……。

反面、フェアリー自体の経験値やドロップ品は美味しく、固有ドロップで【妖精の羽】

を落とす。それによってプレイヤーからは【うざいメタルスラ◯ム】と呼ばれることもあった。

なので、慣れたプレイヤーにはパーティ全員分の【妖精の羽】をドロップするまで狩られる運命にある。

ただし、経験値が美味しいからといってフェアリーでレベリングするのは非推奨だ。

こいつよりも経験値効率がいいモンスターはたくさんいる、というのもあるが。

理由の大半を占めるのが「うざい」「めんどい」「顔も見たくない」なのは言うまでもない。

「なに、フェアリー対策はバッチリだ。大船に乗ったつもりでいてくれ！」

「やー、それならいいんだけどな（でもアンタの場合、大船なのは確かだけど想像の斜め上のトンデモ客船だから怖いんだよ）」

で、フェアリーの倒し方についてだが、べつにそこまで特別なことをする必要はない。

ようするに「さっさと【マジックゴーレム】を始末し、そのターン中にフェアリーまで一気に倒す」を達成すればいいだけなので、パーティメンバー全員で範囲攻撃をブッパすればいい。

【アへ声】においては、壁役が範囲攻撃から味方を庇《かば》った場合、庇った回数だけ壁役にダメージ判定がある仕様になっている。

そのため、パーティメンバー全員でフェアリーに範囲攻撃をブッパすると、それを庇った【マジックゴーレム】に攻撃が複数回ヒットし、メンバー3～4人くらいであっさり沈めることができる。

そのまま残りのメンバーの範囲攻撃でフェアリーもまとめて倒すことは不可能ではない。

「みんな、【爆風の杖《つえ》】の準備はいいか!?　行くぞ！！！」

つまり複数の【商人】で囲み、ノーコストで使える【爆風の杖】をブッパ。この手に限る。

あれからアーロンだけじゃなくカルロスたちにも【商人】を極めてもらっている。

ついでに言うと当初はこの階でルカに活躍してもらうつもりだったため、ルカも【商人】を極めていたりする。なので今の俺たちは【爆風の杖】25連射が可能なのである！

「な、なぁ……ホントにやるのか……？」

「ほら、見ろよ……無邪気に蝶と戯れてるだけじゃないか……」

「なにも殺さなくても……」

さっそく油断しきっているピンク頭のフェアリーどもを3匹も発見したので、先手必勝……と思ったのだが、なにやら3人組の士気が低い。

「やー、だから何度も言ってんだろ？　アイツら可愛《かわい》い顔してやることなすこと全部えげつないぜ？」

「でもよ……」

実際に中層を突破したことのあるアーロンが経験者として諭しているが、いまいち効果が薄いみたいだ。

まあ気持ちは分かるんだよ。人間に似た生物、それもまだ幼く可愛らしい顔つきの美少女にしか見えないような生物に武器を向けるのは気が引けるよな。

だが可愛らしいのは見た目だけで、その本性は人間を主食とする恐ろしいモンスターであることを忘れてはならない。

しかも奴らは自らの容姿が人間にとっても魅力的であることを自覚しており、それを積極的に利用するタチの悪いモンスターなんだよな。

ノームも似たようなもんではあったけど、あっちは最初から自分の顔を疑似餌だと割り切ってるからまだマシなんだよ。

フェアリーに関してはもっと酷《ひど》い。自分の容姿が優れていることを鼻にかけてるうえ、その優れた容姿を保つためなら平気で他種族を犠牲にしたりするからな。

「とはいえ、3人の気持ちも分かる。口で言われただけじゃピンとこないんだろ？　こういうのは実際に見ないと納得できないもんだろうし。ということでルカ、頼めるか？」

「いいよ、奴らの化けの皮を剝いでやればいいんでしょ？」

俺が茂みに隠れつつ、いつでもルカを庇えるように構えると、ルカはスカートの裾をはためかせて優雅に歩いてフェアリーのもとへと向かっていった。

ちなみに、アーロンたちにはルカの思念波についてある程度は話してある。

さすがにルカがモンスターであることとかは伏せてあるが、それを聞いたアーロンたちは「訳アリなのは最初から分かってた」と受け入れてくれた。ありがたいことだ。

『あれー？　おかしーなー？　地べたを這《は》い回るしか脳がないアリンコの気配がするー』

『ホントだー！　アリンコのクセに、なんなのその姿ー!?　きったない　ほーし種族　ふぜー　が着飾るなんてナマイキなんですけどー！』

『よわむしのアリンコには、もっとみじめな姿が似合ってるよー？』

『キャハハハ！　ざぁこ、ざぁこ！』

ルカが近寄った途端、３匹の羽虫どもがルカの周囲を煽《あお》るように飛び回りながらうざったい口調で話し始めた。

フェアリーの言語は魔術によって他種族にも理解できるようになっているのだが、その理由が「他種族を煽って遊ぶため」であるあたり、マジで性格悪いんだよなこいつら。

「あ、あれ……なんか、思ってたのと違うな……」

「まさか、本当にヤベー奴《やつ》らなのか……？」

カルロスたちが動揺しているが、こんなのは序の口だ。

奴らの本性はあんなもんじゃない。ヤバいのはここからだぞ。

「……ねぇ、キミたち」

『え、もしかしてアタシたちに話しかけてる？　きもーい！　アリンコのぶんざいで

『――』

「キミたちって、なんだか【キラービー】（※蜂のモンスター）に襲われて卵産みつけられてそうだよね（笑）」

『…………テメェ!!　もっぺん言ってみろやこの××が！！！』

『生きて帰れると思うなよ！　魔術の実験台として××して×××してやる！！！』

『テメェの最期は××××××だから覚悟しとけよ！！！』

　クールな美少女フェイスのルカからとんでもない爆弾発言が飛び出た瞬間、フェアリーどもの顔面が作画崩壊したかのように歪《ゆが》み、言葉にするのも憚《はばか》られるような顔芸を晒《さら》した。

「うっわ……なんだこいつら……」

　カルロスがヒステリックな奴を見るような目を羽虫どもに向ける。まあルカの言葉が分からないカルロスたちには、羽虫どもがいきなりキレたように見えただろうしな。

「おおっと！　やらせないぜ！」

『あ？　なんだテメェ！』

『邪魔しやがって！　こいつが例の【新型ゴーレム】か!?』

『こっちもゴーレムを呼べ！　×××してやる！』

羽虫どもが本性剝《む》き出しでルカに摑《つか》みかかろうとしたのを見て、俺はすかさず間に割って入ってルカを庇い、反撃で武器を振るう。

さすがに回避率が高いだけあってかすりもしなかったが、牽制《けんせい》にはなったようでフェアリーどもと距離を取ることに成功した。

「……な？　言っただろ？　俺が前のパーティにいた頃、フェアリーが稼働させてた魔術研究所の一つに入ったことがあったんだが、ありゃ酷いもんだったぜ？」

「うへぇ、魔術の実験としてそんなことまですんのか……」

「こえーんだな……女って……」

「まぁモンスターだけど……」

フェアリーの本性を知ったことでようやく殺《や》る気を出してくれたらしい3人組が、アーロンと共にジャキンとガトリングガン——もとい【爆風の杖】を構える。

ルカもいつの間にやら臨戦態勢だ。

「今だ！　殺れ！！！」

「了解！　くらいやがれ！」

『があぁぁぁぁッ!?』

フェアリーが3体の【マジックゴーレム】を呼び出すも、直後に【爆風の杖】の効果が炸裂《さくれつ》し、15発目あたりで全てのゴーレムが木《こ》っ端微塵《ぱみじん》になる。

そして残りの10発がフェアリーに襲いかかった！

『お、おねがい……もうやめてよぉ……』

『ゆるしてぇ……！　あやまるからぁ……！』

「嘘《うそ》泣きだ！　手を緩めるんじゃねえぞ！」

『クソが！　こんな美少女の涙に無反応とかテメェら×××ついてんのかよォォォォ！』


その言葉が断末魔の代わりとなり、この世から害虫が3匹消え去った。

わりと倒すのがギリギリだった気もするが、今回はわざと時間を与えたせいでゴーレムを3体も召喚されたのが原因だ。

次回からは不意打ちするから余裕をもって倒せるだろう。

『ねーねー、おにいさんたち——ギャアアアア!?』

『ちょっと頼みたいことが——ぐおぉぉぉぉ!?』

羽虫どもをサーチ&デストロイしていく。

中にはハニトラを仕掛けてこようとした羽虫どももいたが、こいつらの甘言に引っ掛かったら散々利用されたあげくバッドエンド直行なので、さっさと始末するに限る。

【アヘ声】でも、こいつらに依頼されて羽虫どもの天敵である【キラービー】の巣を排除するサブイベントがあったんだが……依頼を達成した後でどうなるかはお察しである。

ところで、こいつらの死に様になんか見覚えがある気がするんだよな。

……あっ、思い出した。アレだ、「エイの干物」だ。

生前は可愛い顔してるけど、死後はすんげー形相になるところとかそっくりだよな。まあエイのアレは顔じゃないらしいけど。

「な、なぁ大将……やっぱり話も聞かずに殺すのはマズいんじゃゃ――」

『こっちが下手に出りゃあいい気になりやがって！　豚の分際でナメてんのか!?　テメェら生きたままミンチにして食肉に加工してやる！！！』

『脳ミソと内臓ブチまけて箱詰めしてゴーレム用の電池に加工してやるからな！！！』

『そっちの糸目はイケメンだから殺すのは勘弁してやる！　ただし【牧場《ぼくじょう》】で死ぬまで種馬だがなァ！！！』

「……すまん、なんでもねぇわ」

「分かってくれたようでなによりだ」

人間を加工する技術を持っていたり、「【牧場】で種馬」などという発言から、羽虫どもが普段からどのような所業を行っているのか察したのだろう。

カルロスたちは無表情で【爆風の杖】を連射し始めた。

3人はちょっとだけ甘いところがあるものの、冒険者として様々な修羅場を潜《くぐ》ってきただけあって、こういう時の切り替えの早さはさすがだな。

「(主《あるじ》の容赦なさにドン引きしてるだけだと思うけど。仮に修羅場を潜ってきてたとしても、その修羅場の大半はたぶん主と出会ってから経験したんじゃないかなぁ……)」

そうやってフェアリーどもを駆逐していると、ようやく【妖精の羽】が全員に行き渡った。

が、いくつか予備が欲しいので羽虫狩りは続行だ。

『なんだコイツら!? 変態どもが編隊飛行してきやがった!!!』
『やめろやめろォ! 似合わねーんだよ! 目が腐るわ!!!』
『フェアリーに対する最低最悪の侮辱だぞ!!!』

うーん、酷い言われようだ。

まあ見た目が美少女のルカやイケメンのアーロンはともかく、男である俺や筋肉達磨《だるま》のカルロスたちが背中に蝶《ちょう》みたいな羽をつけて飛び回るのは確かに酷い絵面《えづら》かもな。

「こんな格好でダンジョン探索するはめになるとは……!」
「くそっ、とうとうオレたちも【狂人】の仲間入りかよ……!」
「やー、顔が暗いぜアンタら? せっかく大将の厚意でレアアイテム配布してもらったんだから、有効活用しなきゃ損だぜー？」

「テメェはいいよな……イケメンだから何でも似合うもんな、ド畜生が！」

「でも空飛べるのはガキの頃の夢が叶《かな》ったみたいでちょっと楽しいかも……」

「ボクは見た目が羽虫どもに近づくのなんて真っ平ごめんだけどね」

カルロスとフランクリンが悪態をつき、それに対してアーロンが軽口を叩《たた》いて、最後にチャーリーがボケてルカがヤレヤレと首を振る。

やはりパーティを組める最大人数である6人で冒険すると賑《にぎ》やかで楽しいな。

もちろん油断はしていないし警戒も怠っていない。

アーロンいわく、適度に雑談を交えて探索することで戦闘によるストレスを解《ほぐ》す効果があるらしい。

俺はほとんど独りで駆け足気味に中層まで到達したようなもんなので、こういう知識が足りてない。助言してくれるアーロンには頭が上がらないな。

「これで10個目の【妖精の羽】だな。じゃあ、そろそろメインディッシュといこうか！」

「いよいよ羽虫どもの最期だ！　ワクワクしてきたなぁ！　せいぜい派手に散ってほしいものだね！」

俺は仲間に号令をかけると、今日をフェアリーという種族の命日にすべく歩きだした。

目指すはこの階の中心部、羽虫どもの本体である大樹だ。

が、さすがに中心部ともなれば警備が厳重だ。無策で突入すればタダでは済まないだろう。

なので、奴らにとっての重要拠点に破壊工作を仕掛け、一時的に目を逸《そ》らすことにした。

「うっ、こいつは……」

「ノーコメント。これに関しては、元ノームであるボクは語る言葉を持たないよ」

好奇心から中を覗《のぞ》いたチャーリーの呻《うめ》き声《ごえ》がする。

彼だけでなく一緒に覗いた2人も険しい表情だし、ここが何なのか知っているアーロンもしかめっ面だ。俺の眉間にも深い皺《しわ》ができていることだろう。

「……こいつは【牧場】だな。大将は知ってたみたいだが、アンタらもギルドで聞いたことくらいはあるんだろ？」

といっても、俺も【アへ声】のイベントで表示されたスチルのおかげでいくらか耐性があるってだけで、実物を見るのは初めてだ。

だから表情には出してないものの、さっきから吐き気がしている。

もし完全に初見だったら胃の中のもの全部ぶちまけてたかもしれない。

「……『モンスターにとっての重要施設につき、発見次第ギルドへの報告、可能であれば施設の完全破壊を義務付ける』ってヤツかよ」

「……詳しい説明を求めても『知らない方がいい』の一点張りだったから記憶の片隅に引っ掛かってたんだが……なるほど、これは確かに……」

羽虫どもは【牧場】と言っていたが、見た目は完全に「畜舎」だなこれは。

ただし中で飼育されているのは牛や豚などといった普通の家畜ではない。茄子《なす》に太い手足をくっつけたような歪《いびつ》な身体《からだ》つきの、ブヨブヨとした『肌色の皮膚をした生物』だ。

しかも頭部だけが人間、それもとびきりの美男美女揃《ぞろ》いというのが本当に気持ちが悪い。

そいつらが柵の中に所狭しと並べられ、皆一様に何の感情も宿していないガラス玉みたいな目で虚空を見つめている光景は、しばらく夢に出てくること請け合いだ。

「完全破壊を義務付けられてる、って……つーことは、なにか？　ここを燃やすのか？」

「で、でもよぉ……こいつらはどう見ても――」

「待ちな。そっから先は口にしちゃいけねぇ。こいつらは『ダンジョン内で生まれた生物』。それ以上でもそれ以下でもないぜ」

アーロンの言うとおり、この「奇妙な生き物」の正体についてあえて明言はされていない。

それは【アヘ声】公式もそうだったし、この世界においても同様だ。

明確にされている情報といえば、こいつらが「ダンジョン内で生まれた生き物」であり、「ダンジョンの外で生きる人間とは別物である」ということと、「感情どころか思考する能力すら持たない」ということ、そして「【牧場】の外では生きられない」ということだけだ。

まあ、なんだ。

【アヘ声】では、雑魚敵として出現するフェアリーに敗北すると「ヒロインたちがこの

『奇妙な生き物』に◯づけされるところを見せつけられながら、主人公もまた大勢のフェアリーに罵倒される中でこの生き物に種◯けすることを強要される」というバッドエンドになる。そのことからも真相お察しである。

……ちなみに、これは完全に蛇足なんだが、そのバッドエンドでは最後に「奇妙な生き物」の後ろ姿が描かれたスチルが表示され、そいつらが一瞬だけ振り向いた直後に暗転してタイトル画面に戻る。

そして「あれは何だったんだ？」と思ってタイトル画面の「ギャラリー」（※回収済みのスチルやムービー、作中BGMなどを再生するオマケ機能）から先ほどのスチルをじっくりと見たプレイヤーは、最後に映し出された「奇妙な生き物たち」の顔にヒロインの面影があることに気づいてしまい、スチル回収のためにわざとバッドエンドを選んだことを後悔する……というところまでがテンプレだったりする。

これが、羽虫どもがプレイヤーから【トラウマ製造機】呼ばわりされる理由の一つだ。

俺も当時はマジで背筋が凍った。

「……ま、冷たいことを言うようだが、下層を探索していた身としては『慣れろ』としか言えないぜ」

タチが悪いことに、【アヘ声】では羽虫どもの巣窟にしか存在していなかった【牧場】が、この世界ではダンジョンの至るところに存在しているみたいなんだよな。

これに関しては【アヘ声】公式も他に【牧場】が存在していることを示唆してたけど、

実際にこんな施設が他にもあるのかと思うと非常に胸糞《むなくそ》悪い。

「……見くびるなよ、オレたちだって腐っても冒険者だ」

最初は躊躇《ためら》っていた3人も、今では覚悟を決めた顔をしている。

この場において、【牧場】を破壊することに異を唱える人間はいないみたいだ。

ならば俺も腹を括《くく》ろう。


「よし、核融合爆発でここら一帯を更地にするか！」

「誰もそこまでしろとは言ってないんだよなぁ」


まあたしかにブッ飛んだことを言ってる自覚はあるが、これには理由がある。

順を追って説明しよう。【アヘ声】においては、メニュー画面からアイテムの詳細を確認すると、効果以外にも簡単な説明文が表示されるようになっていた。

たとえば、【回復薬】ならばこんな感じだ。

名称：回復薬
種別：道具
装備効果：なし
使用効果：ＨＰ50回復（使用可能回数1回）

特殊効果：なし
説明：最低品質のため入手しやすい薬品

……と、こんな風にアイテムごとに軽い説明文が表示されるわけだが。

なぜか敵にダメージを与える系統のアイテムは説明文が物騒なんだよな。

【火炎ビン】なんかは「簡単には火が消えないよう工夫されており、対象を長く苦しめることが可能」とか書いてあるんだよ。

別にモンスターに使う分には大して気にならないんだが、こんなことが書かれていたら何の罪もない生き物に対して【火炎ビン】を使うのはさすがに気が引ける。

かといって【爆風の杖《つえ》】を使って【牧場】を破壊すると、そこら中にミンチを量産してしまうことになるので精神衛生的に大変よろしくない。

そこで、このアイテムの出番というわけだ！

名称：魔術爆弾『ボンバーガール』
使用効果：【パニッシュメント】（使用可能回数1回）
説明：大地に太陽の花が咲いた時、全ての生命は痛みすら感じる間もなく消滅する
【パニッシュメント】とは【魔術士】が覚える最高位魔術で、成功すれば核融合爆発で敵

全体を消滅させることができる魔術だ。

なお、厳密に言えば「核融合爆発そのものを起こす魔術」ではなく「核融合爆発のエネルギーを再現する魔術」であるため、使っても健康被害はないから安心だ。

昨今では「核」という単語が出ただけでも色々と問題が起きる時代だが、古き良きダンジョンRPGだと核反応を使った攻撃というのは珍しくもなかったりする。

というかこれに関してはダンジョンRPGに限った話じゃなく、一昔前は普通のRPGでもわりとそういう設定の攻撃は多かった。

で、何でこんなアイテムを持ってるかというと、まあトレハンしてたら「稀《まれ》によく手に入る」アイテムなんだよ。いらないアイテムほどよく見つかるというか……。

というのも、【パニッシュメント】の効果は「即死」ではなく「消滅」。

つまりこの魔術で敵を倒すとドロップ品どころか経験値すら手に入らない。

だから実質的に「面倒な敵や強敵との戦闘をスキップするための魔術」なわけだが、そういう敵のほとんどは終盤に登場する奴《やつ》らばかりなので、【パニッシュメント】に耐性がある場合がほとんどだ。

【パニッシュメント】ですら使い道がほとんどないのに、同じ効果でしかも消耗品である【魔術爆弾『ボンバーガール』】なんていったいどこで使ったらいいのか分からないし、こんなものを市場に流すのも恐ろしいので、いくつか在庫を抱えてたんだよな。

だが、俺は「全ての生命は痛みすら感じる間もなく消滅する」という説明文に目をつけた。こいつを使えば、中にいる「奇妙な生き物」たちを苦しませずに【牧場】を完全に破壊することができるってわけだ。

そして【ボンバーガール】が引き起こす大爆発は、「大樹」がある場所からでもよく見えることだろう。羽虫どもをここへ誘導することで、「大樹」の警備が手薄になる効果も期待できる。いいことずくめだ。

「『自決用魔術』の効果があるアイテムを破壊工作に使おうなんて考えるのは大将だけだぜ」

「『自決用魔術』?」

「魔術ってのは基本的に視界が届く範囲でしか発動させられないからな。そんな至近距離で【パニッシュメント】なんか発動したら、自分たちまで大爆発に巻き込まれちまう」

どうやらこの世界では【アへ声】をプレイしてた時よりもさらに使い道がない魔術らしい。

ダンジョンの外で自爆テロとかに使おうにも、【パニッシュメント】を使えるくらい高位の魔術士を自爆テロなんかで使い捨てにできるわけもないだろうしな。

じゃあ【ボンバーガール】はどうかというと、こいつは、

『売っても憲兵に目をつけられ、買っても憲兵に目をつけられるようなシロモノ』

で、こんなものを欲しがる人間と関わってもろくなことにならないということで、仮に発見したとしてもそのまま触ることすらせずに宝箱の中に放置する冒険者が大半らしい。

そもそもレアアイテムゆえに発見例が少ないということもあり、「自決用兵器」という先入観も相まって、少なくとも歴史上ではダンジョンの外で使われた例はないとのことだ。

悪用されたことがないのか。なら安心だな！

「よーし、じゃあ起爆すっから皆あつまれー！」

「――ハッ!?　衝撃発言すぎて意識飛んでた!?」

「えっ、ちょっ、待っ、ホゲェェェェ!?　マジでやりやがった！！！」

「死ぬ死ぬ死ぬ死ぬぅ！　だ、【脱出結晶】ォォォォォッ！！！」

「わはははは！　アンタといると退屈しないなぁ、大将！」

「(『退屈』って言葉には『困難にぶつかって尻込みすること』って意味もあるんだけどね)」

俺は探索系のスキルやアイテムを駆使して周囲に俺たち以外の人がいないことを確認すると、【ボンバーガール】の起爆スイッチを押してすぐさま【脱出結晶】を使いダンジョンの外に出たのだった。

《裏》

フェアリーどもの花園は、ダンジョン21階から25階をぶち抜いて存在している。

この広大な花園の全域には大規模な魔術が張り巡らされており、それによって花園に咲き乱れる全ての花に生命力を供給して美しさを保っていた。

また、フェアリー自身もその大規模魔術の恩恵を受けているため、花園にいる限り半永久的に美しさと幼さを保っていられる。花園はフェアリーどもにとってまさしく「ネバー・ランド」なのだ。

そして、張り巡らされた魔術の要であり、文字通り花園の心臓として機能するもの。

それこそが、フェアリーどもが「世界樹」と呼んでいる存在であり、【アヘ声】プレイヤーからは「大樹（※世界樹なんて名前は格好よすぎて羽虫どもにはもったいないし、ただのデカい木でいいんじゃね？　的な理由）」とか「桜（※ほっとくと害虫が湧く木の代表格）」とか呼ばれていた存在である。

『……ふぅ。また野生の豚が花園を荒らしているようですね』

その「世界樹」の頂上に腰掛け、玉座代わりにしているものがいた。

通常のフェアリーよりも一回りほど大きな身体に、さらなる美貌の持ち主。

花園の支配者、【フェアリークイーン】と呼ばれるモンスターである。

その身に宿す力は他のフェアリーとは隔絶しており、使役する【マジックゴーレム】も近衛《このえ》兵として恥じない働きを見せる特別製だ。

自分以外のほぼ全てを見下すフェアリーが唯一畏敬の念を向ける存在であることからも、その圧倒的な実力の片鱗《へんりん》がうかがえるだろう。

そんな【クイーン】であるが、現在は物憂げな表情で溜《た》め息《いき》をついていた。花園に張り巡らされている大規模魔術に、先ほどから同族の生命力が流れ込んできているからだ。

『生命力の量からして、相当数の同胞が殺されているようですね。冒険者を自称する豚の仕業なのでしょうが……今回やってきたのはかなりの愚か者であるようですね』

というのも、この世界においては「フェアリーとの敵対は可能な限り避けるべきである」とされているはずなのだ。

他ならぬ【クイーン】が優れた頭脳から導き出した策によってそうなるように仕向けたのだから間違いない。

事実、下層に到達できるほどの実力者が存在しているにもかかわらず、下層よりも浅い階層にある花園は健在だ。単純な実力では突破できないようになっているのだ。

まず、大量の【マジックゴーレム】とフェアリーの群れが厄介だ。

こいつらを突破するためには範囲攻撃がほぼ必須である。最高位の冒険者であればゴーレムの装甲やフェアリーの回避率をものともせずに武器の一振りで倒せてしまうかもしれないが、彼らとて大量のモンスターに囲まれれば圧殺されてしまう。

1匹ずつちまちまと倒している暇はないので、結局は範囲攻撃が必要なのだ。

だが、この世界においてノーコストで範囲攻撃を撃てる手段はほぼ存在しない。

この世界で範囲攻撃といえば、ＨＰを消費する【剣士】のスキルか、ＭＰを消費する魔術のほぼ二択である。

前者はそもそも連発するようなものではないし、後者は大量のゴーレムとフェアリーを相手取ればすぐにＭＰが枯渇してしまう。

少なくともたったの６人で花園を攻め落とすことは事実上不可能といっていい。

となれば、たくさんの冒険者パーティが合同で攻めるしかないのだが……それも【クイーン】によって対策されてしまっていた。

量産型のゴーレムをあえてゴミのような素材で創造してゴーレムを倒しても【ゴミクズ】しか得られないようにし、ゴーレムが破壊されたら逃亡するようフェアリーに徹底させることで、「フェアリーと戦っても旨味《うまみ》がない」と冒険者に刷り込みを行ったのだ。

これによって、一部の【正道】の冒険者やギルドが花園の攻略を呼びかけても、ほとんど人が集まらないような状況を作り出すことに成功している。

冒険者の大半は自分の生活を最優先にする【中道】の人間なので、フェアリーに喧嘩《けんか》を売っても割に合わないと考えるからだ。

最高位の冒険者に関してはすでに刷り込みが完了しているので問題ない。

彼らとて最初から強かったわけではないので、中層を攻略中に骨折り損をさせられた記憶が花園攻略への参加を躊躇わせる。

唯一、最高位の冒険者たちの中で参加する者がいるとすれば、「最も勇者に近き者」として【英雄】の異名を与えられた冒険者だが……彼は下層の攻略にかかりきりである。

結局、花園を脅かすような輩《やから》はついぞ現れなかったのだ。

――そう、今日までは。

『――！？！？！？』

突然、花園に「小さな太陽が墜《お》ちてきた」。

そうとしか思えないような膨大な光が【クイーン】の目を焼いた次の瞬間、花園全体を揺るがすような衝撃が襲いかかり、【クイーン】は「世界樹」から転がり落ちてしまった。

『クソ、なにが起きた!? おい、誰か状況を報告しろ！！！』

『へ、陛下……！　ぼ、【牧場】が……周囲の地形ごと跡形もなく消滅しました……！！』

『消滅!? ふざけたことを抜かしてんじゃねぇ！　さっさと調査に向かわせろ！！！』

なるほど、確かにこの判断の早さはさすが花園を長年支配してきただけはあると言っていいだろう。しかし、結果的にそれは悪手であった。

『陛下！　魔術研究所が炎上しています！』

『陛下！　ゴーレム近衛兵が【混乱】状態になって同士討ちしながら暴れています！』

『陛下！　【キラービー】どもに動きが――』

『陛下！』『陛下！』『陛下！』

『あああああァァァァァ！！！』

【クイーン】がこれまで実行してきた策は、いってみれば「そもそも敵に攻められないこと」に特化していた。

そのため、攻撃を受けるということに対して圧倒的に経験が不足しており、いざ敵に攻め入られると全くと言っていいほど対応できなかったのである。

無論、【クイーン】が今まで実行してきた策は決して間違ってはいなかったし、今までも、そしてこれからもしっかりと機能するはずの策だったのだ。

「ハハハハハハ！　フェアリーどもがまるで殺虫剤を被《かぶ》った虫のようだ！」

彼女の敗因はたった一つ。それは、「最初から無理ゲーだった」ことである。

そりゃあそうだろう。フェアリーのドロップ品が美味《おい》しいことを最初から知っていて、かつ【爆風の杖《つえ》】というノーコストで撃てる範囲攻撃を大量に用意できるような「ブッちぎりでイカれた奴」の存在を予見するなど、そんなことは【クイーン】でなくても不可能である。

『なんなんだよ……なんなんだよテメェはよォォォォォ！！！』

拘束攻撃を警戒して全身キメラみてーな装甲で固めた【狂人】が遠くからどんどん近づいてくるのを見て、【クイーン】は思わず絶叫した。

まあ、おかしな格好をした奴《やつ》が背中に蝶《ちょう》みたいな羽を生やして飛び回りながら空中で変なステップを踏んでるのを見たら、誰だって「なんなんだよテメェは」と言いたくもなる。

『ゴアァァァァ！？！？！？』

そんな【狂人】がゆっくりと近づいてきたものだから、【クイーン】の視線がそいつに釘《くぎ》付けになるのも無理はなかった。

死角からの不意打ちによって25発もの爆風をまともに食らってしまい、【クイーン】は「世界樹」の幹に叩《たた》きつけられた。

『カ、ハ……ッ!?』

背中を強打したことで呼吸ができず、また、至近距離で何度も爆風を浴びたことで一瞬だけ意識が飛んでしまった【クイーン】。

『クソが……こんな奴らに……この……【クイーン】が……！！』

彼女が最後に見た光景。それは、６人の変態どもが大量の【火炎ビン】をこちらに向けて投擲《とうてき》する姿であった……。

第10章

《表》

「ところで、HPが0になると完全に身を守るものがなくなって重症を負うようになるし、重症を負った後でHPを回復してもスリップダメージですぐにHPが0に戻ってしまうって話はすでにしたよな」「やー、説明しなくていいぜ。何をするつもりなのか分かったから」

アーロンは「何でか分からねぇが頭頂部が痛くなってきたぜ」とぼやきながら、店に戻って花園に連れてきたゴーレム軍団を率いて安全確保のための見回りに行ってしまった。

なので、3人組にこれから行うことの説明をしておくことにする。

「実は、【背信の騎士】を殴るついでに検証した結果、モンスターがアイテムをドロップするタイミングはHPが0になった瞬間ってことが分かってな」

「そうかい。じゃあごゆっくり」

3人組は「『大樹』が燃えた跡から他に燃え移らないよう、念入りに火の始末してくる」と言い残して去っていってしまった。

「なんだ、つれない奴らだなあ……」

「それで？　こいつをどう料理するの？」

心なしかワクワクした様子で尋ねてくるルカ。

うむ、俺に付き合ってくれるのは君だけだよ。

「こうすんのさ！」

俺は白目を剝《む》いてビクンビクンと痙攣《けいれん》する「小さなお婆さん」の顔に【蘇生薬《そせい》】をかけると、ＨＰ１の状態で復活させた。

まあ炎属性と【延焼】に耐性がないモンスターが、一気に25発の【爆風の杖】と25＋1発もの【火炎ビン】を立て続けに食らったんだ。ほとんど消し炭みたいなもんである。

そんなもの、さすがに俺だって無耐性では食らいたくないな。

『アへェ』

「お婆さん」は一瞬だけすんごい顔芸を晒《さら》すと、すぐにＨＰが０になって再び動かなくなった。

うわきっつ。プレイヤーたちから【精神的ブラクラ】とまで言われた伝説の顔芸をリアルで見るはめになるとは思わなかった。倒した後まで精神にダメージを食らわせてくるとは、まったく嫌な種族だったぜ。

……うん、まあ、この体長30ｃｍくらいのお婆さんが【フェアリークイーン】の成れの果てだ。羽は【火炎ビン】によって燃え尽きてしまったので、大きさ以外に【クイーン】

だった頃の面影は全くない。

フェアリーというのは魔術で若さと美しさを保っていた種族だ。その魔術の要である「大樹」を燃やしてやったので、羽虫どもは「本来の姿」に戻っている。

で、花園の女王として長い年月を生きてきた【クイーン】が本来の姿に戻ったらどうなるかは……まあ、見ての通りだな。

今はまだわずかに残っていた生命力でなんとか急激な老化による死を免れているようだが、もって数分の命ってところか。その前に固有ドロップ品を落としてもらいたいもんだ。

なお、「大樹」が健在の場合、【クイーン】は鬼のように強い。

【アヘ声】で正面から戦うことを選択した場合、

『MP無限からの厄介な魔術連発』

『毎ターン自動でHP超回復』

『異様に高い回避率のせいで対策なしだと実質単体攻撃無効』

とかいうチートスペックで襲いかかってきた。

といっても、それは【アヘ声】での話。

ゲームだと「大樹」がただの背景でしかなく、こちらから何の干渉もできなかったが、ここは現実世界だからな。不意打ち食らわせて本来のスペックを発揮させないまま【クイーン】も「大樹」もまとめて燃やしちまえばそれで終わりだ。

そのための策は何重にも練った。

こっちは【クイーン】の能力も性格も弱点すらも熟知してるんだ、搦《から》め手《て》には事欠かない。

破壊工作で判断力を奪い、散々煽《あお》りまくって俺に意識を向けさせたうえで、アーロンたち伏兵に【気絶】（※1ターン行動不能）の状態異常を付与してもらってから致死量の【火炎ビン】を叩き込んでやった。

いくら【クイーン】の回避率が高かろうが【気絶】中は回避行動を取れないので【火炎ビン】が当たるようになるし、さらに「大樹」の方に上手《うま》く吹き飛ばすことで【延焼】によって「大樹」もまとめて処理してやったぜ。

ちなみに、【アヘ声】だと「大樹」を破壊できないのにどうやって【クイーン】を倒したのかというと……基本的には【先輩】が命と引き換えに倒すんだよな。

【先輩】は駆け出し冒険者である主人公に様々なアドバイスを送ってくれるキャラで、攻略可能なサブヒロインでもある。大勢のプレイヤーたちから【俺の嫁ならぬ俺の先輩】とか【先輩最高です】とか【我らが師匠】とか言われて愛されていたキャラだった。

が、彼女は主人公が中層に到達すると同時にギルドからいなくなり、フェアリー関連のサブイベントを全て無視して下層に到達するとそのまま行方不明になってしまう。

そして【先輩】の失踪を聞いたプレイヤーが彼女の足跡を辿《たど》って中層に赴き、フェアリー関連のイベントを始めると——

『あぁ、あの愚かな豚ですか？　あのクソ豚は「世界樹」に傷をつけてくれやがりましたからね。【牧場】で「胎」を使い潰した後は生きたまま全ての臓器を引きずり出してゴーレムの電池にしてあげました』

『ふふ、分かりませんか？――さきほど、あなたが破壊したゴーレムのことですよ』

『うふふっ！　面白いわぁ！　あなたたちは本当に愚かな生き物なのですね！』


……道中で倒してきたゴーレムの中に【先輩】の成れの果てが交じっており、気づかないうちにプレイヤー自身の手で介錯《かいしゃく》してしまっていたことが判明する。

しかもイベント中に戦うゴーレムは【ゴミクズ】を確定ドロップするうえ、【ゴミクズ】は99個まで持ち運べてしまう。つまり【先輩】の「遺品」が他のゴミクズの中に交じってしまうとかいう、システム上の罠《わな》まで仕掛けられてたんだよ……。

怒りのあまり下層到達後のステータスで最大火力を叩き込んで【クイーン】をボコボコにするも、それで【先輩】が生き返るわけでもなく。

当然ながらその時点でサブヒロインの攻略は失敗なので、【先輩】狙いのプレイヤーたちは最初からプレイし直すなり、分けていたセーブデータからやり直すなりするんだが。

『ここまでたどり着いたことは素直に称賛しましょう。ですが――身のほどを弁《わきま》えろ、下郎』

そうやって【先輩】が行方不明になる前にサブイベントをこなしていったプレイヤーたちの前に立ち塞がるのが、前述のチートBBAなんだよな。

こいつに中層到達時点のステータスで挑まなければならないうえ、最初に戦った時は「大樹」につけられた傷のお陰で【クイーン】が弱体化しており、【先輩】が死してなお主人公を助けてくれたから倒せたのだという事実が判明して二重の意味で泣くはめになる。

で、この戦闘に敗北するとゲームオーバーにはならず、【先輩】が助けに来てくれるんだが……彼女は【クイーン】に仲間を殺された過去や、主人公の雰囲気が殺された仲間に似ていたことを語り、最後に主人公へ、

『あなたと話していると、あの頃に戻れたようで楽しかった』

『最期にあなたと出会えてよかった。あなたは生きて』

と心からの笑顔でお礼を言い、主人公に背を向けると同時に一筋の涙を流して、制止する声を振り切って【クイーン】へ向かって走り出し——

『うぐぉ』

「あ、やっべ」

気がつくと俺は靴底を【クイーン】の顔面にめり込ませていた。

うん、まあ、これはゲームの話であってこの【クイーン】には関係ない話だし。いくら相手がモンスターといえど、やりすぎはよくないよな。不必要に痛めつけるのはやめておこう。

「…………あ、ドロップした」

そんなことをつらつらと考えていると、いつの間にか用事が済んでいた。

いかん……こいつが俺の「推しキャラ」の死因だと思うと、どうにも加減ができないな。

「じゃあ、約束通りあとはルカの好きにしてくれ」

「ふふっ、ありがとう」

ルカは【拡張魔術鞄《かばん》】からドデカい植木鉢を取り出した。中にはノーム畑から持ってきた土が入っており、ルカはそこに【クイーン】をズブズブと沈めていく。

『……う、うああ……』

「なんだ、まだ生きてたんだ。それにしても、君たちの魔術は興味深いね？」

『き、きさま……なにをするつもりだ……』

「どうして羽虫どもは冒険者の事情に詳しいんだろうと以前から思ってたけど、まさか冒険者の脳から直接知識を取り出してたとはね。『色々と参考になった』よ」

『ま、まさか……やめ……たすけ……』

「君の存在、その全てを、余すところなくボクが有効活用してあげるね」

最期に蚊が鳴くような声で叫ぶと、【クイーン】は養分となってこの世から消え去った。

うーん、「この身体《からだ》になってから発生するようになった食費がある程度浮く」とか「パワーアップに繋《つな》がる」とかルカが言うから、モンスター限定で養分にするのを許可したが……生きながらにして肥料にするのはやっぱりえげつねえなあ。

とりあえずアーロンの前でやるのは禁止しておこう。ルカがノームだとバレて、ノームに殺されかけた時のトラウマがフラッシュバックしてしまうかもしれないし。

まあそれはともかく。アイテムコンプのために固有ドロップするまで【クイーン】を蘇生し続けたわけだが……消費した【蘇生薬】は26個か。

まあこんなもんかね。今回のダンジョン攻略も成功と言っていいだろう。

「ようやく終わったみてぇだな」

「こっちに関しては問題なしだ。きちんと火の始末をしてきたぞ」

「摘んだ花が萎《しお》れたのは残念だったけどね……押し花にしようと思ったのに」

と、ちょうどカルロスたちが帰って来たな。てかチャーリー、その花は人間を含む他の生き物の生命力を吸って咲いた花だぞ。捨てちまえよそんなの。

「やー、こっちも異常なしだぜ。ただ、そろそろ地面にブチまけてきた【匂い袋】の効果が切れて【キラービー】がこっちに雪崩《なだ》れ込んでくる頃合いだ。早いとこ撤収しようぜ」

続いて、ゴーレム軍団をぞろぞろと引き連れたアーロンも帰ってくる。

ずいぶんとタイミングがいいが、君たち【クイーン】が死んだ頃合いを見計らって帰ってきてない？？？

「まあいいや。それじゃあ、俺たちの店に凱旋《がいせん》といこうか」

「だな。やー、今回もお疲れさんだぜ」

俺たちは【キラービー】の群れが羽虫どもの残党（※若い個体は急激な老化による死を免れたらしい）を巣に連れ去っていくのを尻目に、【脱出結晶】を使ってダンジョンから帰還したのだった。

《裏》

その冒険者パーティは、正義感に溢《あふ》れる3人の少年たち――【戦士】の少年、【魔術士】の少年、【狩人《かりゆうど》】の少女で構成されていた。

ただ、【戦士】の少年は何を思ったのか現在はクラスチェンジして【騎士】の少年になっている。理由を聞いても彼は言葉を濁すだけだが、パーティメンバーの2人は薄々その理由を察していた。

そんな彼らであるが、【ダークフロア】で死にかけたところを奇妙なゴーレムに助けられた後、なんだかんだで順調に攻略を進めて中層にまで到達していた。

そしてつい先日、【フェアリークイーン】討伐を呼びかけていた【正道】の冒険者たちに賛同し、自ら偵察を買って出た彼らであったのだが……その矢先に【クイーン】が討伐されたとの知らせを受け、肩透かしを食らったのは記憶に新しい。

「ここが21階……なのか？」

「うーん……ここには綺麗《きれい》な花園があったらしいけど……見事に変わり果ててるわね……」

気を取り直してダンジョン攻略に戻った彼らが21階層で見たものは、幻想的で美しい花園……などではなかった。

色とりどりの花は全て枯れ、小鳥たちの囀《さえず》りではなく【キラービー】の羽音がどこからか聞こえてくるようになっている。

遠くの方に見えていた空色の湖は泥で黒ずみ、水を塞《せ》き止めていたものがなくなったのか水嵩《みずかさ》が減っており、今のところマップ上の通行可能な場所には大きな変化こそないものの、流れ出た水によって花園はちょっとした沼地へと変化しつつあった。

「……いや。『変わり果ててる』という表現は正しくないな。『元に戻りつつある』というのが正解だろう」

「えっ、そうなのか？」

【魔術士】の少年の言葉に、【騎士】の少年が驚きの声をあげる。

彼が言うには、「かつて21～25階は【キラービー】が飛び交う沼地であった」という記述が、ギルドに保管されている文献にはあるらしかった。

「ここの環境を無理やり作り替えていた【フェアリークイーン】が討伐されたことで、本来の環境に戻りつつあるのだろうな」

「湖が沼に変わるほどの毒を流してフェアリーを絶滅させたんじゃないか、とか。放火して花園ごと【クイーン】を焼き払ったんだろう、とか言われてるけど……」

「その程度でモンスターが絶滅するなら勇者も苦労しなかっただろうよ――と、言いたいところだが。そう言いたくなる気持ちは分かる」

そりゃあそうだろう。美しい花園が荒れ果てた沼地に早変わりしたら、普通は環境破壊や環境汚染によるものではないかと疑う。人間とは、それがどれほど人為的なものであろうと、美しい自然こそを「本来あるべき姿だ」と思いたがる生き物なのだ。

「……どうした、リーダー？」

「えっ、なにが？」

「僕には、お前が何かに安堵《あんど》しているように見えたが」

「仕方ないわよ。リーダーってば『あの人』のファンだもの。『あの人』が非人道的な手段で花園を制圧したんじゃないって分かって安心したんでしょ」

「……そんなんじゃ、ないさ」

【騎士】の少年は難しい顔をした。少年が「あの人」――【狂人】に対して抱えている感情は複雑なもので、単純な「憧れ」などでは決してなかった。

実際、「【狂人】がモンスターを殲滅《せんめつ》するために環境を破壊した」という噂《うわさ》を聞いても、「あの人なら必要となればそのくらいはするだろう」と疑いもしなかったのだから。

「まぁ、かの御仁《ごじん》は賛否両論だからな」

【魔術士】の少年が言うように、今の【狂人】は他の冒険者からは賛否両論だ。

【正道】の冒険者たちからは、「モンスターに対して容赦のない姿勢は評価できる。奴《やつ》らなど滅ぼしてしまえばよいのだ」と肯定的な意見もあれば、「笑いながら虐殺を繰り返す危険人物だ」と否定的な意見もあり。

【中道】の冒険者たちからは、「放っておけば勝手に利益と安全をもたらしてくれる」と肯定的な意見もあれば、「必要だと思ったら何でもやりそうな人間はやっぱり恐ろしい」と否定的な意見もあり。

【外道】の冒険者たちからは、「いけ好かない【正道】の偽善者にできなかったことを【外道】の人間がやってのけ、奴らの鼻を明かした」と肯定的な意見もあれば、「何度も『商売』の邪魔をされて不愉快だ」と否定的な意見もある。

「かの御仁には、『【英雄】殿』のように全ての冒険者の規範となれるような華々しさはないが……彼らですら成せなかった偉業を、たったの6人で成し遂げた」

「かといって真似《まね》したいとは思わないし、真似できるとも思えないのよね」

ただ、【狂人】に対して肯定的な意見を持つ者も、否定的な意見を持つ者も、結局のところ「関わりたくない」という部分だけは意見が一致しているのだった。

「なんて言うのかな……上手《うま》く言えねーけど、俺たちが『目指すべき姿』は【英雄】なんだろうけど。俺たちが『成したかったこと』を成してるのはあの人なんじゃないか、って思ってさ。いや、あの人のやり方はかなりアレだけど……」

事実として、【狂人】の行動によって結果的に助かった人間はかなりの数になる。

上層でゴーレム軍団が助けた新米冒険者の人数に加え、本来であればフェアリーや【背信の騎士】の手によって死ぬはずだった人間の数を含めるのであれば、【英雄】と称される最上位の冒険者たちが今まで助けてきた人数を超えるかもしれなかった。

「……ふん。お前がそう決めたなら、僕に文句はない。だが、そんな大口を叩《たた》くには僕らでは力不足だということを忘れるなよ」

「ぐっ……わ、分かってるよ……」

「まぁまぁ、いいじゃない！　私たちは私たちらしく、私たちのペースでいきましょ？」

そんなことを話しながら少年たちは今日も今日とてレベリングを行い、その日の目標を達成してギルドへと帰還したのだが。

「……ん？」

「(うっ!?)」

噂をすれば影がさす、とはよくいったもので、少年たちは【狂人】とバッタリ出くわしてしまった。しかも運が悪いことに、【狂人】とバッチリ目が合ってしまう。

少年たちは慌てて会釈してから目を逸《そ》らし、小走りで男の横を通りすぎようとして――

「…………【先輩】?」

「えっ?」


ぽつり、と。そんな【狂人】の呟《つぶや》きを聞き、思わず立ち止まってしまった。

「わ、私?」

「……君、名前は?」

「あ、アリシア……です、けど……」

【狂人】の視線を真正面から受け、【狩人】の少女が狼狽《うろた》える。

そのため、頭がうまく回らず名前を聞かれて反射的に名乗ってしまった。

「……そうか、君が……」

そして少女の名前を聞いた途端、なぜか【狂人】は嬉《うれ》しそうに笑った。

その真意は全く分からない。そのせいでどこか不気味さすら感じてしまい、少女は無意識のうちに後ずさった。

「――あ、いや、すまない。急に名前を聞いてしまって。君は、ええと、なんていうか……そう、君は『俺の恩人』に『似てた』んだ」

そんな少女の様子を見て、「しまった、これではただの不審者じゃないか」とでも思ったのか、【狂人】は何度も頭を下げて早足で去っていく。

しかし、ギルドの入口で合流した黒髪の少女に何かを語る姿は、それはもう嬉しそうな様子であった。

「な、なんだったんだ今の……？」

「ど、どうしよう……名前を覚えられちゃった……」

【騎士】の少年の声で我に返ったのか、【狩人】の少女が顔を真っ青にして震えだす。

今の彼女の心境は、例えるなら「札付きの不良の先輩に目をつけられて名前と所属クラスを覚えられてしまった下級生」といったところだろうか。

今後の冒険者ライフはお先真っ暗である。

「いや、案ずるな。おそらく、そう悪いことにはならんだろうよ」

そんな彼女に半ば確信めいた言葉をかけたのは、【魔術士】の少年だった。

「……どういうこと？」

「最初、かの御仁はお前のことを『先輩』と呼んだだろう？　これはどう考えてもお前と誰かを見間違えた時の反応だ」

「まぁ確かにそんな感じだったような……」

「かの御仁は冒険者なのだから、『先輩』というのは『冒険者の先輩』と考えるのが自然だ。さらに、かの御仁はお前の名前を最初から知っていたかのような反応だった。恐らく、その『先輩』からお前のことを聞いたことがあるのだろう」

「……えっと、それってつまり……？」

「『お前と容姿が瓜二《うりふた》つで』『冒険者で』『お前のことをよく知っている』。そんな人物に、僕たちは心当たりがあるはずだ」

【魔術士】の少年の推理に、2人はハッと息を呑《の》んだ。そう、彼らにはそんな人物に本当に心当たりがあったのだ。

「……嘘《うそ》だろ!?　そんな、まさか……!?」

「あの人、死んだ姉さんの知り合いなの……!?」

もちろん不正解である。

が、これに関して【魔術士】の少年は悪くない。全ては【狂人】が原因である。

この男、急に【アへ声】の推しキャラである【先輩（過去のすがた）】に出会ったことで挙動不審になったのだ。

しかもこの男、周回プレイ前提の討伐難易度である【フェアリークイーン】を、なんとか1周目で倒して【先輩】を救おうと躍起になって【アへ声】をプレイしていたクチであり、適正レベルを大きく下回っていたせいで何度も【先輩】の死亡シーンを見ている。

そういう事情もあって、【先輩】が仲間と一緒に元気にやっているとかいう多くの【アへ声】プレイヤーたちが夢見た光景を目の当たりにした瞬間、思わず色んな感情が噴出して不審者ムーブをかましてしまったのだ。

つまり【狂人】の言う【先輩】とは、【狩人《かりゆうど》】の少女そのものを指す言葉なのだが……。

何の因果か、「少女の姉（故人）」とかいう「それっぽい人物」が本当に存在してしまっていたのだから、始末に負えない。

「覚えているか？　子供の頃、アリシアが流行《はや》り病《やまい》に罹《かか》ってしまったことがあっただろう」

「あぁ、あったなそんなの。たしか、薬がすっげぇ高額で、『薬を買うと家族の負担になるから』なんて言い出して、俺たちに『病気になったこと家族に言わないで』とかって口止めしたあげく体調を悪化させたんだったよな」

「ちょっ、なによいきなり!?」

「いいから黙って聞け。その時、あの人に何と言われて怒られたか覚えているか？」

「……覚えてるわよ。『お金を惜しむな、命を惜しめ』って――」

しかも、その「姉」は少女の人格形成に多大な影響を与えた人物であった。「姉」の教えは、少女の胸にしっかりと刻み込まれている。

それこそ、もしも少女が数年後もダンジョンに潜り続けてベテラン冒険者となった暁には、自分のことを【先輩】と慕ってくるような後輩には「姉」の教えを広めようと思っているくらいには。
＊アイテムの購入費をケチってはいけません＊
＊お金を惜しむな、命を惜しめ、です＊

「――あっ」


ダンジョンで遭遇した奇妙なゴーレムを思い出し、少女が思わず声をあげる。

「そんな……じゃあ、本当に……？」

「断定は出来ん。だが、もしかの御仁があの人の教えを受けたことがあるとすれば、色々と腑《ふ》に落ちる点が多いのも事実だ。あの人は……自己犠牲が過ぎる人だったからな……」

こうして、【狂人】と少年少女たちのファーストコンタクトは、様々な疑惑を残して終了したのだった……。

第11章

《表》

『お兄ちゃんへ

そろそろブタさんが美味《おい》しい季節になりますが、いかがお過ごしでしょうか。

私の近況ですが、前回と変わりありません。『自分探し』というものはかくも難しく、とても奥深いものなのですね。終わりが見えそうにありません。

ところで、最近になって気づいたことがあります。

なんと、働かないで食べるご飯はとても美味しいのです。このような真理に気づいてしまった私は天才かもしれません。私がこの真理に気づく切っ掛けとなった言葉、『働かないで食べる飯は美味《うま》いか？』をくれたお父さんには色んな意味で感謝しないといけないかもしれませんね。

冗談はさておき、最近お父さんが私を見る目が怪しいです。

具体的には出荷待ちの子ブタさんを見るような目です。このままだと私はどこかの農場に売り飛ばされてしまうかもしれません。

最近、お兄ちゃんは店長さんをしてるんですよね？　ほとぼりが冷めるまでお店で匿《かくま》ってくれたら（※上から訂正インクが塗られているが、裏から透かして見ると「養ってくれたら」と書かれていたのが分かる）嬉しいな、な～んて……。


（追伸）

以前、手紙と一緒に送ってくれたクッキーがとても美味しかったです。次の手紙と一緒に送ってくれると嬉しいです。それではクッキー（※塗り潰した跡）お返事をお待ちしてます。

モニカより』

「ふ、ふふふふふ……。やー、そうかそうか。我が妹はずいぶんとイイ暮らしをしてるみたいだな（クソがよ）」

俺が昼食をとるためにダンジョンから帰還すると、休暇中のアーロンが誰かからの手紙を読んでいた。聞けば、妹さんからの手紙らしい。ニコニコしながら手紙を読んでたし、兄妹仲がいいんだろうな。

「（いや、だいぶ皮肉っぽい口調だったと思うが……。大将からは感情が読み取れないが、もしかして逆に大将も俺の感情を読み取れてなかったりするのか？）」

うんうん、アーロンが休暇を満喫してるようでなによりだ。

「……ふむ、休暇……休暇かぁ。そういえば、ルカには毎日ダンジョン攻略に付き合わせてるけど……ルカも休暇が欲しかったりするのか？」

モンスターは総じて頑丈だし、実際にルカがノームの姿をしていた頃は植木鉢に突っ込んどくだけで全快してたから、疲労とは無縁そうだったが……。


「……『休暇』？　『休暇』ってなに？　次にボクが極めるクラスの名前？？？」

「……すまん。これからはルカにも定休日を作るから……」


こてん、と首を傾《かし》げるルカを見て思わず自責の念に駆られる。

そういえばこの世界にきてからダンジョンに潜らなかった日の方が珍しいんだよな……。

しかもルカと一緒にいるのがいつの間にか当たり前になっていたので、必然的にルカもほぼ毎日ダンジョンに潜っていたことになる。

俺にとってこの世界での生活は毎日が趣味の時間に没頭できる休日みたいなもんだったが、他の人にとってダンジョンに潜るのは趣味ではなく仕事みたいなものなんだよな。

ルカにも休みが必要だとようやく思い至った俺だったが……ルカに定休日を作ると、罠《わな》を解除できる人員がいなくなるからダンジョン探索ができなくなるんだよな……。

「なあ、アーロン。こんなことを頼むのは気が引けるんだが――」

「やー、みなまで言うなって。実は俺も大将と一緒に冒険したいと思ってたところだったんだ。こっちの方こそよろしく頼むぜ（まっ、大将と一緒にいると退屈しないからな）」

なんだよ……アーロンのやつ、聖人君子かよ。

「けど、それだとカルロスたちの負担が増えないか？」

アーロンの休暇を減らさずにダンジョン探索を手伝ってもらうとなると、必然的にアーロンが店で働く時間が減ってしまい、３人の負担が増えるんだよな。

「うーん、まさかここまで繁盛するとは思ってなかったな。維持費だけ回収できれば御の字だったんだが」

「ま、ウチはゴーレム軍団のお陰でダンジョン産アイテムの供給が安定してるからな。ギルドで扱ってる商品といえば、この都市に住んでる職人が作ったアイテムか、冒険者から買い取ったアイテムのどっちかだが……前者はダンジョン産のアイテムに性能で及ばないからあまり需要がなく、逆に後者は仕入れを冒険者に依存してるから常に品薄だ」

「なるほど。俺たちの店は意外と冒険者たちから需要があったんだな」

確かに。ノームを絶滅させた以上、ゴーレムという人件費が掛からない労働力を使えるのはもはやルカを仲間にしてる俺たちだけだしな。

まあゴーレムには他にも亜種がいるが……育成の手間を考えれば、少なくとも俺がボス部屋周回レベリングを広めるまでは類似の店は生まれないだろう。

「じゃあ仕入れ増やすか？」

「それは止《や》めた方がいいな。やりすぎると中立を掲げてるギルドはともかく他から恨まれるぜ。それも多方面からな。欲を出すと失敗するぜ？」

「それもそうか」

うーん、やはりアーロンを仲間にして正解だった。このへんの商売に関する嗅覚というかセンスは【商人】を極めても身に付かないみたいだからな。

「っと、悪い。脱線したな。人手不足の件だが、こうなったら俺も【商人】を極めて店員として――」

「それはマジで止めてくれ」

「えっ？　なんでだ？？？」

「やー、その、アレだよ。ホラ、大将には目玉商品のレアアイテムをトレハンしてもらわないと。それにアンタはダンジョン制覇を目指してるんだろ？　そっちに専念しなって。片手間でできるようなことじゃないぜ？（大将がいたら客が来ないんだよ……）」

くっ、パーティリーダー冥利に尽きることを言ってくれるぜ。

有能な上に優しいとか、アーロンを追放したっていう前パーティのリーダーは何を考えてたんだろうな。

「じゃあ、順当にバイトの募集でもかけてみるか」

「……それなんだけどな。1人だけ（酷使しても心が痛まない奴《やつ》に）心当たりがあるんだよ。ホラ、妹がいるって言っただろ？　アイツ、現在（口だけではあるが）求職中でな。（どうせ金の使い道はろくでもねぇし）社会勉強ってことで給料は安くていいから雇ってやってくれねぇか？」

「えっ？　それはむしろこっちからお願いしたいくらいなんだが……本人に色々と確認取らなくていいのか？」

「やー大丈夫大丈夫。諸々《もろもろ》の説明に関してはこっちでやっとく。やる気に関しては大丈夫だ、（アンタが命令すれば）何だって一生懸命にやるだろうさ。ああ、妹は元冒険者だったから、なんならアイツも冒険に連れて行って（根性叩《たた》き直して）やってくれ。アイツも（命惜しさに）断らないだろう」

「何から何まですまないな」

「なーに、いいってことよ。妹にはさっそく手紙を送っとくから、だいたい数週間後にはこちらにやってくるだろう。それまでは俺の休みを削って店を回そう。妹の面倒を見てもらうんだ、さすがにそれくらいはさせてくれ」

それから昼食をとりながらカルロスたちも交えて店のシフトを調整した後、俺はダンジョン攻略に戻った。

いやまあルカには負担をかけてるとは思うが、もう少しで中層のマップをコンプリートできるから、今日中にやってしまいたいんだよな。

わずかに残るマップの空白を放置するのは気持ちが悪いんだよ。

「やっぱり【浮遊】状態でダンジョンを探索するとストレスフリーだな！」

「あってもなくても一緒じゃないかなぁ……（【妖精の羽】がなかった時も主《あるじ》は平気な顔して【ショックトラップ】を踏み抜いてマップ埋めしてたし）」

「いやいや、機動力が上がっただろ？」

「それはそうだけど……」

【アへ声】ではボタン一つで移動できるし、移動速度も常に一定だが、この世界ではそうはいかない。地面が真っ平らなんてことはあり得ないので、足場が悪かったりすると移動には相応の時間が必要だからな。

パーティ全員に【妖精の羽】が行き渡ったことで、そういう場所もスイスイ移動できるようになったのは大きく、目に見えてダンジョン攻略速度が上がっているように思う。

「よっしゃあ！　30階到達！」

「ようやくかぁ。ボクもうヘトヘト。強行軍はこれっきりにしてほしいよ」

29階までのマップが全て埋まり、俺は【門番】が待ち構えているであろう30階へと足を踏み入れた。

まだ【門番】戦が控えているとはいえ、ここの【門番】である【背約の狩人《かりゆうど》】を倒せるレベルはとっくに超えてるし、装備もアイテムも潤沢。

なんならすでに下層まで到達しているアーロンがパーティにいるので、やろうと思えば無視もできる。実質的にこれで中層はクリアだ。

「さーて、それじゃあ帰るか」

俺は店に帰還して打ち上げでもするかと考えつつ、【鞄《かばん》】から【脱出結晶】を取り出そうとして――ふと、ボス部屋へと続く巨大な扉の前に、誰かが倒れていることに気づいた。

「……!?」

倒れていたのは、「真っ白な女性」だった。

透き通るような白い肌に、純白の長い髪。息が止まりそうになるほどの美貌の持ち主であり、「光の衣」とでも表現できそうな純白の服を身に纏《まと》っている。

髪をお嬢様キャラがよくやってるようなハーフアップにしていることもあり、どこか高貴さを感じる美女だった。

「こいつ……【天使】……!?」

ルカが驚きの声を上げる。

そう、女性の頭には魔法陣のような光輪があり、背には純白の翼が生えていた。

「……う、嘘《うそ》だろ……?」

俺はこの女性を知っている。忘れるはずがない。間違えるはずもない。

この女性は【アヘ声】のメインヒロインの1人、『エル』だ。

メインヒロインの中でも特に重要な位置づけをされており、パッケージの中央を飾って

いたり、オープニング曲である【Fall in love “Angel”】も彼女をモチーフにした歌だった。

彼女は愛を司《つかさど》る天使であり、かつて神から世界を救う使命を与えられて地上に舞い降り、勇者を邪神討伐へと導いたとされている。

そして勇者が邪神を封印した際に一緒に閉じ込められ、長い間ダンジョンを彷徨《さまよ》っていたところを原作主人公に発見される。その出会いこそが、【アへ声】のストーリーの始まりだ。

性格は天真爛漫《てんしんらんまん》で慈愛に満ちた天使らしい性格であり、他者を思いやる心は本物だ。

また、愛を司る天使らしく、愛する人がどのような道を歩もうとも添い遂げようとする健気《けなげ》さを持つ。ルートによって攻略可能なヒロインが違ったり、離脱したりするヒロインがいる中、彼女だけは全てのルートで最期まで主人公と共にある。


……そう、「最期まで」だ。


彼女はほとんどのルートで主人公を庇《かば》って死亡する。

彼女の最期は涙なしには語れず、【アへ声】のスタッフが「皆さんの心に一生残るヒロインにしたかった」とコメントした通りに、エルは【アへ声】プレイヤーの心の傷としてずっと記憶に残り続けるキャラとなっている。

【アへ声】発売からしばらくの間、プレイヤーたちは必死になってエルが生存するルートを探しまくった。何度もエルを死なせてしまって絶望しかけ、しかしプレイヤーは決して希望を失わなかった。

なぜなら複数のルートをクリアしても、まだ回想部屋の「エルとのHシーン」がロックされたままだったからだ。苦難を乗り越えた先には、きっとエルを生存させて彼女と愛しあう未来が待っているはずだとプレイヤーたちは奮闘した。

かくいう俺もその1人だ。

俺は発売直後でまだ攻略サイトが充実してない頃からのプレイヤーで、必死こいてエルを生存させようとした。時にはSNSで他のプレイヤーと情報交換したり、攻略サイトに情報提供したりもした。

「おい、大丈夫か!?」

俺はすぐさまエルに駆け寄り、彼女を助け起こそうと——

「くたばれえええええ！！！　【シールドアサルト】オオオオオ！！！」

「きゃあぁぁぁぁぁぁぁぁぁ！？！？！？」

——するフリをして、今の俺の持てる全てを注ぎ込んだ最大火力を叩き込んでやった。

エルは勢いよくカッ飛んでいき、ボス部屋の扉に激突してべちゃりと地面に落下した。

「えぇぇぇぇぇ……」

ルカがドン引きしたような声を出すが、今はそれどころじゃないんだよ！

「……うふ……うふふふふっ！　あはぁっ！　やっぱりあなた様は『そう』なんですね！　嬉《うれ》しいです！　まさか、この世にあなた様のようなお方がいらっしゃるなんて！」

次の瞬間、パキンという何かが割れたような音がしたかと思うと、光輪からドロリと闇が溢《あふ》れだし、純白だった翼が真っ黒に染まった。

……そう、彼女の本当の名前は『堕天使アザエル』。

エルの生存を求めて【正道ルート】【中道ルート】【外道ルート】の全てのエンディングを制覇したプレイヤーの前に、オープニングテーマをメタルアレンジした戦闘ＢＧＭ【Fallen "love Angel"】を引っ提げて立ちはだかる「真の黒幕」であり、最後のルートである【覇道ルート】のラスボスだったんだよ……。

彼女は神から使命を与えられて地上に降り立つも、勇者と共に冒険するうちにいつしか彼への愛に狂い、神に叛逆《はんぎゃく》して堕天使となった。

そして勇者が討伐した邪神の力を奪って新たな邪神となり、勇者を手中に収めようと襲いかかったものの、勇者が最後の力を振り絞って発動した魔術によってダンジョンに封印されてしまった……というのが、この世界の真実の歴史だ。

つまり、この世界の歴史では「勇者は邪神を討伐できず封印することしかできなかった」とされているが、実際はすでに討伐済みであり、ダンジョンに封印されている邪神というのは実はアザエルのことだった、ってわけだ。

アザエルが原作主人公に付き従うのは、彼が勇者の転生体だからだ。

アザエルは今度こそ勇者を逃さず、彼と添い遂げるため、暗躍を繰り返していた……というのが、【覇道ルート】で明かされるアザエルの真実だ。

「うふふふふ……！　欲しい……！　わたくし、あなた様のことが――」

「【二刀流】時、【シールドアサルト】は2ヒットする！！！　オラッ、2発目を食らええええええ！！！」

「いやあぁぁぁぁぁぁぁぁぁ！？！？！？」

アザエルは再びカッ飛んでいき、今度はボールのように地面を何度もバウンドした後、ゴロゴロと転がっていって壁に激突した。

さっきのパキンという音は2ゲージ目のＨＰが現れた時の効果音だったんだが、たった今それも０になった。

俺の勝ちである。

「えぇぇぇぇぇ……いったいなんだっていうのさ……」

「いや、こいつ第5形態まであるからさ。第3形態からステータスが跳ね上がるけど、今は条件満たしてないから第2形態にまでしかなれないし、不意打ちすれば一撃で倒せるかなって。いやあ、今回は運が良かった」

「主ってときどきよくわからないことを言うよね。いや、よくわからないのはいつものことだけど……」

手早くアザエルをロープでグルグル巻きにしつつ、俺はルカにそう答えた。

いやまあ、こいつの天使然とした性格は嘘じゃないし、本心から他人を慈しむ心の持ち主ではある。こいつ、「真の黒幕」で「全ての元凶」のくせに、なんと全ルートで一度も嘘をついてないんだよ……。

傷ついた人々を見て心を痛めたり、他人の幸せを祈ったり、そういうの全てこいつの本心からの行動なんだよな……。

そんなアザエルが相手だからこそ、モノローグ以外で一言も喋《しゃべ》らなかった主人公が放った「どうしてお前なんだ！　どうして……どうしてこんなことに……」という最初で最後の台詞《せりふ》は、プレイヤーの絶叫と完全にシンクロした。

たしかにこいつは「一生心に（傷として）残るヒロイン」だよクソッタレ……。

アザエルは、悲しみに胸が張り裂けそうになりながらも真実の歴史を探る人間を闇に葬り、涙を流して心からの謝罪を繰り返しながら冒険者を殺してきた。

どうしてそんな矛盾の塊のようなことをしてきたのかというと、こいつは恋愛観がどうしようもなく人外のそれで、致命的に人間とは相容《あいい》れないんだよな……。

アザエルによれば、この世界の人間は絶望するほどの悲惨な経験をすると魂にまで大きなダメージが入るらしい。

そのダメージは転生する際に修復されるものの、あまりにも大きなダメージを受けた場合は小さな傷が残ってしまうようだ。

なにが言いたいかというと、アザエルは「好きな人の魂に自分の存在を刻みつけたい」、とかいう特殊性癖の持ち主ってことなんだよ。

で、天使は神に近しい高位の存在で、本来は肉体を持たず精神だけの存在だ。そのため、殺しても精神体に戻るだけで完全に滅ぼすことはできない。

アザエルはそれを利用して、今まで何度も何度も勇者の転生体と接触して絆《きずな》を結んでは、目の前で悲劇的な最期を遂げてみせたらしい。

ダンジョンはそのための舞台だったってわけだ。

「行くぞルカ！　こいつがＨＰ０で無抵抗なうちに早く何とかしねえと！」

「行くって、どこに？」

そのため、俺もアザエルを殺すことはできない。

アザエルは精神体の状態では自らこの世界に干渉することができず、新しい肉体を用意して憑依《ひょうい》することでようやく自力で世界に干渉できるようになる代わりに、レベルやステータスといった法則に縛られる。

逆に言えば、精神体の状態だとこちらからも一切の干渉ができずに逃げられてしまうので、こいつを封じるために肉体の檻《おり》に閉じ込めておく必要があるということだ。

「奴隷市場だ！　【隷属の首輪】でこいつを行動不能にする！」

俺はアザエルを担いで【脱出結晶】を叩《たた》き割ると、事情を聞こうとするギルドの受付の女性には「アザエルはダンジョンで取得したもの」としてゴリ押しし、奴隷市場へと急行してルカを購入した商人のところへと押しかけた。

「すみません！　お願いがあるんですが！」

「ヒッ……!?　な、なんでございましょう……？」

「捕らえたモンスターを奴隷化したいので、【隷属の首輪】の処置をお願いします！」

「え……いや……モンスター……？」

「モンスターです」

「い、いえ、でも、どう見ても――」

「モンスターです。ハーピーの亜種です。いいから早く！　間に合わなかったらどうするんですか!?」

「ひいいぃぃぃ!?　わ、分かりましたぁ！！」

「金に糸目はつけません！　とにかく効力が高いものを！　この店にある一番効力が高いものをお願いします！　こいつの行動をガッチガチに縛れるような、それこそ呪いレベルのやつで頼みますよ！」

奴隷商人に叩きつけるようにして代金を払い、この店で最も効力が高い【隷属の首輪】をアザエルにはめてもらったことで、俺はようやく一息つくことができた。

「だ、代金を確認しました……当店をご利用いただき、まことにありがとうございます……」

「急に押しかけたうえに無理を言ってしまい、申し訳ございませんでした。それでは、私はこれで失礼いたしますね」

「（くそ、彼のことを『仲間を得て丸くなってしまった』などと勘違いしていた過去の私を殴ってやりたい！　丸くなっただと？　とんでもない！　彼は復讐《ふくしゅうしゃ》者のままだ！　それどころか、さらに苛烈さを増している……！）」

こうして、俺はダンジョン中層を突破しないうちに、一足飛びに「裏ボス」を封じ込めることに成功したのだった……。

《裏》

実のところ、【狂人】とアザエルは「お互いがお互いのことを一方的に知っている」という奇妙な関係であった。

【狂人】が前世の知識でアザエルのことを知っていたのは言うまでもないが、アザエルもまた【狂人】のことを一方的に知っていたのだ。

アザエルが【狂人】の存在を認識した切っ掛けは、ある日を境にダンジョン上層のモンスターが激減したことだった。

ダンジョン内で生物が死ぬと、その死骸は魔素となってダンジョンに吸収され、いつの日かアザエルがその身体《からだ》を封印から解き放つために蓄えられている。

また、ダンジョンは、いずれやってくるであろう勇者の転生体を「もてなす」舞台である。

つまり、モンスターは魔素を得るための手段であるとともに、悲劇を演出して勇者の魂にアザエルの存在を刻みつけるための舞台装置でもあるのだ。

『あ、あの黒髪の冒険者はいったい……!?　い、いえ、それよりも、このままでは上層のモンスターが全滅してしまいます！』

なので、アザエルが目標を達成するより先にモンスターが全滅してしまったら困るのだ。

家畜を屠殺《とさつ》して肉を売れば一時的に懐が潤うが、乳や卵がとれなくなるので長期的に見ると損になってしまうのと同じ理屈である。

というか、魔素とか関係なく、舞台装置を破壊されるというのは普通に痛手であった。

『とにかく、モンスターの精神に干渉し、群れで行動させて冒険者が迂闊《うかつ》に手を出せないよう——ああっ!?　なぜこの冒険者は嬉々《きき》としてモンスターの群れに突撃するのです!?』

『誰も探索しないような場所にモンスターを退避させて——ああっ!?　なぜこの冒険者はダンジョンを虱潰《しらみつぶ》しに探索しているのです!?』

『とにかく逃げるのです！　巣穴に引きこもって冒険者をやりすごして——ああっ!?　なぜこの冒険者はモンスターの巣穴の場所を知っているのです!?』

なんとかして上層にいるモンスターの絶滅を避けようと奮闘するアザエルであったが、この世界においては常識外れな【狂人】の行動によってそのことごとくがうまくいかず。

最終的にアザエルはこの問題をかなりの力技で解決せざるを得なくなり、【狂人】がモンスターを殺して回ったことで増えた魔素を全て吐き出すはめになった。

アザエルが得たものは何もなく、ただ疲れだけが残った。

『よ、ようやく中層に向かうのですね……。中層の妖精族モンスターは長年上手《うま》いこと立ち回ってきた実績がありますし、これで少しは落ち着いて――ああっ!?　【門番】が!?』

が、一息つけると思ったのも束の間《つかのま》。【狂人】が高笑いしながら【背信の騎士】をボコボコにし始めたのを見て、アザエルは再び悲鳴をあげた。

魔素から生み出された【門番】の肉体は特殊で、通常のモンスターと違って死骸が魔素にならない。石油から作られたプラスチックを再度石油に戻せないのと同じ理屈である。

そのため、【門番】を倒されるとアザエルは赤字確定であった。

無論、アザエルが長年蓄えてきた魔素の総量は膨大である。

本来なら少しくらい【門番】を倒されたくらいで大きくリソースが削られるはずはなかったのだが……こんな短期間で何度も【門番】を倒しまくるようなブッちぎりでイカれた奴《やつ》が現れるなど、さすがに想定の範囲外である。

封印の解除が遠のいてしまったうえ、何度も殺されたことで【背信の騎士】が精神崩壊して使いものにならなくなるとかいう惨状には、アザエルも頭を抱えるしかなかった。

なお、ここまでアザエルを困らせた当の本人はというと、その自覚が一切ない。

【狂人】は「ゲームと違ってこの世界ではモンスターが無限に湧くようなことはなく、倒したらそれっきり」ということは理解している。

が、それと同時に「そもそもモンスターの総数が膨大なので、1、2種くらいならともかく、この程度でモンスター全体が絶滅することはない」とも思っているのである。

【門番】に関しても同様に、「この程度ではアザエルが蓄積してきた魔素を減らすことはできないだろう」と思っている。

……【狂人】にとっての「この程度」と、アザエルにとっての「この程度」には、大きな差があることは言うまでもない。


『うぅ……中層にやってきてからも止まってくれません……』


結局、アザエルはダンジョンを少々弄《いじ》り、モンスターが絶滅しかけたら自動で魔素を消費して対処してくれる仕組みを作った。

このままでは封印を解くよりも先に過労死しそうだと思ったからだ。

本来は精神だけの存在であるがゆえに、肉体を滅ぼされても死ぬことはないアザエルが、生まれて初めて死にそうだと思った瞬間である。

さらに、その反動で「楽がしたい」という気持ちが生まれたアザエルは、ダンジョンの管理なども次々と自動化していった。

『……ふぅ。やっと落ち着きました。しかし、油断はできませんね』

ようやく余裕を取り戻したアザエルは、【狂人】の監視および観察を始めた。

【狂人】がまた何かしでかしたら即座に対処するためである。

『……ずいぶんと楽しそうにダンジョンを攻略するのですね』

そうして、【狂人】の目に「諦め」の色がないことに気づく。

この世界の人間は、多かれ少なかれ「どうせ世界は邪神によって滅びを迎える」という諦めの心を抱えている。それはアザエルが天使だった頃から変わっていない。

そんな人々をなんとかして助けてあげたいと思ったからこそ、かつてのアザエルは天使としての使命に燃えていたのだ。

『……懐かしい。あの日々を思い出します』

そして……だからこそ、アザエルは「その瞳」に惹《ひ》かれたのだ。

かつて、世界にモンスターが溢《あふ》れ、誰もが絶望の淵《ふち》に沈んでいた頃——たった1人だけ、明日を見据える男がいた。

男には恐怖心があった。その身体はみっともなく震えていた。

それでも男は、身体の震えを「武者震いだ」と笑い飛ばした。

男はモンスターへの対抗手段を持たなかった。その瞳に涙を浮かべることもあった。

それでも男は、「負けてたまるか」とモンスターを睨《にら》みつけた。

誰もが俯《うつむ》いていた中で、たった1人、ただひたすらに前を向いていた男。

「勇者」だと、アザエルは思った。天使として庇護《ひご》すべき人間ではない。自身の隣に立って使命を共有してくれる、唯一の人間だと思ったのだ。

アザエルは男の前に降り立ち、人間の本質——魂を見通す瞳で男を見た。

そして、その鮮烈な「光」に心を奪われた。誰もが他者への思いやりを忘れて魂が「色《いろ》褪《あ》せて」いた中で、男の魂だけは紛れもない善性の「輝き」を放っていたのだ。

アザエルは男に協力を仰ぎ、男は二つ返事で了承した。

そうして「勇者」は「勇者を導く天使」から力を授かり、長い年月をかけてモンスターを追い返し、邪神を追い詰め、ダンジョンへと追いやった。

共に死線を潜り抜け、勇者の喜びを分かちあううちに、勇者に対するアザエルの感情は友情から愛情へと変わっていき——そして歪《ゆが》んでいった。


『……うふっ』


天使であるアザエルと違って、人間である勇者は死ぬ。

たとえ天使にとって大したことがない攻撃であっても、人間にとっては致命傷だ。しかし、ただひたすらに前だけを見つめる勇者にとって、怪我《けが》を負うことなど日常茶飯事であった。

それを誰よりも近くで見てきたのはアザエルだ。

最初は「この人の背中はわたくしが守る」と意気込んでいたアザエルであったが、邪神に近づくほどに敵の攻撃は苛烈になり、他者を庇《かば》って戦えるような余裕はなくなっていく。もしかしたら勇者を失ってしまうのではないか、という不安は日に日に大きくなっていくが、それでもアザエルは勇者の強さを信じて戦い――

とうとう勇者が大怪我を負った。

勇者を失うことへの恐怖、そして勇者を命懸けの戦場へ巻き込んだのは自分だということへの後悔によって、アザエルの精神は大きく歪んでしまった。

そんな精神状態の時に、アザエルは気づいてしまう。

たとえ勇者がこの戦いを生き抜いたとしても、いずれ人間は寿命で死ぬ。

死んだ勇者の魂は神のもとへと送られ、他の人間と同じように魂を浄化されたうえで転生し、新たな生を受けるだろう。

……そして、新たな生を受けた勇者は、アザエルのことを忘れてしまうのだ。

『……うふふふふ……』

それに耐えられなかったアザエルは堕天した。

勇者に忘れられたくない。しかし人間の記憶は脳に刻まれている。死んで肉体を失った人間が記憶を全て失うのは当然の帰結だ。

印象深い記憶が魂に「傷」として刻まれるという事例もあるが、それすらも神による魂の浄化で修復され消えてしまう。

ならばどうするか。

もっと深い傷をつけるしかない。神であっても修復不可能なくらい、深い深い傷を。

転生して新たな生を受けても、アザエルのことを覚えているくらい……いや、アザエルという存在そのものを、勇者の魂に刻みつけるのだ。

そんな考えのもと、アザエルは邪神の力を取り込み、ダンジョンを支配し、長い年月をかけて相応《ふさわ》しい「舞台」へと作り替えていった。

転生しても、きっとあの「輝き」は変わらない。世界の危機とあらば、必ず勇者の転生体は立ち上がるだろう。アザエルはそう確信していたし、事実として勇者は転生する度に世界を救うべくダンジョンへとやってきた。

そんな勇者の前に、アザエルはあの時と同じように降り立ち、あの時と同じように共にダンジョンを駆け抜け――勇者の目前で、見せつけるように「死んだ」。

アザエルを封印するために自身の命を散らした、かつての勇者と同じように、だ。

葛藤はあった。どれほど精神が歪んでも、アザエルの本質は人間を愛し庇護する天使だ。それが自ら世界を滅亡の危機に追いやるなど、考えただけでもアザエルは心が引き裂かれるような思いに駆られた。

しかし愛を司《つかさど》る天使であるがゆえに、アザエルは自分でもどうしようもないくらい、愛に狂ってしまっていた。

自ら世界を滅亡の危機に追いやっているという事実はさらにアザエルの精神を歪め、その歪みによってアザエルがさらに正気を失うという、負のスパイラルに陥ったのだ。

とはいえ、今のところアザエルの思惑はあまりうまくいっていなかった。

アザエルに残っている天使としての心が、無意識のうちに世界に滅びを振りまくことにストップをかけるからだ。

ただ、このまま正気を失っていけばアザエルは完全に正気を失い、やがてなりふり構わず勇者を壊しにかかるだろう。

事実、【アへ声】ではストーリー開始時点でアザエルの精神はかなりギリギリである。

主人公が【善行値】の下がる行動を取りまくり、かつての勇者とは似ても似つかないほど魂を悪性に変質させても、アザエルは気にせず自身の存在を主人公の魂に刻みつけることを優先するほどに判断力が低下している。

もっといえば、アザエルの精神が完全に崩壊し、なりふり構わず主人公に襲いかかってくるのが【覇道ルート】である。

『あはぁっ！　諦めを知らず、ただ前だけを見つめるその瞳！　あぁ、まるで「あの人」のよう！』

……そんな背景を持つアザエルが【狂人】に興味を抱いたのは、ある意味で必然であった。

恐怖を抱きつつもそれらを笑い飛ばして前に進み、凶悪なモンスターを前にしても一歩も退《ひ》かず、常に他者のためにその身を盾として、いつしか人々の希望となる。

たしかに、事実だけを列挙すれば勇者に見えなくもないだろう。

もっとも、【狂人】としては恐怖や不安よりも「ダンジョン攻略楽しい！」という気持ちが勝《まさ》っているだけである。

また、原作知識のおかげでダンジョン攻略方法が分かっているため、「どうせ誰もダンジョンを攻略できないから世界は滅亡する」などと諦める理由がない。

同様に、原作知識でモンスターの弱点を知っているうえ、トレハンとレベル上げが大好きなのでモンスターから逃亡する理由も皆無。

他者を庇うのは効率よく敵を倒すためであるし、人々の希望になっている自覚もなければそんなつもりもない。ただ趣味に没頭しているだけである。

『わたくし、あなた様のことがもっと知りたいです！』

が、そんなことを知らないアザエルは、【狂人】に興味を抱いてしまった。

『ダンジョンの運営を自動化してしまいましたから、新しい勇者様がやってくるまでやることがないですし……』

さらに、アザエルは何を血迷ったのか「もっと近くで観察してみたい」などと思い立ち、

「勇者の目の前で死ぬ用の肉体」に自身の精神を宿らせてダンジョンへと降り立った。

「くたばれえええええ！！！　【シールドアサルト】オオオオオ！！！」

「きゃあぁぁぁぁぁぁぁぁぁ！？！？！？」

……その結果がコレである。

気絶したフリをしてボーイミーツガールを演出しようとしたアザエルは、【狂人】の前で無防備な姿を晒《さら》したせいでろくに防御姿勢も取れずに【シールドアサルト】を食らった。

そうして、なにがなんだか分からないまま扉に叩《たた》きつけられたアザエルは、とっさに【狂人】の魂をその目で見た。

そして、アザエルの目は【狂人】の魂に釘付《くぎづ》けとなった。

「……あはぁ……素敵ぃ……」

【狂人】の魂は、アザエル好みの「善性の輝き」を放っていた。

といっても勇者の魂ほどではないし、日本であれば【狂人】よりも善性の魂はいくらでも存在しているだろうが、それでもこの世界の人間と比べれば【狂人】の魂は十分なくらいに善寄りであった。

だが、真にアザエルの目を惹いたのはそこではない。

【狂人】の魂には、前世の記憶が刻みつけられていたのだ。

今の【狂人】は、肉体が前世のそれとは別人になっている。それでも【狂人】が前世の記憶を保っていたのは、魂に直接記憶が書き込まれていたからだった。

誰が、どうやって、なんのために【狂人】の魂にそんな細工をしたのか、アザエルには分からない。心当たりがないでもなかったが――そんなこと、アザエルはどうでもよかった。

「まさか、この世にあなた様のようなお方がいらっしゃるなんて！」

【狂人】は、前世の知識でアザエルのことを知っている。

それはつまり、アザエルの存在が魂に刻みつけられているということであった。

それを見たアザエルの心境は、例えるなら「見た目も性格も自分好みのイケメンが、スーツをバッチリ着こなしているのを見た、制服フェチの女性の心境」といったところだろうか。

ようするに、【狂人】はアザエルの性癖にブッ刺さったのである。

「うふふふふ……！　欲しい……！　わたくし、あなた様のことが――」

「オラッ、2発目を食らええええええ！！！」

「いやぁぁぁぁぁぁぁぁぁぁ！？！？！？」

ちょっと乙女がしちゃいけないような顔で【狂人】に手を伸ばしたアザエルは、無防備なところへ再び【狂人】からイイ一撃をもらってしまい、今度こそＨＰが０になった。

「――というわけで、悪いがアンタは今日から俺の奴隷だ」

「えぇ、わたくしは喜んであなた様に従いましょう」

こうして、アザエルは【狂人】の奴隷となった。

妙に好意的なアザエルを見て「なんだコイツ……」と思う【狂人】であったが、単に自分好みのイケメンに「お前は俺のものだ」と言われて（※言われてない）心の中で悶《もだ》えているだけである。

とはいえ、【狂人】はアザエルが嘘《うそ》をつかないことを原作知識で知っている。

ただちに害はないだろうとアザエルの態度には突っ込まないことにして、【狂人】はルカの時と同様に【隷属の首輪】を使って色々とアザエルの行動を縛ることにした。

「アンタは目を離すと何をしでかすか分からないから、俺のそばを離れるなよ」

俺のそばを離れるなよー、離れるなよー、なよー、と【狂人】の言葉がアザエルの脳裏で何度もこだまする。

アザエルは、自身の今までの所業（および性癖）が決して人間とは相容《あいい》れないだろうと自覚している。もし勇者の魂に自身の存在を刻みつけることに成功したとしても、勇者は自身のことを憎むことはあっても受け入れることはないだろう。

そもそも、勇者に封印された時点でアザエルは拒絶されたも同然である。

そのことを理解していたアザエルは、自身の所業（および性癖）を知ってなお「俺のそばにいろ」と言ってくれる人間など、どこにもいやしないと心の底では諦めていたのだ。

つまり、初恋を拗《こじ》らせて性癖がねじ曲がったアザエルにとって、【狂人】の言葉はまさに殺し文句であった。

もっとも、【狂人】はアザエルの「過去」と「未来」は知っているが、「現実」のことは何も知らない。

なので【狂人】視点でアザエルを見ると「ブン殴って奴隷にしたらなぜか好感度ＭＡＸになった」とかいう意味不明な状況である。

「はい、わたくしはハルベルト様に一生ついていきます」

「（えぇ……マジでなんなのコイツ。いわゆる『チョロイン』とか『全肯定ヒロイン』が現実に存在したら、こんなにも意味不明なのか）」

語尾にハートマークがついてそうな甘ったるい声でそう答えるアザエルを見て、珍しく【狂人】の方がドン引きしたのだった……。

エピローグ

《裏》

冒険者ギルドを擁する【冒険都市ミニアスケイジ】は、かつて勇者が拠点としていた集落を起源とする石造りの都市である。

「や～、なんだか今日はお祭り騒ぎですね～」

そんな【ミニアスケイジ】であるが、今日は何やら街全体が騒がしいようだった。

その様子を物珍しそうに眺めつつ、規則正しく敷き詰められた石畳の大通りを、とある少女が歩いていた。以前少女がいた頃は、この都市は活気がありながらもどこか人々の顔に陰りがあったものだが。

「う～ん、今日は何かあったんですか？」

「なんだ嬢ちゃん、知らないのか？　何十年かぶりにダンジョンの【階層制覇】が達成されたんだよ！　それも事実上不可能とされていたダンジョン中層の【制覇】だ！　お祭り騒ぎにもなるってもんだろうさ！」

少女が通行人に聞いてみると、そんな答えが返ってきた。

【階層制覇】とは、【アへ声】では「その階層のマップを１００％埋めること」を指す言葉であった。ダンジョン中層の【階層制覇】を達成したということは、ダンジョン中層のマップを全て埋めたということである。

が、この世界における【階層制覇】は、【アヘ声】のそれとは少々異なった意味を持つ。この世界で【階層制覇】と言った場合、それは「マップの大半（※行き止まりだと分かりきっている場所までわざわざ調べる必要はないため）を埋めたうえで、その階層で確認されている全ての凶悪なモンスターを倒す」という偉業のことを指す。

この「凶悪なモンスター」というのは【ユニークモンスター】と呼ばれている存在で、「ユニーク」という名が示す通り、同じ階層において他のモンスターとは比べものにならないほどに突出した能力を持つモンスターのことだ。

ようするに、マップの全容が判明して、かつボスクラスのモンスターが殲滅《せんめつ》されて雑魚モンスターしか出現しなくなれば、【階層制覇】を達成したとされているのだ。

これの何が偉業なのかというと、例えるならば「長年硬直状態に陥っている戦争で、そろそろ敗戦が見えてきた状況だったのが、突然の戦勝で前線を大きく押し上げることに成功した」といったところだろうか。

しかも「敵前線基地の突破は事実上不可能とされているため、少数精鋭部隊がひっそりと基地を迂回《うかい》して敵地に潜入していたものの、成果は芳しくなかった」というオマケつきだ。

今後は中層でのレベリング難易度が格段に下がり、下層に到達する冒険者が増えていくだろう。事実、それまで上層で燻《くすぶ》っていた冒険者たちが次々と中層を目指し始めている。

また、中層で活躍できる強さはあるものの【門番】を突破できずにいた冒険者たちも、今なら【背信の騎士】が謎の機能停止状態に陥っており素通りし放題であるため、続々と中層へと降りていっている状況だ。

また、都市が賑《にぎ》わっているのは、何も「希望が見えたから」という理由だけではない。

中層で活動する準備のために冒険者たちが都市へとどんどん金を落としていくことで特需景気が起きているのだ。それゆえのお祭り騒ぎである。

「いやぁ、【迷宮狂走曲】の人たちには足を向けて寝られんな！」

「【迷宮狂走曲】？」

「なんだ、それも知らないのか？　【迷宮走者】が率いる冒険者パーティだよ！」

少女は首を傾《かし》げた。少女が以前この街にいた時は、有名な冒険者の中にそんな異名を持つ者はいなかったはずだ。

彼女がこの都市にいたのは数ヶ月前のことなので、そんな短期間でそこまでの偉業を達成できるような新米冒険者が現れたとは思えない。

となれば、もっと前から有名だった冒険者のことであると考えるのが自然だろう。

「（うーん、【迷宮走者】……「ダンジョンを走る」？　「ダンジョンを走る」というのは、冒険者の間では「愚かな行為」とか「狂った行為」を指すスラングですけど……）」

――では檻《おり》を破壊しますので、少し離れていてください。【絶刀】！

「ぴぇ」


恐ろしい「なにか」を思い出しそうになったため、少女はそこで考えを打ち切った。

なお、その「なにか」は命の恩人である。

もちろん助けられた恩を忘れたわけではないのだが、やっぱり怖いものは怖いのである。

それでも「もしまた出会うことがあれば、その時は勇気を出してお礼を言おうかな……」とか考えているあたり、善性の人間ではあるのだろうが。


「【迷宮狂走曲】の人たちはな、なんとダンジョン中層の花園をたった6人で攻略してしまったんだ！　これはとんでもない偉業だぜ！」

彼らの動機はともかく、彼らの成し遂げた偉業は、人々から「世界が緩やかな滅びに向かっている」という不安を吹き飛ばすほどのインパクトがあった。

このよい流れが続けば、いずれは下層を突破してダンジョン最奥へとたどり着いて世界を救う冒険者が現れるかもしれない。彼らは意図せず人々に希望を与えたのだ。

「それがこの大騒ぎの理由さ。誰が言ったか、『迷宮狂想曲』ってな。んで、そいつに【迷宮走者】をかけた【迷宮狂走曲】ってのが、彼ら6人を指す呼び名になったってこった」

「へ～、スゴイ人たちが現れたんですね……（う～ん、誰のことなのかは分かりませんが……ま～、美味《おい》しいものが安く買えるなら何でもいいですね！）」

結局、少女は色々なことを棚上げすると、屋台で購入した蒸《ふ》かし芋にかぶりつき幸せそうに頬張った。怖がりなくせして妙なところで図太い少女である。

「さ～、お兄ちゃんのお店はどこかな、っと」

実はこの少女、一度は【正道】を志して冒険者となったものの、色々あって実家に逃げ帰り、しばらくニートをやっていたら親に労働力として売り飛ばされそうになってまた【ミニアスケイジ】に逃げてきたという、どうしようもない経歴の持ち主だったりする。

かつてはサラサラとした金髪のロングヘアーがよく似合う小柄でスラッとした体形の美少女だったのだが……現在は不摂生が祟《たた》ってぽっちゃりした体形になってしまっている。

今はまだ「可愛《かわい》い」で済ませられるレベルではあるものの、この都市に到着するなり買い食いを始めるあたり、放っておくとそのうち首と顔の境目が消失したり、腰のくびれが完全に消失して長方形の壁みたいなシルエットになってしまうことだろう。

「すみませ～ん、【H&S商会】ってどこにありますか？」

「おぉ、あの店に行くんじゃな。道を教えるのは構わんが、代わりにこれを届けてくれんか？　ウチで作った野菜じゃ」

「（へ～、ご近所さんに慕われてるなんて、お兄ちゃんの雇い主さんは優しい人なんですね）」

意外なことに、都市に住む一般人からの【狂人】の評判は悪くない。

というのも、【狂人】はダンジョンさえ絡まなければ言動が常識的だからだ。

転生者や転移者にありがちな非常識な言動や横柄な態度を取ろうとはせず、前世の価値観を必要以上に押し付けることもなく、きちんとこの世界の文化を理解して馴染《なじ》もうとする姿勢を見せている。

もっとも、本当に理解できているか・馴染めているかどうかは別の話ではあるが……。

また、ギルドの職員や他の冒険者が「【狂人】呼ばわりしていることを本人に知られたらどうなるか分かったものではない」と考え、ご近所ネットワークを警戒してギルドの外では【迷宮走者】という隠語的な呼び方をしていた。

この【迷宮走者】というのは、少女が考えていた通り冒険者の間では「狂った行為」を指すスラングが由来なのだが……冒険者以外には意味が通じないスラングなので、【狂人】のダンジョン攻略方法がいかに狂っているか、一般人にはいまいち伝わっていない。

さらに、【狂人】は自身のことを善人でもなければ悪人でもない普通の人であると思っているが、それはあくまで平和な日本を基準とした「普通」である。

エロゲ世界であるがゆえに治安がクッソ悪いこの世界においては、悪人はとことんまで悪人なので善悪の平均値が低く、日本での「普通の人」がこの世界では相対的に善人に見えるのも大きい。

ついでに言うと、【狂人】が何を考えているのか表情などからはなぜか読み取れないのだが、そもそも一般人は相手の表情などを逐一観察して、考えていることを読み取ってやろうと躍起になったりはしない。日常会話で頭脳戦みたいなことなんてしないのである。

つまり、この世界の一般人にしてみれば、【狂人】のことが「物腰が柔らかく丁寧で親切な人間」に見えるというわけだ。

そのため、一般人の中には【狂人】のことを「ブッちぎりでイカれた奴《やつ》」だと貶《けな》す人間がおらず、異名についても【黒き狂人】ではなく【迷宮走者】が異名として定着していた。

さらに、最近では【狂人】に対して好意的な冒険者の間でも【迷宮走者】が新たな異名として定着しつつあり、もともとの異名である【黒き狂人】は蔑称として使われ始めていた。

「(どんな人なのかちょっぴり不安だったけど、それなら上手《うま》いことやっていけそうかな)」

……繰り返しになるが、この都市の住人には【狂人】のことが「物腰が柔らかく丁寧で親切な人間」に見えている。

そのせいで、少女はこれから居候するつもりの店を経営しているのが誰なのか分からなかった。「喜劇」は避けられない定めだったのだ。

こうして、少女はそうとは知らずに自分から笑顔の絶えない職場(という名の地獄)への道を歩んでいったのだった……。

あとがき

まずは拙作を購入していただき、誠にありがとうございます。

こうして拙作が書籍化できたのも、関係者の皆様、イラストレーターの灯《あかし》様、そして読者の皆様のお陰でございます。

実のところ、私は本作が処女作ということもあって、あとがきで何を書けばいいのかよく分かっておりません。

また、もともとネット小説の投稿サイトで活動していたせいなのか、私は「まえがき」や「あとがき」を書こうとすると、読者の皆様にとって作者（私）の存在がノイズとなってしまい、読んでいただく際に邪魔になってしまわないかと不安になります。

ですので、ここは思いきって、皆様へのお礼の言葉をあとがきの代わりとさせていただきたく存じます。


それでは、改めまして。

関係者の皆様、灯様、読者の皆様、本当にありがとうございました。

OVERLAP

迷宮狂走曲 1
～エロゲ世界なのにエロそっちのけでひたすら最強を目指すモブ転生者～

発　行　2023年6月25日　初版第一刷発行

著　者　宮迫宗一郎
発行者　永田勝治
発行所　株式会社オーバーラップ
〒141-0031　東京都品川区西五反田 8-1-5
校正・DTP　株式会社鷗来堂
印刷・製本　大日本印刷株式会社

Printed in Japan ISBN 978-4-8240-0523-6 C0193

第11回 オーバーラップ文庫大賞
原稿募集中！
イラスト：じゃいあん
【締め切り】
第1ターン 2023年6月末日
第2ターン 2023年12月末日
各ターンの締め切り後4ヶ月以内に佳作を発表。通期で佳作に選出された作品の中から、「大賞」、「金賞」、「銀賞」を選出します。
その物語は、きっと誰かが好きな物語。
【賞金】
大賞…300万円
（3巻刊行確約＋コミカライズ確約）
金賞……100万円
（3巻刊行確約）
銀賞………30万円
（2巻刊行確約）
佳作………10万円
投稿はオンラインで！ 結果も評価シートもサイトをチェック！
https://over-lap.co.jp/bunko/award/
〈オーバーラップ文庫大賞オンライン〉
※最新情報および応募詳細については上記サイトをご覧ください。
※紙での応募受付は行っておりません。